mtb

Zum Buch:

Ihre Großmutter Rijke soll Besitzerin einer Plantage im fernen Surinam gewesen sein? Bei der Testamentseröffnung hört Anna zum ersten Mal davon. Als sie Nachforschungen über das Erbe anstellen will, stößt sie auf eine Mauer des Schweigens. Um das Geheimnis um ihre Vorfahrin zu ergründen, reist Anna an den Ort der Erbschaft und ihrer verschütteten Familiengeschichte. In dem exotischen Land eröffnet sich ihr tatsächlich ein Blick in die Vergangenheit – und Anna erkennt, dass sie und Rijke viel mehr verbindet, als sie je für möglich gehalten hätte.

„Fesselnd und warmherzig erzählt!"

Autorin Sarah Lark über „Insel der blauen Lagunen"

Zur Autorin:

Die Autorin Linda Belago interessiert sich besonders für die Geschichte der Niederlande. Durch ihre Familie hatte sie bereits als Kind eine besondere Beziehung zu diesem Land. Später führte sie ihr Beruf zunächst quer durch Europa und dann nach Übersee. Heute lebt Linda Belago mit ihrem Mann nahe der deutsch-niederländischen Grenze.

Lieferbare Titel:

Insel der blauen Lagunen

Linda Belago

Was einst geliebt und dann verloren

Roman

mtb

MIRA® TASCHENBUCH
Band 26003

1. Auflage: Mai 2017

Originalausgabe

Umschlaggestaltung: büropecher, Köln
Umschlagabbildung: MSMcCarthy_Photography,
StefanieDegner, LiliGraphie,
msk.nina / Thinkstock
Redaktion: Bettina Lahrs
Satz: GGP Media GmbH, Pößneck
Printed in Germany
Dieses Buch wurde auf FSC®-zertifiziertem Papier gedruckt.
ISBN 978-3-95649-609-7

www.mira-taschenbuch.de

Weißt du, was Liebe ist?
Ein Wort, ein Gedanke, ein endloser Kuss.
Aber Liebe ist mehr!
Nimm dein Herz ernst, denn es spricht nur einmal zu dir!

(Verfasser unbekannt)

Prolog

Bremen, Oktober 1945

Wer hatte diesem Land die Farbe genommen? Die dünne Suppe, die eine Frau in verblichener Schwesterntracht gerade aus einer alten Zinkwanne in den Becher füllte, den Rijke ihr hinhielt, sah ebenso fade aus wie alles andere um sie herum. Menschen in zerschlissenen Kleidern standen oder saßen zwischen Trümmerhaufen, überall greinten Kinder.

Rijke fühlte sich schon fast ebenso grau und trist wie dieses Deutschland, das sie hier erlebte.

Sie hatte keine Vorstellung davon gehabt, was der Krieg in Europa angerichtet hatte. Es war jetzt vier Monate her, seit sie Surinam verlassen hatte. Manchmal musste sie sich schon sehr stark konzentrieren, um sich das üppige Grün, die prächtigen Farben und die warme Luft ihrer Heimat in Erinnerung zu rufen.

„Weiter – weitergehen!" Die Frau in der Schwesterntracht sah sie müde an und nickte ungeduldig, um ihr zu bedeuten, dass sie die Essenausgabe nicht aufhalten solle. Rijke gehorchte und machte Platz. Hinter ihr standen noch an die hundert hungrige Menschen.

Sie hatte noch nie zuvor hungern müssen. Doch seit dem Tag, an dem sie in Amsterdam das Schiff verlassen hatte, war der Hunger ihr steter Begleiter gewesen.

Rijke schloss ihre Hände fest um die zerbeulte Tasse mit Suppe. Die Wärme tat gut. Auch frieren war etwas, das sie nicht gekannt hatte. In Surinam fröstelte man wohl einmal, wenn zur Regenzeit ein Schauer die schwülwarme Luft gereinigt hatte. Aber gegen die klirrende Kälte, die ihr hier durch Mark und Bein kroch, halfen weder dicke Kleidung noch die kratzigen grauen Decken.

Seit ihrer Ankunft in Bremen suchte sie nun Walter. Von Amsterdam aus war sie quer durch die Niederlande gereist und von der deutschen Grenze dann weiter bis nach Bremen. Eine gefährliche Reise, die nicht spurlos an ihr vorübergegangen war. Sie hatte unterwegs viel von ihrem Gepäck versetzen müssen; Kleidung war ein gefragtes Handelsgut, und so war ihre Tasche jede Woche etwas leichter geworden, und sie konnte zumindest hin und wieder essen. Anders als erhofft gab es keine Möglichkeit, schnell und unproblematisch mit dem Zug oder Autobus nach Bremen zu gelangen. Der Krieg war gerade erst vorbei, Europa lag noch immer in Schreckstarre. Niemand reiste auf die Weise, wie sie es vorhatte, stattdessen schoben sich in langen Reihen Ströme von Heimkehrern zu Fuß oder militärische Kolonnen über die Straßen. Es gestaltete sich nahezu unmöglich, einen Platz in oder auf einem der Fahrzeuge zu bekommen, daher hatte Rijke sich zu Fuß auf den Weg gemacht, nur mit einer vagen Vorstellung, wohin sie sich wenden sollte. In Surinam führten alle Flüsse zum Meer und alle Straßen irgendwann in ein Dorf, zu einer Plantage oder nach Paramaribo. In den Niederlanden und dann in Deutschland hatte sie so manches Mal die Orientierung verloren.

Als sie Bremen schließlich erreichte, wurde es nicht besser. Walter hatte ihr in seinen Briefen aus dem Lager in Lelydorp so viel über die Stadt erzählt und vor allem auch, wo seine Familie dort lebte. Doch die Adresse gab es nicht mehr. An Trümmer hatte Rijke sich auf ihrer Reise gewöhnt, doch die

Gewissheit, dass auch in Bremen nichts mehr so war wie früher, hatte ihr bei ihrer Ankunft die Tränen der Verzweiflung in die Augen getrieben.

Langsam ging sie mit ihrer Suppentasse die inzwischen geräumten, aber von Schuttbergen gesäumten Straßen entlang. Sie hatte in einem Lager für Frauen und Kinder einen Platz auf einer fadenscheinigen Matratze ergattert. Erst wollte man sie nicht aufnehmen, doch als sie einer der Schwestern klarmachte, dass sie sich in anderen Umständen befand, hatte man ihr einen Fleck zum Schlafen zugewiesen. Seitdem verging ein Tag wie der andere. Rijke stand frühmorgens auf, um an den behelfsmäßigen Latrinen anzustehen, holte sich etwas Wasser für den Tag und ging dann schon am Vormittag zur Ausgabestelle der Suppenküche. Am Nachmittag lief sie zur Station des Roten Kreuzes, wo an langen Bretterwänden die Anzeigen für Vermisste und Gesuchte aushingen.

Walter würde sie kaum suchen, da er nicht wusste, dass sie ihm gefolgt war. Daher war ihre einzige Chance, ihn zu finden – oder wenigstens jemanden, der wusste, wo er war –, dort selbst ein paar Zettel zu verteilen. Jeden Tag aufs Neue hoffte sie auf eine Nachricht, einen Hinweis, irgendetwas, das ihr weiterhelfen konnte.

Vor den Bretterwänden herrschte dichtes Gedränge. Fast jeder in der Stadt suchte und vermisste jemanden. Langsam schob Rijke sich durch die Menschenmenge. Sie war schwach, das bisschen Suppe hielt sie gerade so auf den Beinen, und das Baby in ihrem Bauch zehrte an ihren Kräften. Sie vermied es, daran zu denken. Aber immerhin hatte die Schwangerschaft ihr einige Türen geöffnet und sicherte ihr die Unterkunft, bis sie Walter fand. Wie sollte sie ihm nur erklären, wozu sie gezwungen gewesen war? Würde er es verstehen?

An diesem Tag wollten besonders viele Menschen Zettel aufhängen oder die wartenden Nachrichten sichten. Wahrscheinlich war wieder eine Kolonne Soldaten zurückgekehrt. Rijke hielt etwas Abstand. Nach dem nassen Sommer waren die Tage inzwischen kalt und nebelig feucht. Viele Menschen husteten. Sie wollte nicht auch noch krank werden. Sie zog ihre Jacke enger um den Körper. Ein Kleidungsstück, das sie sich als Erstes eingetauscht hatte, denn ihre Sachen aus Surinam waren viel zu dünn gewesen.

Langsam schritt sie die Bretterwände der Länge nach ab. Sie wusste genau, wo ihre Zettel mit dem Namen Walter Nelis hingen. Den Gedanken, dass er vielleicht gar nicht nach Bremen zurückgekehrt war oder schon wieder fort sein könnte, verdrängte sie vehement.

„Rijke?"

Sie schloss die Augen. Wie oft hatte sie seine Stimme bereits im Geiste gehört! Offenbar wollten ihre Gedanken sie wieder täuschen.

„RIJKE!"

Ihr wurde etwas schwindelig. Die Suppe erfüllte kaum noch ihren Zweck.

Als jemand sie von hinten am Arm packte, riss sie sich sofort los, ohne genau hinzusehen. Man hatte schon so oft nach ihr gegriffen …

„Rijke … Rijke, ich bin es!"

Sie drehte sich um. Sie sah einen Mann, begriff aber nicht gleich, um wen es sich handelte. Wie viele blasse, ausgezehrte Gesichter hatte sie in den letzten Monaten angestarrt, ohne ihn darin zu erkennen?

„Rijke, bist du es wirklich? Wie bist du hergekommen? Oh Gott, ich habe dich gefunden! Ich habe dich gefunden!" Der Mann griff erneut nach ihr.

Es war seine Stimme! Rijke ließ ihn gewähren, ließ sich in seine Arme ziehen. Sie spürte die so lang vermisste Wärme, sie hörte die Stimme, ohne zu verstehen, was er sagte.

„Walter!“, schluchzte sie leise, dann versagten ihre Beine. Sie wusste nur – sie war am Ziel.

1. Kapitel

Köln, April 2015

Anna stand im Flur, die Hände auf die kleine Kommode gestützt, und starrte in den Spiegel. Am Rand des goldenen Rahmens hing ein kleiner Staubfussel und bewegte sich leicht hin und her. Anna sah von ihrem Spiegelbild zu dem Fussel und dann wieder auf ihr Spiegelbild. Genauso fühlte sie sich: wie ein alter Fussel. Ihre blonden Haare wurden langsam von grauen Strähnen durchzogen. Sie hatte sie sich, wie jeden Morgen, etwas hastig und achtlos zu einem Zopf gebunden. Anna musste schlucken und spürte, wie ihr die Tränen in die Augen stiegen.

Gerade war er gegangen. Wieder einmal. Rüdiger schien es nicht mehr für nötig zu halten, sich aktiv an ihrem Familienleben zu beteiligen. Schon lange nicht mehr.

Heute war Sonntag, ein Tag, den eine Familie eigentlich gemeinsam verbringen sollte. Doch nicht die Familie Reuter. Rüdiger verschwand auf den Golfplatz und ließ Anna mit Dennis und Jasmin zurück. Quasi allein, denn Dennis verschanzte sich mit seinen vierzehn Jahren lieber in seinem Zimmer vor seinem PC, und Jasmin würde gleich frisch gestylt die Treppe runterkommen, um sich mit ihren Freunden zu treffen. Manchmal dachte Anna, ihren Kindern würde es wohl erst am Abend, am leeren Esstisch, auffallen, wenn ihre Mutter nicht da wäre. Doch sie war ja immer da.

Und wie würde ihr Sonntag aussehen? Die Wäsche musste

gemacht werden, im Garten gab es noch einiges zu tun, und im Keller wollte sie auch seit Langem Ordnung schaffen. Sonntag? Das war ein Tag wie jeder andere.

Und Rüdiger ging *golfen*.

Anna sah, wie ihrem Spiegelbild eine Träne über die Wange kullerte. Ja – sie war jetzt Mitte vierzig, ja – sie hatte vielleicht etwas zugenommen, und ja – Himmelherrgott, wenn man den ganzen Tag den Haushalt machte, kochte, Kinder versorgte, den Garten bearbeitete und auch sonst alles in diesem verdammten Haus selber erledigte, weil der Ehemann *golfen* war, sah man eben nicht immer aus, als wäre man gerade vom Titelblatt der *InStyle* gesprungen.

Anna spürte, wie sich wieder diese Wut in ihr regte, eine Wut, die sie seit geraumer Zeit immer wieder herunterschlucken musste.

Es hatte alles so aussichtsreich angefangen. Hochzeit, Hausbau im Grünen, Jasmin wurde geboren, Rüdiger eröffnete seine eigene Kanzlei, Dennis kam auf die Welt. Bei Familie Reuter lief es perfekt. Das dachten die meisten Außenstehenden wohl auch heute noch.

Rüdiger stritt alles ab. „*Anna, du siehst Gespenster. Ramona ist meine Angestellte.*" Doch Anna hatte die beiden zusammen gesehen. In einer Situation, die keinen Raum für Zweifel ließ. Nur durch Zufall war sie durch die Straße gefahren, in der Rüdigers Büro lag. Sie hatte Dennis zum Fußballtraining gebracht, eine andere Straße war gesperrt gewesen, daher der Umweg. Die beiden hatten an seinem Auto gestanden, ganz nahe beieinander. So dicht beieinander, dass bei Anna sofort die Alarmglocken schrillten. Das war vor zwei Jahren gewesen. Fast hätte Anna vor Schreck noch einen Unfall gebaut. Rüdigers Überstunden, die Dienstreisen, die Wochenenden auf dem Golfplatz und ihr seit Jahren gänzlich eingeschlafenes

Intimleben – für all das gab es plötzlich eine Erklärung, und Anna hatte sich gefühlt, als plumpse sie von ihrem beschaulichen Familienleben in eine Seifenoper eines viertklassigen Fernsehsenders.

Sie löste ihren Blick vom Spiegel, fischte mit der linken Hand nach dem Staubfussel und wischte ihn resolut an ihrer Hose ab. Sie stand am Ende einer Sackgasse ohne Wendemöglichkeit.

„Ich arbeite seit fünf Jahren mit Ramona zusammen, da kennt man sich halt ganz gut", hatte Rüdiger abgewiegelt. „Du wirst noch unsere Familie zerstören mit deinem Wahn."

Doch in Wirklichkeit war es nur eine Frage der Zeit, bis ihr beschauliches Familienidyll platzen würde wie eine Seifenblase. Die Angst vor diesem Szenario nagte an Anna. Gleichzeitig war es für sie kaum vorstellbar, dass sie und Rüdiger wieder zueinanderfinden würden. Oder bildete sie sich seine Untreue wirklich nur ein? War sie übertrieben eifersüchtig? Sie wischte sich mit dem Ärmel ihrer Bluse die Tränen aus dem Gesicht. Sie wurde noch irre in diesem Haus!

Vor ihrer Ehe hatte sie als Reiseverkehrskauffrau gearbeitet, aber als Jasmin sich angekündigt hatte, wollte Rüdiger, dass Anna ihren Job aufgab. „Du brauchst nicht arbeiten zu gehen, ich verdiene doch genug", hatte er gesagt. Ja, er verdiente gut, klagen konnte sie nicht. Doch seit Jasmin und Dennis aus dem Gröbsten raus waren, fühlte sich Anna nur noch als Köchin, Putzfrau und Taxidienst. Was würde aus ihr werden, wenn die Kinder eines Tages gänzlich aus dem Haus waren? Nach zwanzig Jahren zurück ins Berufsleben? Da hörte man selten Erfolgsberichte. Weiter zu Hause sitzen, die Rosen schneiden und warten, dass Rüdiger heimkam – so er dann überhaupt noch da war? Auch keine glorreiche Zukunftsaussicht.

Anna straffte sich. Sie hasste es, wenn sie so ins Grübeln kam, aber je älter die Kinder wurden und je weiter sich Rüdiger von ihr entfernte, desto größer wurde ihre Angst vor der Zukunft. Wo waren die einstigen „Wenn wir mal alt sind"-Träume hin? Dabei waren sie ja noch nicht einmal alt – obwohl Anna sich momentan wesentlich älter fühlte, als sie es war.

Der beste Tag der Woche war der Montag. Dann war das leidige Wochenende vorbei, und der Alltag ließ keinen Raum für Annas Sorgen.

„Hier ist ein Brief für dich." Rüdiger legte Anna einen Umschlag neben das Frühstücksbrettchen und klaubte dann die restliche Post zusammen. „Ich bin dann mal los …"

„Bis heut Abend." Anna sah ihm nach. Warum schien er eigentlich nicht so zu altern, wie sie es gefühlt tat? Seine Haare waren immer noch ohne graue Strähnen, seine Haut stets etwas gebräunt. Er war beim Golfen ja auch mehr draußen, während sie im Keller die Wäsche machte oder in den Beeten im Schatten der Hecke rumackerte. Anna schluckte die Galle herunter, die ihr schon wieder in den Hals stieg. Überreagierte sie vielleicht? Momentan brachte seine bloße Nähe bei ihr die Gefühle so in Rage, dass sie sich immer zusammenreißen musste, ihn nicht anzufahren.

Mit einem großen Schluck viel zu heißen Kaffees versuchte sie sich abzulenken. Dann stellte sie die Tasse ab. In der rechten Hand noch das halbe Brötchen haltend, nahm sie mit der linken den Brief auf und stutzte. Ein dicker, altmodischer Umschlag mit einer schwachen Blumenprägung, die Beschriftung feinsäuberlich von Hand durchgeführt. Er kam aus Holland, und Anna erkannte die Schrift sofort. Als Absender stand in der oberen linken Ecke Rijke Nelis – ihre Großmutter.

„Du hast Post?" Jasmin kam verschlafen an den Frühstückstisch getapert. „Papa schon wieder weg?"

„Ja, Papa ist schon weg." Die Frage war überflüssig. Rüdiger nahm seit Langem am Morgen seinen Kaffee im Stehen zu sich und verschwand dann in die Kanzlei.

„Du bekommst doch nie Post." Jasmin setzte sich, nahm sich das Glas Schokoladenaufstrich und einen Löffel.

„Danke! ... Wie wäre es, wenn du mal eine Scheibe Brot unter das Zeug legst?" Anna schüttelte den Kopf.

Jasmin löffelte ungerührt weiter.

Ihre Tochter war mit ihren siebzehn Jahren noch rank und schlank, inzwischen gut einen Kopf größer als Anna selbst und sah, was Anna manchmal insgeheim sogar ein wenig neidisch werden ließ, fast wie ein Model aus. Aber bei Anna waren die Speckröllchen auch erst später gekommen. Nach dem zweiten Kind.

Dennis kam in die Küche und grinste seine ältere Schwester frech an. „Da bekommst du einen dicken Hintern von." Er sah zerzaust aus. Zwei Jahre jünger als Jasmin, steckte er entwicklungstechnisch noch irgendwo zwischen Kind und Teenager.

Jasmin streckte ihm die Zunge raus und wandte sich wieder ihrer Mutter zu. „Von wem ist der Brief?"

„Von eurer Urgroßmutter."

„Die lebt noch?", fragte Jasmin, den Löffel Schokoladencreme noch im Mund.

„Jasmin!"

„Ist doch wahr. Oma sagt immer ..."

„Ja ich weiß, was Oma immer sagt." Anna ärgerte sich. Ihre Mutter Cornelia sprach über ihre eigene Mutter nicht gerade liebevoll und verkniff sich dies auch nicht in der Gegenwart ihrer Enkel.

Dabei war es doch eigentlich ganz schön und außergewöhnlich, dass es noch vier Generationen der Familie gab. Sofort packte Anna das schlechte Gewissen. Wann hatte sie Rijke das letzte Mal gesehen? War es in dem Jahr gewesen, bevor Dennis eingeschult wurde? Sie sah zu ihrem inzwischen fast fünfzehnjährigen Sohn. Früher, als die Kinder noch klein gewesen waren, hatten sie Rijke noch ab und an besucht. In den letzten Jahren ... und wegen der Sache mit Rüdiger ... war das alles irgendwie in den Hintergrund gerückt.

Wie alt war ihre Großmutter jetzt? Anna musste überlegen. An die neunzig Jahre? Vielleicht wäre es wieder Zeit für einen Besuch. Allerdings dauerte die Fahrt von Köln bis in die kleine Stadt Appingedam in Groningen fast vier Stunden. Aber das war auch keine gute Ausrede. Sie seufzte leise, legte den Brief beiseite und griff nach dem Kaffeebecher. In Wirklichkeit hatte sie sich all die Jahre nie sonderlich für ihre Großmutter interessiert. Sie wusste nicht einmal genau, warum ihre Mutter so einen Groll gegen sie hegte. Vielleicht weil Rijke, die gebürtige Niederländerin war, ihre Tochter Ende der Fünfzigerjahre von Bremen aus mit in die Niederlande genommen hatte? Für ihre Mutter Cornelia war das offenbar ein Drama gewesen. Sobald sie alt genug war, hatte sie das Weite gesucht und war wieder nach Deutschland gegangen.

„Ich muss um vier Uhr zu Kati. Ich ziehe mich nach der Schule schnell um und dann ..." Jasmin war aufgestanden und sah Anna nun auffordernd an.

„Ich muss aber um kurz nach vier zum Fußball", tönte Dennis sogleich.

„Du kannst auch mit dem Rad fahren."

„Du kannst zu Kati auch laufen."

„Mama? Sag Dennis, er soll mit dem Rad fahren!"

Dennis schnitt eine Grimasse. „Fahr doch selbst mit dem Rad – nach diesem Frühstück vielleicht auch ganz ratsam."

Anna verdrehte innerlich die Augen, zanken konnten die beiden noch wie zwei Fünfjährige. Das Leben mit zwei Teenagern im Haus war manchmal so ruhig wie ein Picknick … inmitten einer Herde Ziegenböcke. Sie hob beschwichtigend die Hände. „Ist ja gut – ich fahre euch beide."

Beim Abräumen des Frühstückstischs nahm Anna den Brief ihrer Großmutter und legte ihn auf die Kommode im Flur. Im Keller piepte der Gefrierschrank. Die Tür schloss nicht richtig. Rüdiger hätte sie schon lange reparieren sollen. Dann klingelte das Telefon, dann musste sie noch schnell eine Maschine Wäsche anstellen …

Am Dienstag landete das Infoschreiben einer Versicherung auf dem Brief, und eine Woche später verschwand er mit einigen anderen Papieren in der obersten Schublade der Kommode. Anna vergaß ihn.

2. Kapitel

Köln, Juni 2015

„Da ist schon wieder ein Brief aus Holland für dich." Rüdiger hielt in einer Hand die Kaffeetasse, mit der anderen sortierte er wie jeden Morgen die Post. Er fischte den Umschlag heraus und warf ihn in Annas Richtung. „Ich fahre morgen Mittag nach Stuttgart und komme dann Freitag wieder. Packst du meinen Koffer?"

Anna schluckte einen wütenden Spruch dazu herunter und antwortete auch nicht auf die Frage bezüglich des Koffers. Natürlich würde sie seinen Koffer packen, wie immer. Sie nahm den Brief zur Hand. Was hatte noch gleich in dem letzten gestanden? Wo war der eigentlich geblieben? Hatte sie ihn überhaupt gelesen?

Dieser Umschlag sah förmlicher aus. Er kam sicher nicht von ihrer Großmutter. Anna öffnete ihn. Jasmin und Dennis kamen in die Küche und zankten schon wieder über irgendetwas. Anna blendete den Lärm aus und las den Brief. Er war auf Niederländisch geschrieben. Als Kind hatte sie es geliebt, wenn ihre Großmutter versucht hatte, ihr die Sprache beizubringen, und ein wenig beherrschte Anna diese noch. Ihre Mutter hatte dann allerdings immer genervt das Gesicht verzogen, sie selbst hatte sich als Kind wohl immer sehr schwer damit getan und überhaupt alles, was mit den Niederlanden zu tun hatte, abgelehnt.

„Ich bin dann mal los. Denkst du an meinen Koffer?

Anna? … Anna?“ Rüdiger stellte scheppernd seine Kaffeetasse in die Spüle.

Anna löste ihren Blick von dem Schreiben. „Oma Rijke ist gestorben.“

„Bitte nicht wieder dieses himmelblaue Hemd einpacken …“

„Hier steht, sie ist am 21. Mai gestorben.“

„Wer ist tot?“, tönte Dennis’ Stimme vom Tisch her.

„Du gleich, wenn du mir nicht sofort den Saft gibst“, blaffte Jasmin ihren Bruder an, ohne den Blick von ihrem Handy zu lösen.

„Und bitte drei Handtücher. Die im Hotel sind immer so hart.“

„Rüdiger! Meine Oma ist tot.“

Er sah sie an, als würde er nicht recht verstehen, was sie sagte. „Die aus Holland? Wo wir mal waren?“

„Ja, genau. Ich soll nächste Woche nach Appingedam kommen zur Testamentseröffnung.“

Rüdiger winkte ab. „Da musst du nicht persönlich hin, das geht auch alles schriftlich. Gab es da was zu erben? Wohl eher nicht. Gib her, ich regel das übers Büro.“ Er streckte die Hand nach dem Umschlag aus.

Anna zog ihn zurück. „Nein – lass mich doch erst mal lesen.“

„Zu einer Beerdigung will ich nicht!“, maulte Jasmin.

„In Schwarz siehst du auch dick aus.“ Dennis duckte sich schon vorsorglich, damit ihn kein Schlag seiner Schwester traf.

„Du bist ein Ar…“

„Jasmin!“ Rüdiger sah seine Tochter strafend an. „Ich muss jetzt los.“

„Wo … wo hab ich denn den letzten Brief gelassen?“

„Was für einen Brief?“ Er zog sich sein Jackett zurecht und ging zur Tür.

„Sie hatte mir doch vor einigen Wochen noch einen Brief geschrieben … Wo hab ich denn …?“

Rüdiger war schon weg.

Anna ging zur Kommode im Flur und begann in der obersten Schublade zu kramen. Darin landete für gewöhnlich alles, was irgendwie herumlag.

Die Kinder schoben sich an ihr vorbei und verließen ebenfalls das Haus. Grußlos, dafür weiter zankend.

Zwischen Werbeprospekten fand Anna den Umschlag. Es war plötzlich still im Haus. Sie ging in die Küche zum Tisch, setzte sich und goss ich noch einen Kaffee ein. Dann griff sie nach dem älteren Umschlag. Wie hatte sie ihn nur vergessen können? Das schlechte Gewissen setzte sich als Kloß in ihrem Hals fest. Sie öffnete den Umschlag.

Appingedam, 8. April 2015

Liebe Anna,
wir haben uns nun so viele Jahre nicht gesehen. Ich würde mich allerherzlichst freuen, wenn es in den nächsten Wochen noch einmal möglich wäre, dass Du mich besuchst. Ich bin nicht mehr die Jüngste, und mir geht es nicht sehr gut. Bevor ich von dieser Welt scheide, würde ich Dir gerne noch einige Dinge erzählen.
Ich würde mich freuen, von Dir zu hören.

Deine Großmutter
Rijke

Die Schrift war krakelig, als wäre das Schreiben für Rijke schon beschwerlich gewesen.

„Oh nein!“ Anna ließ den Brief sinken. Ihre Großmutter

hatte sie noch ein letztes Mal sehen wollen, und Anna hatte ihren Brief nicht einmal gelesen. Ihr wurde ganz übel. Und jetzt war es zu spät. Ihre Augen brannten. Sie fischte nach dem Schreiben, das sie heute erreicht hatte. Rijke war sechs Wochen, nachdem sie den Brief geschickt hatte, gestorben. Hätte Anna doch den verdammten Umschlag aufgemacht … sie wenigstens noch einmal angerufen. Sie schniefte.

Natürlich war es lange her, doch sie erinnerte sich noch sehr gut an Rijkes kleines Haus in Appingedam, das Wohnzimmer, so herrlich vollgestellt mit allerlei Krimskrams, dass es ihr als Kind immer wie ein Museum vorgekommen war. Sie erinnerte sich an den Vanilleduft, der Rijke immer umschwebt hatte, und an das goldgerahmte Foto von ihrem Großvater Walter, den sie nie kennengelernt hatte. Er war sehr früh gestorben. Ihre Oma hatte mit dem Verlust wohl zeitlebens zu kämpfen gehabt. Sein Bild stand auf einem kleinen Tisch neben dem Sofa, immer mit ein paar frischen Blümchen dabei. Und wenn Oma Rijke auf dem Sofa saß, direkt neben dem Bild, sah es durch Annas kindlichen Blick auf die Dinge aus, als würde der Großvater neben der Oma sitzen.

Anna stand vom Tisch auf und nahm das Telefon zur Hand. Es war halb acht, vielleicht noch etwas früh, um ihre Mutter anzurufen. Egal! Anna wählte die Nummer.

Nach mindestens fünfzehnmal klingeln erklang ein verschlafenes „Ja?“.

„Ich bin’s, Mama.“

„Anna? Ist was passiert?“

„Nein … nicht direkt. Ich …“

„Weißt du, wie spät es ist?“

Anna wurde sauer. „Ja, Mama – und normale Menschen sind um die Uhrzeit schon fit. Hast du gewusst, dass Oma gestorben ist?“

Am anderen Ende der Leitung herrschte Schweigen.

„Mama?"

„Deswegen rufst du mich in aller Herrgottsfrühe an?"

„Mama – deine Mutter ist gestorben!"

„Ja, und? Sie war steinalt", antwortetet ihre Mutter tonlos.

„Also wusstest du es schon. Warum hast du mir nichts davon gesagt?"

„Warum? Wie lange hast du sie nicht gesehen? Zehn, fünfzehn Jahre? Soweit ich mich erinnere ...", jetzt wurde ihr Ton sarkastisch, „hast du dich doch um sie in den letzten Jahren nicht geschert."

„Ich bin zur Testamentseröffnung eingeladen. Hast du auch so einen Schrieb bekommen?"

Es herrschte einen Augenblick Schweigen am anderen Ende der Leitung. „Nein, habe ich nicht. Und glaub mir, zu erben gibt's da auch nichts, falls Rüdiger das interessiert."

„Also wirklich, Mama!"

Anna wusste, dass ihrer Mutter Rüdigers Hang zum Geld missfiel. In ihren Augen waren Anwälte Halsabschneider, die es sich auf Kosten anderer gut gehen ließen. Vielleicht rührte ihre Abneigung daher, dass ihre Scheidung von Annas Vater vor über dreißig Jahren nicht sehr erfolgreich verlaufen war und Rüdiger nicht müde wurde, seine Schwiegermutter darauf hinzuweisen, dass die Sache damals mit einem anständigen Anwalt besser für sie ausgegangen wäre. Zudem gab Cornelia gerne Geld aus, ob sie es hatte oder nicht ... Meist jedoch ließ sie sich von ihren Geliebten aushalten. Anna war der Lebenswandel ihrer Mutter einst ein Dorn im Auge gewesen. Es war ihr peinlich, dass alle paar Jahre ein neuer Mann an Cornelias Seite auftauchte. Wäre sie nicht ihren Enkeln gegenüber eine halbwegs liebevolle Oma gewesen, hätte Anna wohl längst den Kontakt zu Cornelia abgebrochen.

Nach einer weiteren Pause drang Cornelias Stimme jetzt etwas versöhnlicher durch die Telefonleitung. „Ja, tut mir leid, ich hätte dir Bescheid geben sollen, aber da waren Karl und ich gerade an der Mosel."

Karl war der aktuelle Lebensgefährte von Cornelia. Stets braun gebrannt und mit meist halb offenem Hemd, im Sommer wie im Winter, machte er immer einen leicht verruchten Eindruck. Er besaß ein großes Wohnmobil, mit dem die beiden fast das ganze Jahr durch die Gegend tingelten. Dass Anna ihre Mutter zu Hause ans Telefon bekommen hatte, war ein seltenes Glück. Cornelia war keine Oma, die man spontan bitten konnte, am Abend auf die Kinder aufzupassen. Doch schaffte sie es wenigstens alle paar Wochen, bei ihren Enkeln vorbeizuschauen, wenn sie und Karl nicht gerade in Spanien oder Italien waren. Jasmin und Dennis mochten ihre Oma sehr gerne, denn Cornelia wirkte weder altbacken, noch war sie langweilig. Im Gegensatz zu Rüdigers konventioneller Mutter Irene. Etwas von deren Normalität hatte Anna sich als Kind immer bei ihrer Mutter gewünscht. Leider vergeblich.

„Anna? Sonst alles klar bei euch?"

„Ja … also, ich werde wohl hinfahren."

„Tu, was du nicht lassen kannst. Wir sind nächste Woche übrigens in Mecklenburg."

„Gut. Ich melde mich. Viel Spaß." Anna legte auf. Von ihrer Mutter waren wohl weder Trauer noch irgendwelche weiteren Informationen zu erwarten. Anna setzte sich wieder an den Tisch und sah nachdenklich aus dem Fenster. Hatte ihre Großmutter im Testament nur sie bedacht? Als Kind hatte sie ihre Oma wirklich gemocht und umgekehrt wohl auch.

Die Sonne fiel durch die Blätter der Büsche im Garten und ließ Schatten über den Boden tanzen.

Bevor ich von dieser Welt scheide, würde ich Dir gerne noch einige Dinge erzählen.

Was hatte Oma Rijke damit wohl gemeint?

Am Samstag teile Anna Rüdiger ihren Entschluss mit. Es war wieder am Morgen, ansonsten sahen sie sich ja kaum noch. Abends schlief Anna meist schon, wenn er nach Hause kam. Obwohl das Klappen der Tür sie immer kurz weckte und ihr ihr zerbröseltes Eheleben vor Augen führte.

Rüdiger stand an der Arbeitsplatte und goss sich gerade seinen Kaffee ein, während Anna den Tisch deckte. Die Kinder saßen noch etwas schlaftrunken auf ihren Plätzen.

„Ich werde nächste Woche Dienstag zu dieser Testamentseröffnung fahren“, erwähnte sie so beiläufig wie möglich.

Rüdiger hielt inne. „Das könnten wir wirklich alles schriftlich regeln.“ Dann wurde sein Ton säuerlich. „Du musst dafür nicht extra nach Holland fahren.“

„Das möchte ich aber gerne. Ich glaube, ich bin ihr das schuldig.“ Anna nahm den Brief vom Tisch und wedelte damit einmal vorwurfsvoll durch die Luft.

„Dienstag? Und die Kinder? Wie lange willst du dableiben? Komm nicht auf den Gedanken, da wochenlang den Hausstand auflösen zu wollen!“

War das ein Befehl? Anna hätte fast aufgelacht. Es war das erste Mal, dass sie ankündigte, allein irgendwohin zu fahren, und in Rüdigers Augen blitzte in der Tat kurz Hilflosigkeit auf. Wahrscheinlich war ihm gerade klar geworden, dass er nicht mal wusste, in welchem Küchenschrank das Kaffeepulver stand.

„Ich fahre da hin und bleibe so lange wie nötig. Ich denke, ich bin Donnerstag wieder da, so lange wird das alles schon nicht dauern. Und ihr“, sie warf ihren Kindern einen mahnenden Blick zu „seid wohl alt genug, dass ich euch mal zwei Tage alleine lassen kann."

„Kommt Oma?" Wie seinem Vater schien offenbar auch Dennis die Situation jetzt schon nicht ganz geheuer zu sein.

„Nein, die ist in Mecklenburg." Anna warf ihrem Mann einen scharfen Blick zu. „Vielleicht kann Papa ja auch nachmittags mal etwas früher Feierabend machen."

Rüdiger hob verblüfft die Augenbrauen, aber Anna konzentrierte sich bereits auf Jasmin. Ihr war nicht entgangen, dass ihrer Tochter offenbar schon ganz andere Dinge durch den Kopf gingen. „Vergiss es, Tochter – kein sturmfrei, keine Party!"

Jasmin schüttelte den Kopf und streckte ihrer Mutter die Zunge raus.

„Ich werde mal sehen, was mein Terminplan sagt nächste Woche", murmelte ihr Mann.

Anna zuckte die Achseln. Ihr war herzlich egal, was auf seinem Terminplan stand. Jetzt war sie mal am Zug, und sie würde zu dieser Testamentseröffnung fahren. Nicht nur weil sie das ihrer Oma schuldig war, sondern auch weil sie inzwischen spürte, dass sie ganz dringend mal aus diesem Haus rausmusste, sonst würde sie womöglich platzen. Wenn auch der Anlass ein trauriger war, die Gelegenheit, einige Zeit ganz für sich allein zu bekommen, käme so schnell wohl nicht wieder.

Der Dienstag kam schneller, als sie gedachte hatte. Im Haus war alles vorbereitet. Im Kühlschrank stand ein großer Topf Spaghetti Bolognese. Kurz bevor die Kinder das Haus verließen, versuchte Anna sie noch einmal auf ihre ersten Tage ohne mütterliche Versorgung vorzubereiten.

„Dennis – einfach etwas in eine Schüssel abfüllen, einen Teller drauflegen, in die Mikrowelle stellen und dann auf vier

Minuten stellen. NICHT den Deckel vergessen, das gibt sonst eine Riesensauerei."

Dennis sah sich in der Küche um, als hätte er den Raum noch nie zuvor betreten. Anna dachte bei sich, dass er wohl eher das Telefon und die Karte vom Pizzadienst finden würde als das fürsorglich vorgekochte Essen im Kühlschrank.

„Das kann Jasmin dann ja machen", wehrte er ab.

„Jasmin, du musst morgen Mittag nach der Schule zur Nachhilfe, vergiss das nicht!"

„Ja, ja ..." Jasmin hatte schon wieder die Handykopfhörer im Ohr.

Wann wurden diese Kinder eigentlich lebenstüchtig? Anna bekam schon wieder ein schlechtes Gewissen, weil sie sie alleine ließ. Doch dann straffte sie sich. Sie hatte die beiden ganz schön verhätschelt. Das warf Cornelia ihr auch immer vor. Aber Anna wusste nur zu gut, wie belastend es für sie mit zwölf, dreizehn Jahren gewesen war, sich dauernd selbst etwas kochen zu müssen, weil die Mutter dafür keine Zeit gehabt hatte. Wie es war, wenn man sich mit fünfzehn seine Wäsche selbst waschen musste und wenn ... man überhaupt fast immer auf sich gestellt war.

„Ihr schafft das schon, und wenn was ist ... ruft Papa an." Sie wusste ganz genau, dass die beiden ihren Vater anrufen würden. Denn wenn den Reuterkindern eines nicht zuzumuten war, dann mit dem Bus oder dem Rad irgendwohin zu fahren. Anna musste in sich hineingrinsen. Sollte Rüdiger mal schön zwei Tage seinen Vaterpflichten nachkommen. Die hatte er ja in den letzten Jahren sträflich vernachlässigt. Sie bekam fast etwas Angst vor sich selbst, aber dieser kleine Hauch von Freiheit und Selbstbestimmung, den sie sich gerade zugestand, tat ihr sehr gut.

Als sie auf die Autobahn fuhr, musste Anna mit einer letzten kurzen Panikattacke kämpfen. War der Trockner aus? Hatte sie Dennis' Sporttasche eingeräumt? *Jetzt hör aber mal auf! Du bist ja wirklich ein mutiertes Muttertier!* rief sie sich energisch zur Ordnung, lehnte sich zurück, drehte das Radio auf und trat aufs Gas.

Obwohl ihr Navigationsgerät die Route hoch durchs Emsland empfahl, fuhr Anna viel früher über die Grenze und nahm die Autobahn über Arnheim. Dort wurde ihr schnell bewusst, warum sie Holland eigentlich so gerne mochte: Allein schon auf der Autobahn ging es viel entspannter zu als in Deutschland. Niemand raste, anstelle von Leitplanken gab es meist breite Grünstreifen, und während man Richtung Norden fuhr, konnte es vorkommen, dass mitten auf der Autobahn plötzlich eine Ampel rot wurde und sich vor den wartenden Fahrzeugen eine Klappbrücke emporhob, um ein Schiff passieren zu lassen.

Oberhalb von Zwolle wurde es dann gänzlich ländlich. Weite Wiesen bis zum Horizont, auf denen zahllose Kühe grasten. Vereinzelte Bauernhöfe, meist mit einem oder mehreren Windrädern dabei, und überall die kleinen Häuser, durch deren große Wohnzimmerfenster man bis auf die Sofas der Bewohner schauen konnte, selbst von der Autobahn aus.

3. Kapitel

Der Termin bei dem niederländischen Notar war um fünfzehn Uhr. Anna traf deutlich vor Mittag in Appingedam ein.

Der kleine Ort lag fast an der Küste, dort, wo die Ems in den Dollart mündet. Schräg gegenüber, am anderen Ufer der Bucht, lag Emden. Außer weitem Land, Deichen, Schafen, Wind und Meer gab es hier nicht viel. Schon als Kind war Anna der krasse Gegensatz zu der Großstadt Köln bewusst geworden. Ihre Mutter hatte mit der Einsamkeit Appingedams deutlich mehr zu kämpfen gehabt. Trostlos und langweilig hatte sie es stets genannt. Deswegen waren sie wohl auch nie lange bei der Oma geblieben.

Quer durch den kleinen Ort zog sich der Kanal Damsterdiep, über den an vielen Stellen Brücken führten. Im Grunde verdiente er diese Bezeichnung gar nicht; er ähnelte eher einem breiten Bach. Beschauliches Grün, parkartige Flächen und Bäume, die das Ufer säumten, versetzten Anna sogleich in eine leichte Urlaubsstimmung. Sie merkte, wie die Anspannung, die sie stets in Köln mit sich herumtrug wie einen viel zu schweren Rucksack, von ihr abfiel. Sie suchte sich einen Parkplatz. Egal, wo sie parkte, es würde nicht weit sein bis zu dem Büro des Notars. In Appingedam konnte man gewöhnlich alles fußläufig erreichen. Kaum war sie ein paar Schritte gegangen, kamen auch die Erinnerungen an die kleine Stadt zurück. Auf einer Brücke, die den Damsterdiep überspannte, blieb sie einen Moment am Geländer stehen. Dort hinten, irgendwo direkt am Kanal, lag das alte Haus von

Oma Rijke. Ob es schon leer geräumt worden war? Hatte die Großmutter ihre letzten Wochen dort verbracht – oder womöglich in einem Altersheim oder gar im Krankenhaus? Hatte sich überhaupt jemand um sie gekümmert? Vielleicht wusste der Notar etwas darüber. In Annas Magen formte sich ein schmerzhafter Knoten. Es wäre peinlich, danach fragen zu müssen.

Anna zog trotz der sommerlichen Wärme ihre Strickjacke etwas fester um sich und ging langsam weiter.

Pünktlich um fünfzehn Uhr betrat Anna das Notariat. Das Büro war in einem der für Holland so typischen kleinen, gedrungenen Häuser untergebracht, die erst nach dem Betreten des schmalen Flures offenbarten, wie viel Raum sie in sich verbargen.

Eine junge Frau nahm Anna in Empfang.

„Goede dag, hoe kann ik u helpen.“

„Mein Name ist Anna Reuters, ich komme aus Köln, wegen der Testamentseröffnung.“

„Ah, okay. Guten Tag.“ Die junge Frau schaltete gleich souverän auf Deutsch um. Hier oben, so dicht an der Grenze, sprachen die meisten Niederländer recht gut Deutsch. „Sie kommen im Fall Rijke Nelis. Mein Beileid. Ich sage Herrn Meevlies, dass Sie da sind.“ Sie verschwand hinter einer der Türen. Kurz darauf tauchte sie wieder auf. „Hier entlang, bitte.“

Die junge Frau führte Anna in ein Büro und bot ihr einen Stuhl vor einem wuchtigen Schreibtisch an. „Herr Meevlies kommt gleich. Möchten Sie etwas trinken? Kaffee? Tee?“

„Danke, momentan nicht.“ Anna hob kurz entschuldigend die Hand, ihr war immer noch flau im Magen, und da ihr Minute für Minute bewusster wurde, warum sie eigentlich hier war, verstärkte sich das Unwohlsein gerade noch.

„Wenn Sie etwas möchten, sagen Sie bitte einfach Bescheid." Die junge Frau lächelte freundlich und verließ den Raum.

Anna hat kaum Zeit durchzuatmen, denn sogleich öffnete sich eine Seitentür, und ein großer Mann um die sechzig trat ein.

„*Goede dag, vrouw Reuter. Mijn naam is Meevlies.*" Er streckte ihr energisch die Hand hin, lächelte aber zugleich sehr charmant. „Soll ich Deutsch sprechen? Ist wohl besser – um alles zu erklären." Er nahm schwungvoll hinter dem Schreibtisch Platz. „Es tut mir leid, dass ich aus diesem traurigen Anlasses hierher bitten musste. Mein herzliches Beileid hierzu noch einmal." Er senkte kurz den Blick und blätterte in einer Akte.

Oma ist tot! Jetzt erst traf es Anna mit schmerzlicher Gewissheit. Natürlich hatte es in dem Brief gestanden, und auch ihre Mutter hatte die Nachricht, wenn auch wenig sentimental, bestätigt. Aber erst hier, in diesem Augenblick traf sie die Realität mit voller Wucht. Ein seltsames Gefühl.

Der Notar fuhr mit geschulter Stimme fort: „Wir sind heute hier, um das Testament der am 21. Mai verstorbenen Rijke Nelis zu eröffnen. Anwesend ist die Enkeltochter der Verstorbenen, Anna Reuter."

Herr Meevlies sah kurz von der Akte auf, dann sprach er weiter. „Ich erlaube mir vorab schon einmal darauf hinzuweisen, dass Ihre Großmutter nur Sie in dem Testament benennt. Sie haben grundsätzlich die Möglichkeit, das Erbe auszuschlagen. Wenn Sie dies tun, und es gibt keine weiteren Angehörigen oder Erbberechtigten, fällt das Erbe dem Staat zu."

Anna lachte leise auf. „Na ja, Millionen wird meine Großmutter wohl nicht gehortet haben ..."

„Wer weiß." Herr Meevlies lächelte sie etwas schelmisch an und entspannte so die gerade etwas nüchtern anmutende Situation.

Wer weiß, wiederholte Anna in Gedanken. Das hörte sich ja fast so an, als ob …

„Also … ich verlese dann jetzt das offizielle Dokument." Er räusperte sich.

Ich, Rijke Nelis, geboren am 26.01.1922, verfüge als meinen Letzten Willen Folgendes:

Meine Enkeltochter Anna Katharina Reuter, geborene Ehrmann, geboren am 25.11.1968, erbt meinen gesamten Besitz.

Appingedam im April 2015
Rijke Nelis

Der Notar legte die Akte auf den Schreibtisch und sah Anna an.

Anna räusperte sich verlegen. „Das … das war's schon?"

Herr Meevlies lächelte. „Nun ja – der förmliche Teil." Wieder huschte ein seltsames Lächeln über sein Gesicht. „Kommen wir nun zur Auflistung des Nachlasses." Er nahm einige Bögen Papier aus der Akte.

„Es gestaltet sich wie folgt: Ihre Großmutter hatte noch gut siebentausend Euro Sparvermögen. Zu diesem hinterließ sie den Vermerk, dass ein Teil davon für die Beerdigung verwendet werden soll. Dies habe ich bereits gemäß ihrem Willen veranlasst. Ihre Urne wurde auf dem örtlichen Friedhof beigesetzt. Wir hatten kurz vor ihrem Ableben noch einen Termin, wo sie mir den Auftrag dazu erteilte, mich um alles zu kümmern." Er hob leicht die Augenbrauen. „Sie wollte niemanden sonst damit behelligen. Sie war übrigens bis zu ihrem Ableben in einer guten geistigen Verfassung."

Etwas an seinem Tonfall ließ Anna aufhorchen. Gab es denn ansonsten Zweifel an ihrer *geistigen Verfassung*?

„Des Weiteren gehören zum Nachlass natürlich das Haus hier in Appingedam sowie das darin enthaltene Inventar."

„Ja, da werde ich mich dann wohl drum kümmern. War es ihr Haus? Also ... Eigentum?"

„Ja, das Haus war Eigentum."

Noch mal so ein komischer Blick. Dem Notar schien allmählich bewusst zu werden, dass Anna keinen blassen Schimmer von den Verhältnissen ihrer Großmutter hatte.

„Und es gibt noch einen Punkt unter Eigentum. Erlauben Sie mir die Bemerkung, dass dies durchaus auch für mich ein ungewöhnlicher Fall ist." Er setzte sich aufrecht hin und faltete die Hände. „Ihre Großmutter hatte Grundbesitz ist Südamerika."

„Südamerika?", rutschte es Anna vor Verblüffung etwas zu laut heraus.

„Ja, genau genommen in Surinam."

„Surinam?"

„Lassen sie mich erklären, vielen ist die Geschichte dieses Landes nicht geläufig. Surinam wurde einst von den Niederladen kolonisiert. Bis 1975 gehörte es zu den Niederlanden. Heute ist es unabhängig, aber Niederländisch ist dort immer noch Amtssprache."

Anna sah nur fragend über den Schreibtisch. Sie konnte überhaupt keine Verbindung zwischen ihrer Großmutter und diesem Land herstellen, geschweige denn spontan sagen, wo es überhaupt genau lag.

„Frau Reuter, wussten Sie nicht, dass Ihre Großmutter in Surinam geboren wurde und dort auch ihre Jugend verbracht hat?"

„Nein, das höre ich heute zum ersten Mal", musste Anna etwas kleinlaut eingestehen.

„Nun, wie auch immer – zur Erbmasse gehört ein Grundstücksanteil eines ehemaligen Plantagengrundes mit der Gesamtfläche von zweihundertfünfzig Hektar. Die Gemarkung wird als *Plantage Zandwijk* betitelt."

„Plantage? Zweihundertfünfzig Hektar?" Anna schüttelte fassungslos den Kopf. Ihr Grundstück in Köln war achthundert *Quadratmeter* groß. Zweihundertfünfzig *Hektar* waren ... auf jeden Fall bei Weitem größer. Sie wusste gar nicht, wie sie mit dieser Information umgehen sollte.

„Und ... was befindet sich auf dem Grundstück?", brachte sie hervor.

„Es tut mir leid, Frau Reuter. Ob es dort etwas anderes als Regenwald gibt, ist mir nicht bekannt. Hier in den Unterlagen liegen noch einige alte Pläne und auch die Übertragungsschreiben dazu. Ihre Großmutter hat dieses Land wohl wiederum von ihrer Mutter geerbt. Aber Genaueres zur Familienhistorie weiß ich natürlich nicht." Er öffnete kurz seine gefalteten Hände und legte sie dann auf die Tischplatte. „Sie haben jetzt ja einige Wochen Zeit, sich Gedanken zu machen, was sie mit diesem Grundstück und dem Erbe hier in den Niederlanden anfangen wollen. Das Erbrecht in Surinam entspricht so ziemlich unserem europäischen. Generell dürfen Sie nichts veräußern, bevor sie das Erbe nicht rechtmäßig angetreten haben, weder hier noch dort. Ich kann gerne noch weitere Informationen einholen, wenn Sie dies wünschen, und kann auch für Sie den Kontakt zu den surinamischen Behörden herstellen."

„Ich ... ich bin etwas überrascht, muss ich gestehen." Anna musste sich mehrmals räuspern, um überhaupt einen Ton herauszubekommen. „Ich ahnte ja nicht ... Warum hat sie davon nie etwas gesagt? Selbst meiner Mutter – ihrer Tochter – war dies meines Wissens nicht bekannt."

„Nur die Ruhe, Frau Reuter. Dies ist sicherlich eine Überraschung, und alles will wohlbedacht werden. Mein Büro steht Ihnen jederzeit mit Rat und Tat zur Seite, wenn sie Hilfe brauchen. Ich würde dann jetzt diese Testamentseröffnung schließen. Übrigens bekommen Sie den Schlüssel zum Haus von Mevrouw Nelis von der Nachbarin Ihrer Großmutter. Die Dame hat sich seit deren Tod dort um alles gekümmert."

„Ja … natürlich, danke." Wie in Trance unterschrieb Anna das Papier, das Herr Meevlies ihr zuschob.

Erst Minuten später, als sie wieder in der salzigen Luft am Ufer des Kanals mitten in Appingedam stand, wurde ihr das Gewicht der Worte des Notars bewusst: Ihr gehörte jetzt eine alte Plantage am anderen Ende der Welt. Was das bedeutete, das konnte sie noch nicht recht erfassen. *„Bevor ich von dieser Welt scheide, würde ich Dir gerne noch einige Dinge erzählen."*

„Ach Oma – es tut mir leid!", sagte Anna halblaut und schniefte leise. Sie hatte diese Chance verpasst. Jetzt musste sie die Hintergründe wohl selbst herausfinden.

4. Kapitel

Anna ging zu Fuß durch die kleine Ortschaft. In der Straße, in der das Haus von Rijke Nelis lag, waren die Parkplätze rar, daran konnte sich Anna noch gut erinnern. Deshalb hatte sie nur schnell ihre Reisetasche aus dem Kofferraum geholt und den Wagen dort stehen gelassen, wo er war.

Die Häuser erhoben sich unmittelbar am Rand der engen Straßen. Nur manchmal trennte sie ein schmales Blumenbeet von der Fahrbahn. Hier und da hatten sich aus diesen kleinen Gärten die Stockrosen bis auf die Bürgersteige gemogelt und erblühten dort in weichen Rosatönen. Anna musste einige Male den Gehweg, der gerade so breit war, dass eine Person darauf laufen konnte, verlassen, um den Pflanzen auszuweichen.

Die alten Häuser trugen niedrige Dächer, und durch die überdimensionierten, tief angesetzten Fenster, deren Simse in Kniehöhe lagen, konnte Anna in so manchen Privatraum blicken. Wehmütig lächelnd ging sie weiter. Daheim in Köln hatte Rüdiger den Garten mit einer hohen Hecke umpflanzen und an jedem Fenster Jalousien anbringen lassen. In Deutschland war es eben nicht üblich, private Einblicke zu gewähren.

Dass dies in den Niederlanden viel entspannter gesehen wurde, hatte Anna schon als Kind begeistert. Sie erinnerte sich, dass sie mit ihrer Mutter einmal zur Weihnachtszeit in Appingedam gewesen war. Mit großen Augen hatte sie so manches Mal einen Moment zu lange in die Fenster gestarrt, bis ihre Mutter sie an der Schulter gestupst und weitergeschoben hatte.

Nicht die Dekoration oder die Einrichtung war es gewesen, was Anna in den Bann zog, sondern vielmehr die Familien. Mutter, Vater, Kinder. Damals hatte ihr Vater zwar noch bei ihnen gewohnt, doch von einer harmonischen Ehe hatte man nicht reden können. Im Alter von zwölf Jahren war Anna dann ein Scheidungskind gewesen, mitleidige Blicke der Mütter ihrer Klassenkameraden inklusive. Fortan hatte es zwar einige Männer im Leben ihrer Mutter gegeben, doch die Vaterrolle hatte keiner mehr übernehmen wollen.

Anna blieb kurz stehen und blickte versonnen auf ein liebevoll gestaltetes Klingelschild neben einer Haustür. Vielleicht lag es an diesen negativen Erfahrungen in der Jugend, dass sie nun so besessen davon war, ihre eigene Ehe zu erhalten. Doch zu welchem Preis? Sie spürte, wie es ihr bitter den Hals hinaufstieg. Die Reisetasche fester umklammernd, ging sie weiter. Je näher sie Rijkes Haus kam, desto schwerer wurden ihre Schritte.

Als sie endlich ihr Ziel erreichte, war sie außer Atem und musste sich einen Augenblick sammeln. Rijkes Haus war eines dieser kleinen, typischen Gebäude, die sich in den alten Straßenzügen in niederländischen Städten und Dörfern fanden. Vielleicht fünfzig oder sechzig Quadratmeter Wohnfläche, zwei bis drei kleine Zimmer, Küche, Bad. Der Name Nelis prangte auf einem Bronzeschild neben dem Klingelknopf. Anna spürte einen Stich in der Magengegend und musste dem Drang widerstehen, einfach davonzulaufen. Zuerst musste sie bei der Nachbarin den Schlüssel abholen. Sie erinnerte sich nicht daran, die Nachbarn ihrer Großmutter je getroffen zu haben. Würden diese sich an sie erinnern? Hatte Rijke von ihrer Tochter und Enkeltochter … und den Urenkeln … in Deutschland erzählt, die nicht so viel Wert darauf legten, ihre Verwandte in den Niederlanden zu besuchen? Das schlechte Gewissen huschte schon wieder wie ein großer schwarzer Schatten hinter Anna her. Doch Reue brachte jetzt auch nichts mehr. Entschlossen ging sie zur nächsten Tür und klingelte.

Es dauerte eine gefühlte Ewigkeit, bis jemand öffnete. Schließlich erschien eine Frau ungefähr in ihrem Alter an der Tür.

Um die Situation gleich aufzuklären, stellte sich Anna schnell auf Deutsch vor: „Guten Tag, mein Name ist Anna Reuter, und ich bin die Enkeltochter von Rijke Nelis."

„Ah – Sie kommen wegen dem Schlussel", antwortetet die Frau mit einem Lächeln und in fast perfektem Deutsch.

Anna atmete insgeheim auf. Hier war sie offenbar richtig.

„Moment, ich hole ihn, ich habe geschaut nach Bloomen und Heizung. Es tut mir sehr leid mit Ihre Oma, sie war so eine nette Frau."

„Danke." Anna stand etwas verlegen vor der Eingangstür, während die Frau im Flur den Schlüssel von einem kleinen Schränkchen nahm.

„Mein Naam ist Marja. Wir wohnen seit funf Jahr hier."

„Ich … wir … waren leider in den letzten Jahren nicht sehr oft hier", flunkerte Anna.

Marja nickte verständnisvoll. „Ist ja ook ein lange Weg von Koln bis hierher. Rijke sagte immer, sie hatten viel Arbeit mit Firma und Kinder. Hier ist er." Sie hielt Anna ein kleines Schlüsselbund hin. „Wenn Sie Hilfe brauchen oder Fragen haben, kommen Sie."

„Danke, das ist sehr nett."

„Bleiben Sie langer?"

„Ich wollte erst einmal nur nach dem Rechten schauen, ich … *wir* wissen noch nicht genau, wie es weitergeht. Der Tod meiner Großmutter kam sehr … überraschend."

Marja hob kurz die Hände. „Ja, sie war so fit, hat noch alles gemacht, wir waren auch sehr erschrocken."

„Noch mal danke." Anna hob kurz den Schlüssel einmal hoch.

„Ich wünsche Ihnen viel Kraft." Marja warf einen Seitenblick auf die Nachbartür. „Ist nie schön so was."

„Nein ..." Anna nickte. Ihr jagten zahllose Bilder durch den Kopf, Dutzende Szenen aus ihrer Kindheit, so lebhaft wie seit vielen Jahren nicht mehr, als wollten alle Erinnerungen an diesen Ort und an die Frau, die hier lebte, auf einmal über sie hinwegrollen. Sie holte tief Luft und rang sich ein zuversichtliches Lächeln ab. Es waren schließlich schöne Erinnerungen. Sie hatte keinen Grund, sich vor Großmutter Rijkes Vermächtnis zu fürchten.

Vier Schritte, und Anna stand wieder vor der Tür zu Rijkes Haus. Die grüne Farbe auf dem Holz war mit feinen Rissen durchzogen, und hier und da blätterte sie bereits ab. Ein Gänseblümchen hatte sich vor der Türschwelle festgesetzt und blühte. Anna steckte den Schlüssel ins Schloss und holte noch einmal tief Luft, bevor sie ihn umdrehte und die Tür öffnete.

Vor ihr lag der schmale Flur, sie erwartete fast, dass Rijke gleich aus dem Wohnzimmer kam, um sie liebevoll in Empfang zu nehmen. Aber sie kam natürlich nicht. Stattdessen wehte ihr wie zur Begrüßung ein leichter Hauch von Vanilleduft entgegen, und sofort wurde ihr die Kehle eng.

Anna wusste selbst nicht, was sie erwartet hatte – einen muffigen Geruch oder gar schon Spinnenweben? Doch es war, als wäre die Oma nur kurz ausgegangen. Alles war sauber, aufgeräumt und hell, keine Spur von Staub und Düsterkeit.

Anna ließ ihre Reisetasche einfach auf den Boden fallen und ging weiter in das Wohnzimmer. Durch die Fenster der Küche, die direkt an den Wohnraum angrenzte, strahlte die Abendsonne herein, und sofort überkam Anna wieder dieses behagliche Gefühl, das sie als Kind hier immer gehabt hatte. Alles war noch so, wie sie es in Erinnerung hatte. Die Kommode, darauf ein altmodischer kleiner Fernseher, obenauf ein Häkeldeckchen und darauf wiederum einiges an Nippes. Kleine Figuren; Tiere und Püppchen. Gegenüber das Sofa. Dort, wo Rijke immer gesessen hatte, warf der Stoff ein paar Falten. Der kleine Tisch mit dem Bild des Opas. Die Vase daneben war nun leer.

Vor dem großen Fenster zur Straße standen zwei hohe Orchideen, deren schwere Blütenrispen sich wie ein Herz einander zuneigten. Oma hatte dort immer Orchideen gehabt. Mal weiße, mal lilafarbene. Anna wandte sich in Richtung Küche. Diese war als Kind ihr Lieblingsort gewesen. Nicht nur, weil Oma Rijke immer Schokoladenvla mit Krokantstreuseln und andere holländische Leckereien im Schrank gehabt hatte, sondern weil dieser Raum so besonders gebaut war. Hinter dem Haus verlief der Damsterdiep. Die Küchen der direkt am Wasser gelegenen Gebäude waren so konstruiert, dass sie wie Balkone aus der Fassade hervorsprangen und über den Kanal ragten. Saß man an Rijkes kleinem Küchentisch, war es, als schwebte man über dem Wasser, und mit ein bisschen Glück konnte man genau in die Boote schauen, die ab und an vorbeifuhren, oder die Enten beobachten, wie sie ihre Bahnen zogen.

Anna trat ans Küchenfenster und schaute hinaus. Auch jetzt erblickte sie sofort zwei Enten unter sich. Langsam zogen die Vögel auf dem Wasser dahin und hinterließen kleine Wellen auf der Oberfläche. Ihr fiel auf, dass bei den Häusern links und rechts inzwischen in Wasserhöhe zusätzliche Terrassen angebaut worden waren. Sicherlich schöne lauschige Orte für lange Sommerabende. Vielleicht konnte man so etwas hier auch anbauen?

Anna zuckte zusammen. Nein – sicher würde Rüdiger darauf drängen, das Haus zu verkaufen. Was sollten sie auch damit? Es als Ferienhaus nutzen? Ihr entschlüpfte ein bitteres Lachen. Wo sie doch seit Jahren nicht gemeinsam in den Ferien waren und der kleine Ort für Touristen auch nichts zu bieten hatte. Vermieten? Wahrscheinlich kostete der Unterhalt mehr, als man einnehmen würde. Anna seufzte, als ihr bewusst wurde, wie viele Entscheidungen zu fällen waren. Aber noch nicht sofort.

Sie ließ den Blick durch die Küche gleiten. In der Kühlschranktür klemmte ein zusammengerolltes Handtuch, und auch ansonsten sah alles sorgsam aufgeräumt aus. Anna musste sich zwingen, den Weg in die letzten beiden Räume zu gehen. Durch das Wohnzimmer zurück in den schmalen Flur, von dort ging eine Tür in das Schlafzimmer und eine ins Bad. Die Badezimmertür stand offen. Es gab eine kleine Duschwanne und ein WC mit Zugkette an der Spülung. Die Fliesen an den Wänden waren noch dieselben wie vor dreißig Jahren, doch Anna fand, dass ihr dezentes Blau zeitlos war.

Vor der Schlafzimmertür zögerte sie kurz. Es fühlte sich falsch an, hier einzudringen und sich umzusehen. Die Tür war angelehnt. Zaghaft öffnete Anna sie, hielt die Luft an und spähte durch den Spalt. Die blütenweißen, dünnen Gardinen waren halb zugezogen. Das schmale Bett war ordentlich gemacht. Darüber lag eine Tagesdecke mit Rosenmuster. Anna atmete aus. Wieder fragte sie sich, was sie wohl erwartet hatte. Den Geist der Oma? Ein im Todeskampf zerwühltes Bett? Ihr lief es kalt den Rücken hinab.

„Anna! Du guckst zu viel Fernsehen!“, schalt sie sich selbst mit halblauter Stimme. Hier war nun wirklich nichts, was sie fürchten musste. Nur der leichte Vanilleduft hing auch hier in der Luft wie eine letzte Botschaft von Rijke Nelis.

Dennoch konnte Anna den Gedanken nicht ertragen, in diesem Bett zu schlafen. Aber sie hatte auch keine Lust und Energie mehr, sich noch ein Hotelzimmer zu suchen. Das Sofa würde es auch tun. Ihr Magen knurrte, und sie beschloss, noch einen Spaziergang zu machen. In Richtung Bootsanleger hatte früher immer ein Pommeswagen gestanden, der auch *Kibbeling* verkaufte – die hier überall erhältlichen frittierten Seelachsstücke. Kalorisch eine Todsünde, aber für die Seele ein Trostpflaster. Genau das könnte sie jetzt gebrauchen: etwas Fettiges mit viel Remoulade und Mayo. Ihr Magen stimmte mit einem lautstarken Grummeln zu.

Anna verließ das Haus, ging die Straße entlang und bog an deren Ende auf die schmale Brücke über den Damsterdiep ein. Die Abendsonne spiegelte sich tiefrot im Wasser. Möwen hopsten umher und erinnerten sie daran, dass die Nordsee nicht fern war. Die fast unwirkliche Idylle in der kleinen Ortschaft empfand Anna als sehr beruhigend. Natürlich war der Anlass ihres Besuches ein trauriger, doch spürte sie auch, dass der Entschluss, mal ein paar Tage aus Köln herauszukommen, richtig gewesen war. Mit entspannten Schritten lief sie bis zu dem kleinen Hafen. Der Pommeswagen stand dort tatsächlich noch. Als Kind war sie hier gern mit der Oma gewesen. Nicht nur wegen der leckeren Pommes, sondern vor allem, weil die frechen Möwen einem die Dinger immer direkt vom Holzgäbelchen geklaut hatten, was die kleine Anna unglaublich lustig fand. Alles sah so aus, als wäre sie gestern das letzte Mal hier gewesen. Die Möwen lauerten schon, und an einem der Tische saß ein kleiner Junge mit seiner Mutter und quietschte genauso fröhlich wie sie selbst früher, wenn die nimmersatten Vögel zum nächsten Diebstahl ansetzten. Unwillkürlich überlegte sie, an wie viele dieser Momente mit ihren eigenen Kindern sie sich erinnern konnte. Aber ihr wollte kaum etwas einfallen, so sehr sie sich auch anstrengte. Versagte ihr Gedächtnis – oder gab es da einfach nichts? Wieder überkam sie das Gefühl, gerade aus der geplatzten Blase ihres Lebens ausgestiegen zu sein. Was hatte sie bloß während all dieser Jahre gemacht?

5. Kapitel

Am nächsten Morgen erwachte Anna auf dem Sofa. Ihr Rücken schmerzte, und sie brauchte eine Weile, bis sie ihre Beine wieder strecken konnte und das Kribbeln in den Füßen nachließ. Etwas schwerfällig setzte sie sich auf. Als Kind hatte sie mit ihrer Mutter immer einige Häuser weiter in einem Ferienzimmer übernachtet, später dann mit Rüdiger und den Kindern in einem Hotel. Wie früher in diesen Häusern ganze Familien gelebt hatten, war ihr ein Rätsel. Schon der Gedanke, dass ihre Mutter einst hier zusammen mit ihrer Großmutter gewohnt hatte, war unvorstellbar.

Die meisten Gebäude, an denen sie gestern vorbeigegangen war, hatte man mit den Jahren aufgestockt. Nur die ganz alten, wie dieses hier, waren noch im Originalzustand. Sicher gab es in den Niederlanden auch Denkmalschutz. Darüber müsste sie sich noch informieren, falls sie das Haus verkaufen oder vermieten würden. Im gleichen Moment ärgerte Anna sich über ihre pragmatischen Gedanken. In den letzten zwanzig Jahren an Rüdigers Seite hatte sie sich angewöhnt, nicht viel zu fantasieren, sondern zu machen, zu planen, zu organisieren. Rüdiger war der Typ Mann, der einen direkten, vorgezeichneten Weg ging: Studium, Karriere. Auch seine Familie hatte sich danach zu richten. Die Kinder mussten gute Schulnoten erbringen, Anna die perfekte Hausfrau geben. Alles hübsch ordentlich ohne Kurven und Umwege. Dass er jetzt selbst vom Weg abgekommen war … Schnaubend stand Anna vom Sofa auf. War ihm das ewige Geradeaus vielleicht doch zu langweilig geworden?

Ein kurzer Blick auf ihr Handy zeigte keine neuen Anrufe – zu Hause schien sie niemand zu vermissen. Missmutig tappte sie ins Badezimmer und wusch sich das Gesicht mit kaltem Wasser. Sie war abgebogen – das erste Mal seit Langem war sie von der Straße abgekommen, hatte angehalten, denn wohin dieser Weg führen sollte, das wusste sie schon lange nicht mehr. Jetzt musste sie entscheiden, ob sie umkehrte oder eine andere Richtung einschlug.

Anna schaute in den Spiegel über dem Waschbecken. „Nicht heute! Das musst du noch nicht heute entscheiden." Sie überkam das Gefühl, dass sie noch nicht genug Abstand von allem hatte. Aber konnte man überhaupt weit genug fortlaufen? Vielleicht war es auch nur eine Mär, dass sich dann der Blickwinkel änderte. Welch Theatralik am Morgen. Sie seufzte, trocknete sich Gesicht und Hände und ging zurück in das kleine Wohnzimmer. Die Hände in den Schoß gelegt, setzte sie sich nochmals auf das Sofa.

Draußen am Fenster liefen Menschen vorbei. Niemand schaute herein. Anna starrte nachdenklich auf die weißen Orchideen. Sie sollte heute unbedingt Rijkes Grab besuchen.

Ein Klingeln an der Haustür ließ sie zusammenzucken. Sie sprang auf und strich ihre Bluse glatt. Sie hatte in ihren Kleidern geschlafen, sich nur die dünne Sofadecke über die Beine gelegt. Sie sah jetzt wohl aus wie ihre Kleidung – etwas zerknittert.

Vor der Haustür stand Marja und strahlte Anna fröhlich an, als diese die Tür geöffnet hatte. „Gooden Morgen! Ich dachte mir … es ist ja nichts da." Munter streckte sie Anna einen Korb hin, darin eine Thermoskanne, zwei Brötchen und ein Glas Marmelade.

„Oh!" Anna wusste gar nicht, was sie sagen sollte. Damit hatte sie nicht gerechnet. „Das ist aber sehr nett von Ihnen."

„Gern, Sie haben bestimmt heute einen schweren Tag." Marja zwinkerte ihr aufmunternd zu.

Anna zuckte mit den Schultern. „Ja, ganz einfach ist es nicht hier ... so ohne ... Es ist komisch ...", und nahm dann den Korb entgegen.

Marjas Gesicht wurde eine Spur trauriger. „Sie müssen immer denken, dass Ihre Großmutter ein langes und gesundes Leben hatte."

„Ja – so muss man das wohl sehen."

„Wenn etwas ist – ich bin ab Mittag wieder da." Marja deutete auf ihr Haus nebenan. „Und jetzt – beginnen Sie den Tag mit einem *goed ontbijt* ... wie sagt man ... Fruhstuck?" Sie winkte und verschwand.

Anna nahm den Korb mit in die Küche und musste lächeln. Sie konnte sich nicht vorstellen, dass in Köln einer ihrer Nachbarn ihr jemals ein Frühstück bringen würde – und schon gar nicht einer Fremden, die plötzlich auftauchte. Sie holte sich aus dem Küchenschrank eine Tasse und ein Tellerchen. Der Kaffee war heiß, mit Milch und Zucker und weckte sofort ihre restlichen Lebensgeister. Die Brötchen waren heller und weicher als in Deutschland – dennoch mit Marmelade köstlich. Anna aß und beobachtete in der Morgensonne die Enten unter ihr auf dem Wasser.

Es war immer noch merkwürdig, in diesen Räumen zu sein, ohne dass Oma Rijke anwesend war, aber es fühlte sich schon nicht mehr ganz so falsch an. Anna merkte, dass sie langsam ruhiger wurde.

Sie dachte an das Gespräch mit dem Notar. *Surinam.* Dort war Rijke also geboren? Anna musste sich eingestehen, dass sie über das Leben ihrer Großmutter nicht viel wusste. Da Rijke und ihr deutscher Mann irgendwann von Bremen in die

Niederlande gezogen waren, hatte Anna immer angenommen, sie wäre von dort gewesen.

Über das Drama, das dieser Umzug für die damals ungefähr zwölfjährige Cornelia bedeutet hatte, wusste Anna einigermaßen gut Bescheid. Cornelia hatte nie einen Hehl daraus gemacht, wie sehr sie als Teenager in dem fremden Land gelitten hatte und wie glücklich sie gewesen war, als sie mit achtzehn endlich frei wählen konnte, wo sie leben wollte. Sie hatte damals nicht lange gezögert und war über einige Umwege letztendlich im Raum Köln gelandet. „Ich bin schließlich Deutsche!“, hatte sie immer mit vorwurfsvollem Unterton gesagt – auch einige Male zu ihrer Mutter Rijke, das wusste Anna noch schemenhaft.

Aber das fremde Land Surinam passte überhaupt nicht ins Bild. Anna konnte sich nicht daran erinnern, dass Cornelia jemals etwas davon erwähnt hatte. Wusste sie überhaupt, dass Rijke von dort stammte? Stand so etwas nicht in irgendwelchen Familienbüchern? Urkunden? Heiratsunterlagen? Nun ja – diese Dokumente hatte Cornelia nach ihrer Katastrophenscheidung wahrscheinlich vernichtet. Anna erinnerte sich, dass es Probleme gegeben hatte, die Familienstammbücher für ihre eigene Hochzeit zu beschaffen. Rüdiger konnte das dann irgendwie regeln. Sie selbst hatte sich um den Papierkram nicht geschert. Ihr war es wichtiger gewesen, das Kleid auszusuchen und eine perfekte Feier zu organisieren. Wie glücklich sie damals war.

Verbissen schluckte sie. Konzentrier dich auf Wichtigeres, mahnte sie sich im Stillen.

Also Surinam, wo lag das noch gleich? Durch ihren früheren Job in der Reisebranche hatte Anna zwar ein gutes geografisches Wissen, doch so ganz sicher war sie in diesem Fall nicht. Sie stand auf und holte ihr Handy aus dem Wohnzimmer. Mit dem Gerät in der Hand setzte sie sich wieder an den Küchentisch. Rüdiger hatte ihr das Smartphone besorgt, obwohl sie mit dem alten Handy auch ganz zufrieden gewesen war. „Die Kinder haben auch welche, und SMS sind so teuer – da kannst du besser diese Apps nutzen, die sind kostenlos." Ja, besonders die Kinder fanden es praktisch. Jetzt konnten sie ihrer Mutter drei bis vier Mal am Tag schnell und kostenlos übermitteln, wo und wann sie abzuholen waren und wohin sie dann bitte schön wollten.

Als Erstes sprang ihr die Meldung ins Auge, dass sie mit höheren Gebühren durch Roaming rechnen musste. Sie hatte keine Ahnung, was das war, aber ihre Telefonrechnung war bisher wohl immer unterirdisch niedrig gewesen im Vergleich mit denen der Kinder, denen diese Geräte seit über drei Jahren fest am Ohr oder in den Händen zu kleben schienen. Außerdem bezahlte ja Rüdiger. Sie streckte dem Smartphone kurz die Zunge raus und erweckte es dann durch Antippen zum Leben. Irgendwie konnte man damit auch ins Internet – Jasmin orderte von neuen Shirts bis hin zur Pizza alles über das Ding. Rüdiger nutzte es für die Arbeit, um E-Mails zu checken und ... Nein! Darüber wollte sie jetzt gar nicht erst nachdenken. Sie tippte auf ein Symbol, das dem des Internetbrowsers ihres heimatlichen PCs nahe kam. Bingo! Sie grinste. Ganz so unbeholfen war sie dann doch nicht.

Es gelang ihr, eine Suchmaschine aufzurufen, und sie gab dort „Surinam" ein.

Die Seite eines Online-Lexikons öffnete sich und lieferte ihr sofort alle wesentlichen Fakten: Surinam lag an der Ostküste von Südamerika, eingerahmt von Guyana im Westen, Französisch-Guayana im Osten und Brasilien im Süden. Es sei das kleinste unabhängige Land Südamerikas, stand dort zu lesen, die Hauptstadt hieß Paramaribo – komischer Name, fand

Anna –, und das Land hatte knapp über fünfhunderttausend Einwohner. Anna las diese Information noch einmal. Mehr nicht? Köln hatte fast doppelt so viele.

Sie legte das Telefon auf den Tisch und ging zu ihrer Reisetasche. Darin hatte sie die Mappe verstaut, die ihr der Notar gestern überreicht hatte. Wieder am Tisch, schlug sie diese auf und studierte den Inhalt: eine Karte, die aber nur einen Landausschnitt zeigte, und eine Kopie eines Blattes, das so ähnlich wie ein deutscher Grundbuchauszug aussah. Ob sie damit den Standort der geerbten Ländereien ermitteln konnte? Unten rechts auf der Karte stand „Zandwijk" und der Maßstab der Karte.

Außerdem war ein Fluss eingezeichnet – vielleicht war dies ein guter Hinweis?

Anna ärgerte sich, keinen Computer zur Hand zu haben; das Tippen auf dem kleinen Telefon war mühselig. Sie gab „Zandwijk" und „Surinam" ein. Zu ihrer Verwunderung bot ihr der Suchdienst einen roten Punkt auf einer Satellitenkarte direkt am Fluss Surinam. Doch dort war alles grün. Anna versuchte, die Ansicht mit dem Finger zu vergrößern. Neben dem roten Punkt erschien der Hinweis *Holiday Lodge*. Das konnte doch nicht stimmen? Anna zoomte noch weiter in den Kartenausschnitt hinein. In der Tat befanden sich auf einer Art Halbinsel, die in einer Flussschleife lag, wohl einige Gebäude. Anna verkleinerte die Ansicht wieder. Um die Gebäude herum war augenscheinlich nichts außer Regenwald.

„Das ist mitten im Nirgendwo." Anna setzt sich aufrecht hin und schaute einen Augenblick aus dem Fenster. Dann gab sie in die Suchmaske des Internetdienstes „Holiday Lodge" und „Zandwijk" ein.

„Welcome to the Zandwijk Nature Resort. Your unique place for exquisite holidays", begrüßte Anna der Text auf der

sich öffnenden Internetseite. Sie starrte überrascht auf die vielen farbenfrohen Fotos, mit denen die Website gestaltet war. Der Fluss, große Holzlodges am Ufer, bunte exotische Vögel und … ein riesiges Haupthaus im Stil, wie man ihn aus alten romantischen Filmen über Plantagen und die amerikanischen Südstaaten kannte. „Das kann doch nicht sein?" Anna entfuhr ein nervöses Lachen. Es gab sicher noch ein anderes Zandwijk in Surinam. Sie rief nochmals die Suche auf, doch alle Links wiesen wieder auf denselben Ort. Dann nahm sie den alten Lageplan zur Hand. „Das ist verrückt! Total verrückt …" Einige Gebäude waren auf der Karte ebenso angeordnet, wie sie es im Internet erkennen konnte, ebenso war markant die Flussschleife eingezeichnet. Und von dieser Holiday Lodge … diesem *Resort* … gehörten ihr jetzt angeblich 250 Hektar? Wie stand Rijke Nelis mit dieser ehemaligen Plantage in Verbindung? War sie etwa dort geboren? Hatte sie dort gelebt? Anna fiel es schwer, sich ihre Großmutter im tiefsten Regenwald vorzustellen. Dort war es sicher heiß und feucht – das passte so gar nicht zu dem Bild von Rijke, die im Winter immer in zwei Strickjacken gekuschelt auf ihrem Sofa gesessen hatte. Oder lag das etwa daran, dass sie sich nie an das europäische Klima gewöhnt hatte?

Anna schaute auf der Internetseite nach den Kontaktdaten. Dort stand ein Familienname – Breek –, der ihr nichts sagte. War ihre Großmutter mit den Breeks verwandt? In Anna formten sich immer mehr Fragen aus. Wie war Rijke nach Bremen gelangt, und warum hatte sie nie von ihrer Zeit in Surinam und dem Plantagenbesitz gesprochen?

Anna lehnte sich zurück und sah nachdenklich auf ihr Telefon und die danebenliegende Karte. Sie nippte an ihrem Kaffee, der inzwischen kalt geworden war. Plötzlich kam ihr ein Gedanke. Vielleicht gab es hier in der Wohnung irgendetwas,

was sie weiterbrachte. Es fühlte sich zwar immer noch an, als würde sie in Rijkes Privatsphäre eindringen, aber sie musste ohnehin beizeiten alle Sachen im Haus durchsehen und ausräumen. Sie stellte ihre Tasse auf den Tisch und sah sich um.

Im Wohnzimmer gab es nur die kleine Kommode, auf der der Fernseher stand. In der Küche standen zwei Schränke, doch darin, das wusste sie, befanden sich nur Geschirr und allerlei Küchenutensilien. Das war wohl kaum ein Ort, an dem man persönliche Dinge aufbewahrte. Im Schlafzimmer würde sie wohl am ehesten fündig werden. Anna zögerte noch einen Augenblick, doch dann gab sie sich einen Ruck und ging entschlossen zur Schlafzimmertür. Keine falsche Scheu!

Im Schlafzimmer zog sie als Erstes die Vorhänge auf. Das Licht des Sommermorgens nahm dem Raum die triste Stimmung. Es gab einen großen Kleiderschrank aus dunklem Holz und eine kleine Kommode. Anna beschloss, zunächst die Kommode zu inspizieren. In der obersten Schublade waren Leibwäsche und Socken fein säuberlich sortiert. Bravo, dachte sie und zupfte an einem lachsfarbenen BH. *In der Unterwäsche der toten Oma herumwühlen, der Tag fängt gut an.* Außer der Wäsche war in dieser Schublade allerdings nichts zu finden. In der darunter liegenden fand Anna, neben weiteren Socken und Strumpfhosen, eine kleine Schmuckschatulle. Als sie diese öffnete, sah sie zwei zartgoldene Ringe im Samt. „Oh." Anna schluckte. Waren dies gar die Eheringe von Walter und Rijke? Vorsichtig nahm sie einen heraus und betrachtete ihn. Keine Gravur, doch verriet das abgeriebene Material, dass er wohl einst täglich getragen worden war. Sorgsam steckte Anna den Ring wieder zurück. Auch wenn sie mit ihrer Großmutter nicht viel Kontakt gehabt hatte, solche Erinnerungsstücke würde sie keinesfalls entsorgen lassen. Schließlich gehörten sie ja auch zu ihrer Geschichte. Ihre Mutter legte wohl eher keinen Wert darauf, aber Anna würde zumindest Kleinigkeiten ihrer Großmutter in Ehren halten, da war sie sentimental. Ansonsten fand sich nichts Interessantes in der Schublade. Anna schloss sie wieder und wandte sich dann zum Kleiderschrank.

Beim Öffnen der Schranktür stieg ihr der Duft der Großmutter in die Nase. Ob es ein bestimmtes Waschmittel war oder dieser leichte Hauch von Vanille von einem Parfüm herrührte, wusste sie nicht, aber er löste in ihrem Kopf sofort eine Bilderflut aus. Lange vergessene Eindrücke, die sie einst hier unter diesem Dach erlebt hatte, wurden lebendig. Omas Kekse zu Weihnachten. Wie sie bei Oma auf dem Sofa gesessen und von ihr Häkeln gelernt hatte. Sie war wirklich nicht oft zu Besuch in den Niederlanden gewesen, aber Rijke war ihr fürsorglich und liebevoll in Erinnerung geblieben ... und vielleicht eine Spur mütterlicher, als es ihre eigene Mutter je gewesen war. Erst jetzt wurde ihr bewusst, dass Rijke ihrerseits sie nie besucht hatte. War sie überhaupt je wieder in Deutschland gewesen ... oder gar in Surinam? Anna musste bei dem Gedanken den Kopf schütteln und lächeln. Ihre Großmutter in einem großen Flieger, ganz allein auf dem Weg nach Südamerika? Nein, das passte einfach nicht zu ihr.

Anna hockte sich hin und stöberte am Boden des Schrankes. Dort standen einige Paar Schuhe und zwei kleine Koffer. Sie klappte kurz deren Deckel auf, aber sie waren leer. Darüber hing Rijkes Kleidung fein säuberlich auf Bügeln. Anna strich einmal mit der Hand darüber. Links die dickeren Winterstrickjacken, rechts eher die dünneren Blusen. Rijke war ein sehr ordentlicher Mensch gewesen. Ob in den Küchenschränken oder hier im Schlafzimmer, alles hatte seinen festen Platz.

Über der Kleiderstange befand sich noch ein Bord. Anna musste sich auf die Zehenspitzen stellen, um bis hinten hineinlangen zu können. Sie griff zwischen zwei Damenhüten, die vorne lagen, hindurch und tastete die Winkel des Schrankes ab. Plötzlich berührten ihre Fingerspitzen etwas Hartes. Sie musste sich noch einmal recken, um den Gegenstand fassen zu können.

Es war ein kleines Kästchen aus dunklem, altem Holz. Es musste etwas Besonderes enthalten, Anna spürte dies förmlich. Mit klopfendem Herzen öffnee sie den Deckel und fand eine Art Halskette mit einem kleinen Anhänger. Anna nahm ihn vorsichtig in die Hand. Es dauerte einen Moment, bis sie begriff, woraus das Schmuckstück bestand. Es war die Hälfte einer zierlichen Muschelschale. Darin, vermutlich eingeklebt, ein winziger flacher Kieselstein, der ein feines Muster aus rötlichen und grauen Linien aufwies. Die Kette selbst erschien recht grob, nicht filigran wie eine Schmuckkette, sondern sie erinnerte Anna eher an diese kleinen, schweren Kugelketten, die man früher in die Gardinensäume eingearbeitet hatte, um den Stoff schön hängen zu lassen. Das Schmuckstück war vielleicht nicht hübsch, aber eine liebevolle Handarbeit und sicher ein Einzelstück. Anna betrachtete noch einmal die winzige Muschel. Etwas Derartiges hatte sie noch nie gesehen.

Unter der Kette lag ein altes vergilbtes Schwarz-Weiß-Foto. Anna zog es vorsichtig hervor.

Die abgebildeten Personen erkannte sie nicht. Es waren ein Mann, eine Frau und ein kleines Mädchen. Ihre Großmutter als Kind? Anna versuchte, in den Gesichtszügen eine Ähnlichkeit mit Rijke zu erkennen. Ganz sicher war sie sich nicht … Doch dann, während sie noch versonnen auf das Foto schaute, schlug ihr das Herz plötzlich bis zum Hals. Das Haus, vor dem die kleine Gruppe posierte, kam ihr irgendwie bekannt vor. Es war nur sehr undeutlich zu erkennen aber – sie hatte es doch eben noch gesehen! Ohne jeden Zweifel! Es war das Plantagenhaus der Zandwijk Holiday Lodge.

6. Kapitel

Anna nahm das Foto und die kleine Kette mit und sah sich noch weiter in der Wohnung um, doch bis auf diese beiden Fundstücke wies nichts auf eine Verbindung zwischen Rijke und der Plantage in Surinam hin.

Am nächsten Morgen packte sie ihre wenigen Sachen wieder zusammen, vergewisserte sich noch einmal, dass in der Wohnung alles ordentlich war, schloss die Fenster und gab den Schlüssel bei der Nachbarin ab. Das alte Foto legte sie zu ihren Unterlagen, welche sie bisher zu der ehemaligen Plantage Zandwijk bekommen hatte. Die kleine Muschelkette legte sie sich kurzerhand um den Hals. Sie fühlte sich warm an auf ihrer Haut, tröstend. Anna umfasste kurz den Anhänger der Kette. Vielleicht würde sie ihr helfen, den richtigen Weg zu finden.

Sie erklärte Marja, dass sie erst mal nach Hause fahren müsse, um in Ruhe mit Rüdiger zu besprechen, was sie fortan mit dem kleinen Haus machen würden – was nicht mal gelogen war. Die Nachbarin versicherte ihr, dass es kein Problem für sie wäre, noch einige Zeit nach dem Rechten zu sehen, es würde ja nicht viel Arbeit machen. Anna nahm das freundliche Angebot dankbar an. Bevor sie zu ihrem Auto ging, machte sie noch einen Abstecher auf den kleinen Friedhof von Appingedam. Saubere, gepflegte, mit frischen Sommerblumen geschmückte Gräber säumten den Weg. Die Urnen wurden am Rand des Geländes bestattet. Anna brauchte nicht lange zu suchen. Es gab nur wenige Gräber mit neuen Grabplatten, und bereits nach wenigen Schritten stand sie vor dem richtigen: *Rijke Nelis* war in den Granit eingraviert. Anna hatte auf dem Weg zum Friedhof auf einer kleinen Grünfläche eine der allgegenwertigen Stockrosen gepflückt. Jetzt hockte sie sich vor Rijkes Grab und legte die rosa Blüte auf den rötlichen Stein. War wohl jemand hier gewesen zu ihrer Beerdigung? Die Nachbarin vielleicht? Warum hatte man ihnen nicht Bescheid gesagt? Doch im Grunde war Anna klar, warum die Angelegenheit so unpersönlich abgelaufen war. Die Familie hatte sich weit auseinandergelebt und ihre eigene Mutter nie den Kontakt zu Rijke gesucht. Anna musste schlucken. Vielleicht war die Tatsache, dass das Erbe nun an sie ging, auch ein letzter Wink an Cornelia. Anna fragte sich im Stillen, wie sie sich selbst fühlen würde, falls Jasmin ihr eines Tages derart konsequent den Rücken zuwenden sollte. Was musste geschehen, dass Mutter und Tochter sich so weit voneinander entfernten? Nachdenklich ging Anna zu ihrem Auto und begab sich auf den Rückweg.

Am späten Vormittag war Anna schon fast wieder in Köln, doch je näher sie der Stadt kam, desto langsamer fuhr sie. Tankte auf einer Raststätte noch den Wagen auf, holte sich einen Becher Kaffee. Doch ewig konnte sie die Weiterfahrt nicht mehr vor sich herschieben. Warum fiel es ihr bloß so schwer, nach Hause zurückzukehren? Anna versuchte, dieses so ungewohnte wie bedrückende Gefühl zu ergründen. Mit einem Mal kam es ihr so vor, als hätte sie in den letzten Jahren alles falsch gemacht, was sie nur hätte falsch machen können.

Verdrossen stand sie auf dem Rastplatz, den Kaffeebecher in der Hand, und starrte auf die Autos, die an ihr vorbeirasten. So, wie ihr Leben an ihr vorbeigerast war. Aber nun war es zu spät, die Richtung ließ sich nicht mehr so einfach ändern, oder? Andererseits, warum eigentlich nicht? schoss es ihr plötzlich durch den Kopf. Sie hatte schließlich noch ihr halbes Leben vor sich. Warum sollte sie nicht doch noch die Kurve kriegen, das Ruder herumreißen können, auf einen anderen Zug aufspringen oder was es da noch an Schicksalsänderungsmetaphern gab. Sie musste doch einfach nur mit Rüdiger reinen Tisch machen. Sie musste ihre Familie retten. Es musste eine Möglichkeit geben, alles besser zu machen. Viel schlimmer konnte es schließlich nicht mehr werden …

Doch ihr kurz aufwallender Enthusiasmus versickerte an der Kölner Stadtgrenze zu einem mutlosen Rinnsal.

Zu Hause war es ruhig um diese Zeit. Die Kinder waren in der Schule, und Rüdiger steckte natürlich noch im Büro. Anna ließ ihre Reisetasche im Flur stehen und ging in die Küche. Nichts deutete darauf hin, dass sich hier während der letzten achtundvierzig Stunden irgendjemand aufgehalten hatte. Anna spürte, wie sie sauer wurde. Mit einem Ruck öffnete sie den Kühlschrank. Die Bolognese stand noch unangetastet darin. Also hatten sich die Kinder wohl anderweitig selbst versorgt. Schön, dass sie das inzwischen konnten, aber dann hätte sich Anna das fürsorgliche Vorkochen auch sparen können. Mit etwas zu viel Schwung ließ sie die Kühlschranktür wieder zufallen.

Sie ging zurück in den Flur, hob ihre Tasche auf und nahm sie mit in die obere Etage. Vor dem Schlafzimmer zögerte sie einen Augenblick. Dann öffnete sie die Tür und atmete erleichtert aus. Das ungemachte Bett sagte ihr, dass Rüdiger zumindest zu Hause genächtigt hatte. Sie hatte schon befürchtet, dass er die Chance nutzen würde, um … Aber anscheinend hatte er noch genug Anstand, seine Kinder nicht allein zu lassen. Er mochte ihr erzählen, was er wollte, sie glaubte einfach nicht, dass *da nichts war* zwischen ihm und Ramona.

Anna räumte ihre Sachen aus der Tasche, machte das Bett

und ging danach wieder nach unten, um die inzwischen gräulich und unappetitlich aussehende Nudelsoße zu entsorgen. Natürlich war auch niemand einkaufen gewesen, aber die Kühltruhe im Keller – so sie denn nicht wieder versehentlich abgetaut war – würde schon noch etwas hergeben. Anna seufzte. Willkommen zurück im Alltag.

„Mama? Maaamaaa?" Das Gepolter der achtlos fallen gelassenen Rucksäcke hätte auch ohne das Geschrei keinen Zweifel daran gelassen, dass die Kinder wieder da waren.

„Ich bin hier!" Anna kam von der Terrasse in die Küche, die grünen Gartenhandschuhe hatte sie noch an. Da im Haus ja fast alles in dem Zustand gewesen war, wie sie es verlassen hatte, war sie in den Garten gegangen, um dort endlich die verblühten Blumen auszuschneiden.

„Jasmin hat schon wieder einen neuen Freund." Dennis bekam sofort einen unsanften Stoß von seiner Schwester.

„Petze! Ar…!"

„Jasmin!" Anna hob warnend die Hand. Sie mochte es nicht, wenn ihre Kinder zu Hause in so einem Ton miteinander sprachen, auch wenn das vermutlich gang und gäbe war, sobald die Tür hinter ihnen ins Schloss gefallen war.

„Ja, ich freu mich auch, euch wiederzusehen", sagte sie genervt und fügte in singendem Tonfall hinzu: „*Wie waren denn die letzten zwei Tage, Mama? Wir haben dich vermisst.*" Sie zog ihre Handschuhe aus und verschränkte die Arme vor der Brust. „Ein bisschen netter könnte eure Begrüßung schon ausfallen, findet ihr nicht?"

„Hallo Mama, schön, dass du wieder da bist", sagten die beiden wie aus einem Mund. Es klang nicht besonders überzeugend.

„Was ist mit dem neuen Freund, Jasmin?"

„Ach, das ist nichts." Jasmin verzog das Gesicht.

Dennis grinste. „Vielleicht hat sie auch zwei ... Hast du nicht neulich die ganze Zeit mit diesem Florian gechattet?"

„Und wer ist jetzt wieder Florian?" Anna hob kurz hilflos die Hände.

„Kannst du nicht ein Mal die Klappe halten, Dennis?"

„Ich höre?" Anna hob fragend die Brauen.

„Ach ..."

Das auffällig beiläufige Abwinken ihrer Tochter sagte Anna schon mehr als jedes Wort. Achtung, Herzschmerzalarm!

„Den kenne ich aus dem Fitnessstudio."

„Fitnessstudio? Ich dachte, das ist ein Sportverein?"

„Ja, so in der Art." Jasmin druckste herum. „Papa hat mir doch die Jahreskarte bezahlt."

„Ich kann mir schon vorstellen, was die da für Sport treiben ..." Dennis machte eine so anzügliche Bewegung, dass Anna ihre Gartenhandschuhe nach ihm warf. Wo waren bloß die kleinen süßen Kinder geblieben, die sie mal in die Welt gesetzt hatte? Auf diese Pubertätssache wurde man in keinem Elternkurs vorbereitet!

„Es reicht – darüber reden wir noch. Warum habt ihr die Bolognese nicht gegessen? Gab es wieder Pizza?" Erst in diesem Moment wurde ihr bewusst, dass sie weder verdächtige Pappschachteln noch schmutziges Besteck in der Küche gefunden hatte.

Beide Kinder verstummten augenblicklich.

„Ich muss nach oben ..." Dennis war schon dabei, die Flucht anzutreten, während Jasmin noch verlegen von einem Fuß auf den anderen trat.

„Was? Gehungert habt ihr ja wohl nicht?"

„Wir ... wir waren mit Papa essen."

„Mit Papa essen, aha – wo denn?"

„Na, bei dem Griechen …"

„Aha, wie nett von Papa." Anna konnte sich nicht daran erinnern, wann er das letzte Mal mit ihr in einem Restaurant gewesen war. Aber wahrscheinlich war es die akute Notlage gewesen, die ihn dazu bewogen hatte.

„Ramona war übrigens mit." Jasmin zuckte die Achseln. „Die ist ganz nett, ich weiß gar nicht, was du immer hast."

Anna war so schockiert, dass ihr für eine Schrecksekunde der Mund offen stehen blieb. Er hatte es gewagt, mit ihr und den Kindern …?

„Na, dann hattet ihr ja einen schönen Abend", rutschte es ihr etwas zu scharf heraus. Abrupt dreht sie sich um und eilte zurück in den Garten. Sie musste ein paar Mal tief ein- und ausatmen, um nicht in Tränen auszubrechen. So weit war es also schon, kaum war sie aus dem Haus, ging ihr Mann mit ihren gemeinsamen Kindern und seiner *Sekretärin* essen. Prima, damit hatten sie wohl ihr Soll an Klischeeerfüllung erreicht. Wütend trat Anna gegen einen Blumenkübel und stieß dann einen lauten Fluch aus, denn das Ding war hart. Sie humpelte zur Sitzgruppe und ließ sich auf einen der Stühle fallen. „Scheiße!"

Als Rüdiger abends nach Hause kam, war er bester Laune. Annas Frust und ihre Wut bildeten inzwischen einen brennenden Knoten in ihrem Hals, den sie aber, solange die Kinder in Hörweite waren, immer wieder herunterschluckte. Sie zwang sich unter größter Anstrengung, beim Abendessen Haltung zu bewahren.

„Und, wie war es in Holland?", fragte er mäßig interessiert, nachdem Anna das Essen auf den Tisch gestellt hatte.

„Gut."

„Was ist mit dem Erbe?"

„Das Haus … und die Sachen darin würden an mich gehen." Über Surinam sprach sie nicht.

„Ach – war das ihre Hütte – dieses kleine Ding da am Kanal? Ich dachte immer, das wäre nur gemietet."

„Nein, das war ihrs."

„Na ja, vielleicht bekommt man da noch was für. Als Ferienhaus vielleicht interessant für irgendwen."

„Gucken wir mal."

Jetzt erst schien Rüdiger aufzufallen, wie wortkarg Anna seine Fragen beantwortete. „Du willst es doch nicht etwa behalten, oder? So alte Häuser kosten im Unterhalt viel mehr, als sie bringen … und ein ‚Oma-Museum' wird da auch nicht eingerichtet – all das Zeug, das sie da gehortet hat, kommt raus, und dann bestelle ich einen Makler."

„Erst mal darf ich wohl überlegen, ob ich das Erbe überhaupt annehme, oder?"

Er schaute etwas verwirrt. „Ja natürlich – hatte deine Großmutter Schulden? Dann musst du es eh ausschlagen. Aber wenn nicht, ist das Geld, das beim Verkauf der Immobilie rausspringt, ja ganz nett. Was ist eigentlich mit deiner Mutter?"

„Was soll mit ihr sein?"

„Musste sie gar nicht zur Testamentseröffnung?"

Anna schüttelte den Kopf.

Rüdiger konzentrierte sich wieder auf seinen Teller. „Na ja, ist auch egal – die beiden konnten sich wohl ohnehin nicht sonderlich leiden, hm?"

Das restliche Essen verlief still. Die Kinder starrten schon wieder dauernd auf ihre Telefone, und Rüdiger schwieg sich aus. Anna kochte innerlich.

Erst als Jasmin und Dennis sich in ihre Zimmer verzogen hatten, konnte sie sich Luft verschaffen. Rüdiger wollte gerade ins Wohnzimmer gehen, als sie ihn am Arm packte, um ihn zurückzuhalten.

„Bist du eigentlich bescheuert?“, zischte sie. „Du gehst mit den Kindern und dieser Ramona essen? Was soll das?“

Rüdiger blieb völlig verdutzt stehen, dann zogen sich seine Augenbrauen böse zusammen. „Wir waren essen, du warst ja nicht da – ist das so schlimm?“

„Rüdiger, lass den Scheiß, ich weiß, dass du mit ihr was hast, und vielleicht sollten wir endlich reinen Tisch machen.“ Anna wunderte sich selbst über diese klaren Worte, die sie viel zu lange immer wieder hinuntergeschluckt hatte.

Rüdiger zuckte hilflos mit den Schultern und verzog gequält das Gesicht. Natürlich wollte er nicht darüber sprechen – das war Anna schon klar. Aber so konnte es nicht weitergehen.

Sie stemmte die Hände in die Hüften. „Was ist – nun sag doch mal was dazu?“

„Ja, ich hatte mal was mit Ramona, das ist aber schon Jahre her.“

Anna schnappte nach Luft. Nach all der Zeit des Leugnens und Beschwichtigens, in der Anna mehr als ein Mal das Gefühl gehabt hatte, vielleicht doch falschzuliegen und ihren Mann zu Unrecht zu verdächtigen, gab Rüdiger nun so einfach seine Affäre zu? Sie fühlte sich, als hätte er ihr eine Ohrfeige versetzt. Und jetzt schaute er dabei auch noch so gleichgültig, als hätte er ihr soeben gesagt, er würde noch zum Golfen gehen.

„Anna – es war ein Ausrutscher. Ein Fehler! Aber … findest du nicht auch, dass unsere Beziehung etwas … eintönig geworden ist?“

Anna hätte fast laut aufgelacht. „Keine Ahnung, ich kann mich eigentlich nicht beschweren – mit Haus und Kindern habe ich immer was zu tun … während mein Ehemann entweder bei der Arbeit, golfen, auf Geschäftsreise … oder zu müde für irgendwas anderes ist." Sie musste sich auf die Lippen beißen, um nicht loszuheulen.

„Das meine ich ja." Er zuckte noch mal mit den Schultern. „Jeder macht halt sein Ding."

„Hallo? Heißt das, ich *muss* mein Ding machen, damit hier alles schön bequem weiterläuft? Obwohl mich keiner gefragt hat, ob ich das wirklich will?!"

Im oberen Stockwerk knallte eine Tür. Hatte eins der Kinder etwas von dem Streit mitbekommen? Anna dämpfte ihre Stimme. „*Du* bist es doch, der mich hier seit Jahren sitzen lässt! Wie lange hast du mich nicht mehr gefragt, ob ich mal Lust hätte, dass wir was gemeinsam machen, du", sie musste nun doch schluchzen, „hast dir ja lieber gleich Ablenkung besorgt."

„Ich sagte doch, es war ein Fehler, und da ist auch nichts mehr. Ramona hat einen Freund, aber sie ist nach wie vor bei mir angestellt. Hätte ich sie rauswerfen sollen, nur weil wir …"

Anna hob die Hand, um ihn zu unterbrechen. Sie wollte gar nicht so genau wissen, was da gelaufen war; ihr reichte schon, dass sie nun die Gewissheit hatte, dass da wirklich mal was war. Das allein war schlimm genug.

„Wir beide haben eben seit Langem keine gemeinsamen Interessen mehr", fuhr er fort.

„Wir haben zwei Kinder!", konterte Anna und überlegte, ob sie je andere Gemeinsamkeiten gehabt hatten.

„Die sind doch mittlerweile voll und ganz mit sich selbst beschäftigt. Die Zeiten, wo man sie mit einem Zoobesuch bespaßen konnte, sind längst vorbei." Seine Stimme klang jetzt harscher.

„Trotzdem, wir sind eine Familie, Rüdiger. Das ist doch nicht einfach vorbei, nur weil die Kinder langsam selbstständig werden."

„Trotzdem fühle ich mich … eingeengt, festgefahren.“ Jetzt war da ein trotziger Unterton.

„Was soll *ich* denn sagen?“ Anna machte eine hilflose, alles umfassende Geste. „Ist es so, dass du schlicht und ergreifend tun und lassen willst, was dir gefällt? Ohne deine Familie dabei an der Backe zu haben?“ Sie hörte selbst, wie ihre Stimme beinahe ins Hysterische kippte. Es hatte sie wie ein Messerstich getroffen, es so unverblümt von ihm zu hören. Sie hatte ja gewusst, wie scharf dieses Messer war, und es deshalb Jahre lang nicht angefasst. Aber nun hatte sie direkt in die Klinge gegriffen, und es blutete.

„Vielleicht wäre eine Auszeit mal ganz gut“, murmelte er, ohne Anna dabei anzusehen.

„Auszeit? Wie stellst du dir das vor?“

„Ich weiß es nicht, Anna – aber so kann es auch nicht weitergehen.“

„Ach!“

Plötzlich straffte er die Schultern und nahm die Pose des Rechtsanwalts vor Gericht ein. „Lass uns in Ruhe darüber nachdenken, und in ein paar Tagen reden wir weiter. Die Kinder … Ich will ja auch nicht, dass unsere Familie zerbricht. Aber man muss auch mal an sich selbst denken.“

„Gut.“ Anna drehte sich auf dem Ansatz um und ließ ihn stehen.

„Anna! Nun renn doch nicht weg.“

Die Tränen brannten in ihren Augen, aber sie wollte nicht vor ihm losheulen wie ein Schlosshund, und ganz bestimmt würde sie sich nicht neben ihn aufs Sofa setzen, als wäre nichts passiert. Im Flur blieb sie stehen. Wohin? Nach oben? Schlechte Idee! In den Keller? Schon besser. Der Waschkeller war der einzige Ort im Haus, den Rüdiger zuverlässig mied. Sekunden später lehnte Anna mit dem Rücken am Wäschetrockner und schluchzte sich den ganzen Frust der letzten Jahre von der Seele.

Am nächsten Morgen wurde Anna von Jasmins Stimme geweckt. „Hast du etwa auf dem Sofa geschlafen?“

„Oh … ja ich … bin wohl vor dem Fernseher eingenickt.“ In Wirklichkeit war sie nach einem langen Weinkrampf erst aus dem Keller gekommen, nachdem sie gehört hatte, wie Rüdiger in die obere Etage gegangen war.

„Soll ich schon mal Kaffee kochen?“

Verdammt! Anna wusste sofort, dass Jasmin etwas vom Streit mitbekommen haben musste. Ihr behutsamer Ton und das Angebot mit dem Kaffee …

Sie rang sich ein liebevolles Lächeln ab. „Das wäre super, Jasmin.“ Dann erhob sie sich hastig. Immer noch in der Kleidung vom Vorabend, bereitete sie schnell das Frühstück zu.

Dennis taumelte mit gewohnt verschlafenem Blick in die Küche. Wahrscheinlich hatte er gestern mit Kopfhörern vor seinem Computer gesessen und nichts mitgekriegt. Von Jasmins Blicken hingegen fühlte Anna sich verfolgt.

Sie hörte Rüdigers Schritte auf der Treppe, dann das Klacken der Haustür.

„Was ist mit Papa?“ Dennis rührte verschlafen in seinem Kakao.

„Der hat es heute eilig“, versuchte Anna die Situation zu erklären.

Jasmin sah ihre Mutter kurz an, dann starrte sie auf die Tischplatte. „Worüber habt ihr gestritten?“, fragte sie leise.

„Wir haben nicht gestritten?“

„Ihr habt gestritten?“ Jetzt schaute auch Dennis ihr ins Gesicht.

„Ja, herrje – auch Erwachsene streiten mal. Ihr zankt doch

auch dauernd." Anna holte tief Luft und bemühte sich um eine liebevoll-mütterliche Miene. „Keine Sorge, es betrifft euch nicht weiter."

„Nächste Woche können wir dir vielleicht auch mal im Garten helfen oder so ... wir sind dann ja zu Hause." Dennis konnte sich offensichtlich noch immer keinen Reim auf die Angelegenheit machen, versuchte aber sofort, im Rahmen seiner Möglichkeiten für gut Wetter zu sorgen.

„Zu Hause?" Anna legte eine Hand an ihre Stirn. „Ach ja ..." Heute war der letzte Schultag vor den Ferien, das hatte sie über all dem Stress ganz vergessen. „Das ist lieb, Dennis, wir gucken mal, was wir alles unternehmen können." Wieder rumorte eine dumpfe Wut in ihrem Magen. Große Ferien – alle anderen fuhren in den Urlaub. Sie hingegen würde wohl wieder sechs Wochen lang zwei schlecht gelaunte Teenager im Haus haben. Rüdiger arbeitete seit Jahren konsequent durch, Urlaub war für ihn ein Fremdwort. Vielleicht wäre das ja die Abwechslung mit der Familie gewesen, die er anscheinend vermisste. Aber diese Erkenntnis kam jetzt wohl zu spät. Anna wurde schlagartig bewusst, dass ihre Kinder seit mehr als drei Jahren die eisige, lähmende Atmosphäre in ihrem Zuhause mit ausbaden mussten. Ihr schlechtes Gewissen meldete sich mit aller Macht.

Rasch versuchte sie, von der trüben Stimmung abzulenken. „Heute Abend gebe ich Pizza aus – okay?", verkündete sie betont munter. „Und jetzt seht zu, dass ihr loskommt."

„Ich bin nach der Schule noch verabredet. Wir wollen in die Ferien reinfeiern." Jasmin blieb kurz vor ihrer Mutter stehen.

„Ist in Ordnung, aber trink keinen Alkohol. Habt Spaß!"

„Und ich gehe noch mit zu Bastian." Dennis griff sich seinen Rucksack und seine Sporttasche. „Die fahren Montag nach Sylt, und wir wollen vorher noch sein neues Computerspiel testen. Und um fünf ist noch mal Fußball, ich fahre dann mit Bastian hin."

„... aber denkt an die Pizza heute Abend."

Nachdem sie die Kinder zur Tür begleitet hatte, fiel ihr Blick wieder mal auf ihr Spiegelbild über der Kommode. Die Nacht auf dem Sofa war ihr nicht besonders gut bekommen. Sie war blass, und ihre Augen waren vom Weinen noch ganz rot. Einen langen Moment stand sie einfach nur da und starrte in ihr eigenes Gesicht. Ihr Kopf fühlte sich leer an, so konnte sie keinen klaren Gedanken fassen, vielleicht wollte sie das auch gar nicht. Dafür kristallisierte sich aus dem Aufruhr in ihrem Inneren ein Gefühl heraus – und zwar mit verblüffender Klarheit.

Sie ging nach oben und zog sich ein frisches T-Shirt an. Dabei fiel ihr Blick auf einen Zettel, der auf ihrer Seite des Bettes lag.

Anna, ich bin übers Wochenende verreist. Ich brauche etwas Zeit für mich.

Der Herr brauchte also Zeit für sich. Aha. Anna schüttelte den Kopf und knüllte den Zettel in der Hand zusammen. Dann ging sie wieder nach unten.

„Was mache ich hier eigentlich?", murmelte sie halblaut, als sie am Spiegel im Flur vorbeiging. In diesem Augenblick verselbstständigte sich ihr Spiegelbild, und sie blieb wie angewurzelt stehen und starrte auf die wütende Anna, die sie aus dem vergoldeten Rahmen heraus anfunkelte.

„Sieh gefälligst zu, dass *du* jetzt dein Leben in den Griff bekommst. Mach etwas, das für *dich* gut ist. Er braucht Zeit? Bitte – die kann er haben. Dann nimm du dir aber auch mal Zeit für dich."

Anna zuckte zurück und sah wieder ihr blasses, müdes Gesicht.

„Vielleicht sollte ich das wirklich tun ..." Nachdenklich ging sie in die Küche. Aber wie um alles in der Welt sollte sie das organisieren? Die Kinder ... Sie seufzte. Ihr war ein bisschen schwindelig. Aus dem zähen Nebel in ihrem Kopf formte sich schemenhaft eine Idee. Was wäre, wenn sie ... Nein, das war verrückt ... aber andererseits ...

Das Klingeln des Telefons riss sie zurück in die Wirklichkeit.

„Reuter", meldete sie sich, in Gedanken noch ganz woanders.

„Ich bin's, Anna", sagte die Stimme ihrer Mutter.

„Hallo." Anna, die sich immer noch seltsam abwesend fühlte, versuchte sich zusammenzureißen.

„Wir kommen heute zurück nach Köln, fahren aber morgen schon weiter. Karl muss ein Ersatzteil besorgen. Wie war es in Holland?"

„Gut."

„Und? Was gab's zu erben?" Anna entging der leicht sarkastische Unterton ihrer Mutter nicht.

„Das Haus und alles, was drin war ... Falls du irgendwas davon ..." Doch sie wusste sofort, dass ihre Mutter wohl kaum auf Erinnerungsstücke ihrer Eltern scharf war. Dafür hatte sie sich schon viel zu lange von ihnen losgesagt.

„Nee, lass mal. Wie geht es dir? Hast du Stress?"

„Nein", log Anna. Ihre Mutter würde wohl kaum merken, dass etwas nicht stimmte. Plötzlich hatte sie eine Art Eingebung und fragte hastig: „Wo fahrt ihr denn dann weiter hin?"

„Mal gucken, vielleicht Frankreich, Spanien ..."

„Mama, würdet ihr ... Ich weiß, es ist reichlich spontan und sehr kurzfristig, aber ... hättet ihr Lust, Dennis vielleicht mitzunehmen?"

„Dennis? Anna, was ist los?“ Der Versuch, ihre Mutter zu täuschen, durfte somit als gescheitert gelten. Cornelia hatte wider Erwarten mitgekriegt, dass irgendwas im Busch war.

„Rüdiger und ich hatten Streit, die Kinder haben ab morgen Ferien und …“, sie musste ein Schluchzen unterdrücken.

„Streit? Wollt ihr euch scheiden lassen?“ Scheidungen waren Cornelias Lieblingsthema. Aber so weit war Anna noch lange nicht.

„Nein, Mama, aber es ist … Es läuft gerade nicht so gut, und ich glaube nicht, dass es besser wird, wenn die Kinder jetzt wochenlang gelangweilt hier rumhocken, während all ihre Freunde im Urlaub sind … Ich wäre dir ganz einfach dankbar, wenn du mal was für deinen Enkel tun könntest.“

Cornelia seufzte leidend auf. „Moment.“

Anna hörte sie im Hintergrund mit ihrem Freund diskutieren. Karl mochte Dennis, das wusste Anna. Für ihn wäre es wohl kein Problem, den Jungen mitzunehmen. Bei dessen eigener Großmutter sah die Sache vermutlich anders aus.

„Anna? Was ist denn mit Jasmin? Also noch zwei Leute mit in den Wagen, das wird eng.“

„Um Jasmin kümmere ich mich. Wir gucken mal, dass wir ein paar Tage rauskommen, Mädelsurlaub halt. Dennis würde sich da langweilen, ich glaube, der hätte an einer Tour mit euch, mit Karl, mehr Spaß.“

„Na schön, wenn du meinst.“

Wieder ein gemurmeltes Gespräch im Hintergrund.

„Alles klar, wir kommen morgen gegen fünfzehn Uhr und sammeln ihn ein“, erklärte Cornelia dann. „Wir freuen uns“, setzte sie etwas gezwungen hinzu.

Anna war klar, dass ihre Mutter die Aussicht auf einen Urlaub mit ihrem pubertierenden Enkel nicht gerade begeisterte.

Aber das war ihr jetzt egal. So oft hatte sie Cornelia schließlich noch nicht um einen Gefallen gebeten.

„Super – danke, Mama. Bis morgen."

„Bis morgen."

Nachdem Anna aufgelegt hatte, starrte sie den Hörer noch eine Weile ungläubig an. Hatte sie das wirklich gerade getan? Sie schauderte. Oh, oh, Dennis würde bestimmt stinksauer sein, dass sie das einfach so über seinen Kopf hinweg entschieden hatte. Andererseits war er schon lange nicht mehr in den Ferien weggefahren, und er hing immer fasziniert an Karls und Cornelias Lippen, wenn die mal wieder vorbeischauten und von ihren Touren erzählten.

Anna versuchte, ihr Unbehagen zu verdrängen. Das würde eine Riesenüberraschung werden. Nicht nur für Dennis. Was war mit Jasmin? Die wäre im Leben nicht zu ihrer Oma und deren Lover ins Wohnmobil gestiegen, das war Anna klar. Die vage Idee, die ihr vor dem Anruf gekommen war, nahm konkretere Formen an. Sie würde mit ihrer Tochter etwas Besonderes unternehmen. Und zwar sofort – bevor Jasmin achtzehn und flügge wurde, bevor sich Anna und Rüdiger vielleicht trennten, bevor … alles anders wurde.

Anna ging entschlossen ins Wohnzimmer und klappte den Laptop auf, der dort auf dem Couchtisch lag. Rüdiger konnte sie mal. Sie wusste, dass auf ihrem eigenen Sparbuch noch genug Geld war, um der quälenden Situation hier ein paar Wochen lang zu entfliehen. Und genau das würde sie jetzt tun. Dann hatte er seine Auszeit. Und sie vielleicht endlich genug Abstand, um sich selbst wiederzufinden.

Sie rief die Internetseite des Zandwijk Nature Resorts in Surinam auf. Ein paar Klicks, und sie hatte ab übermorgen eine Lodge für die nächsten zwei Wochen gebucht. Die Bestätigungsmail auf Englisch landete wenige Minuten später mit einem *Pling* in ihrem Postfach: „*Wir freuen uns, Sie als Gast begrüßen zu dürfen. Für eine problemlose Anreise teilen Sie uns bitte mit, wann wir Sie am Flughafen in Paramaribo abholen dürfen.*"

Jetzt fehlte nur noch ein Flug für zwei Personen. Auch das war schnell erledigt. Sie schickte die Daten gleich weiter an das Zandwijk Nature Resort.

Dann lehnte sie sich auf dem Sofa zurück und betrachtete ihr Werk. Zwei Wochen Urlaub in Surinam. Reichlich Zeit, um sich diese geheimnisvolle Plantage anzusehen. Reichlich Zeit, um sich zu erholen. Reichlich Zeit mit ihrer Tochter ... Jasmin würde sie umbringen.

Plötzlich zitterte Anna am ganzen Körper. Oh Mann, schon am Sonntagmorgen müsste sie mit Jasmin in Amsterdam einchecken! Das war auf jeden Fall das Spontanste und Verrückteste, was sie je getan hatte. Sie atmete tief ein und aus, um sich zu beruhigen. Am besten fing sie sofort an zu packen. Was ihre Kinder wohl sagen würden? Sie brauchte einen Plan, sonst würde es gleich den nächsten Familienkrach geben. Anna klappte den Laptop zu und fuhr sich mit beiden Händen über das Gesicht. Dann ging sie in die obere Etage und suchte sämtliche Reisetaschen und Koffer zusammen, die sie finden konnte. Für Dennis und sich selbst konnte sie auf jeden Fall schon mal alles zusammensuchen. Ihr Sohn war nicht anspruchsvoll; er hatte ein paar Lieblingsklamotten, die sie kannte. Jennifer musste selbst packen, sie würde es ihrer Mutter bereits verübeln, wenn sie ihre Sachen nur anrührte. Für sich brauchte Anna nicht viel. Surinam? Was nahm man da mit? Früher hatte sie Reisenden lange Vorträge gehalten, was es alles zu beachten gab, wenn man in solche Länder fuhr. Sie selbst fühlte sich aber jetzt plötzlich damit überfordert. Sie atmete tief ein und aus und versuchte, sich auf die entscheidenden Fakten zu konzentrieren. Sommerkleidung natürlich, eine lange Hose und einen Pulli für die An- und Abreise, Mückenschutz, Medikamente, Reisepässe. Hektisch kramte sie in der Schublade mit den Familienunterlagen. Geld? Welche Währung galt dort? Aber das konnte sie am Flughafen erledigen, da gab es garantiert Bankautomaten und Wechselstuben. Im Resort reichte ohnehin die Kreditkarte.

Als sie wenig später den Inhalt ihres Koffers betrachtete, verspürte sie erstmals eine freudige Erregung. Wenn ihr vor einer Woche jemand gesagt hätte, dass sie der Spur ihrer Großmutter um die halbe Welt folgen würde, hätte sie ihn vermutlich für verrückt erklärt. Keine Frage, sie stürzte sich gerade in ein Abenteuer, aber nicht irgendeins, sondern eins, das in direktem Zusammenhang mit der Geschichte ihrer Familie stand. Plötzlich konnte sie es gar nicht erwarten aufzubrechen.

7. Kapitel

Je näher der Abend rückte, desto nervöser wurde Anna. Die gepackten Koffer für sie und Dennis standen im Schlafzimmer bereit. Jetzt musste sie ihre impulsive Vorstellung von der Gestaltung der Sommerferien nur noch den Kindern schmackhaft machen.

Beide kamen fast gleichzeitig nach Hause. Dennis verschwitzt und müde vom letzten Fußballtraining, Jasmin schon wieder mit dem Telefon vor der Nase und augenscheinlich leicht angesäuselt.

„Und? Wollt ihr gleich noch Pizza?“, empfing Anna die beiden mit aufgesetzt guter Laune.

„Ich ja.“ Dennis ließ seine Sportklamotten neben der Küchentür fallen und griff nach einer Flasche Wasser. Jasmin murmelte etwas, das sich nach „Hm ja“ anhörte, und setzte sich hin, ohne vom Handy aufzuschauen.

Anna nahm die Karte des Pizzalieferdienstes von der Pinnwand und legte sie auf den Tisch.

„Ich wie immer.“ Dennis schob die Karte zu Jasmin rüber.

„Ich auch.“

Anna verkniff sich eine säuerliche Bemerkung, nahm die Karte wieder an sich und wählte die Nummer.

Dennis spielte inzwischen ebenfalls mit seinem Smartphone. Anna hasste diese Dinger.

„Ich habe eine Überraschung für euch.“ Sie musste es ihnen jetzt sagen, sonst würde sie vor Aufregung platzen.

Die Kinder zeigten keine Reaktion.

„Hallo? Ich rede mit euch!“ Annas Ton wurde schärfer.

Jetzt sahen die beiden sie verwundert an.

„Also, es ist so. Wir haben … ihr habt ja in den letzten Jahren in den Ferien …“ Anna unterbrach ihr Gestammel, holte tief Luft und setzte noch einmal neu an. „Weil wir ja lange nicht richtig weggefahren sind, habe ich mir für diesen Sommer etwas anderes überlegt.“ Sie rang sich ein Lächeln ab.

Dennis und Jasmin starrten sie an, als würde sie eine andere Sprache sprechen.

„Dennis – du darfst mit Oma und Karl wegfahren, sie holen dich morgen Nachmittag mit dem Wohnmobil ab, und dann geht es Richtung Frankreich, vielleicht sogar Spanien. Oma und Karl freuen sich schon sehr auf dich.“ Nun gut, das war jetzt vielleicht geflunkert, aber Anna würde alles behaupten, um Dennis für ihre Idee zu begeistern.

Ihr Sohn machte große Augen und legte sein Telefon beiseite.

„Mit Oma? Aber …“

Anna bemerkte, wie Jasmin ihren kleinen Bruder unter dem Tisch anstieß.

„Okay – das kommt jetzt ein bisschen kurzfristig“, sagte er, obwohl er vorher offensichtlich etwas anderes hatte sagen wollen.

„Ist das okay?“ Anna wurde unsicher. „Ich … ich dachte, du freust dich.“

Dennis zuckte die Achseln. „Ja, ist schon okay. Karls WoMo ist cool … und die anderen sind ja eh alle weg in den nächsten Wochen, und Fußball fällt auch flach.“

„Das wird bestimmt lustig, ich hab deine Sachen schon gepackt.“ *Puh, das war noch einfach!* Anna wappnete sich innerlich für die nächste Offenbarung. „Und wir beide, Jasmin …“, sie sah ihre Tochter fest an, „… wir fahren auch los. Besser gesagt: Wir fliegen. In einen Mutter-Tochter-Urlaub, bevor du demnächst flügge wirst … Was meinst du?“

Jasmins Gesicht zeigte diverse Regungen, Begeisterung gehörte allerdings nicht dazu. Die steile Falte, die sich zwischen ihren Brauen gebildet hatte, deutete eher auf Misstrauen hin. „Ich wollte eigentlich … na ja. Müssen wir? Ich meine …“ Sie schien hin- und hergerissen.

„Ich würde mich wirklich sehr freuen, Jasmin.“ Anna war schon wieder den Tränen nahe. Es tat ihr leid, dass sie ihre Kinder so überrumpeln musste.

„Und Papa?“, fragte Jasmin leise.

„Der muss arbeiten.“ Anna warf ihrer Tochter einen Blick zu, der weitere Fragen verbot. Sie brachte es noch nicht über sich, den beiden zu erklären, was zwischen ihr und Rüdiger los war. Sie musste schlucken. „Also?“

Jasmin legte den Kopf schräg. Ihre Miene ließ keinen Zweifel daran, dass sie nur aus Mitleid mit ihrer Mutter den Mund hielt, statt gegen den Zwangsurlaub zu wettern. „Okay“, sagte sie gedehnt. „Und wo wollen wir hin?“

„Ich habe schon was gebucht. Ist aber eine Überraschung! Auf jeden Fall ins Warme.“ Sie bemühte sich um einen lässigen Ton. „Du musst nur morgen noch schnell deine Sachen packen. Wir fahren Samstagabend zum Flughafen.“

Anna hatte schon am Nachmittag beschlossen, dass es wohl besser war, ihre Tochter im Ungewissen über das Ferienziel zu lassen. Sonst hätte die vermutlich noch einen Rückzieher gemacht. Jasmin hatte daheim in Köln zwar gerne mal eine große Klappe, bislang aber keine große Reiselust an den Tag gelegt. Vor zehn Jahren waren sie mal alle zusammen an der Ostsee gewesen. Dennis hatte seinen Spaß gehabt, Jasmin eher gefremdelt … Aber jetzt war sie immerhin fast achtzehn. Anna selbst war, bevor sie die Kinder bekommen hatte, oft unterwegs gewesen, allein schon aus beruflichen Gründen: auf Messen, bei Hoteleröffnungen; einmal hatte sie sogar an der Jungfernfahrt eines Kreuzfahrtschiffes teilgenommen. Wenn sich in ihrem Reisebüro eine derartige Gelegenheit auftat, hatte sie immer sofort zugesagt. Rüdiger hingegen war ein Reisemuffel. Dienstreisen ertrug er notgedrungen, aber schon die paar Fahrten zu Großmutter Rijke nach Holland oder die wenigen Familienurlaube waren ihm zu viel geworden. Das war nie sein Ding gewesen. Anna seufzte leise … so viel zum Thema fehlende Abwechslung. Was stellte er sich eigentlich darunter vor? Die Klingel an der Haustür riss Anna aus ihren Gedanken. „Die Pizza!"

Das Essen verlief eher schweigend. Während Dennis den unerwarteten Spontanurlaub anscheinend ungerührt hinnahm und bereits wieder mit irgendwelchen Freunden chattete, stocherte Jasmin lustlos und nachdenklich in ihrem Essen herum.

„Jasmin, das wird toll, glaub mir", versuchte Anna es nochmals zaghaft, doch sie merkte selbst, dass es sich eher nach Entschuldigung anhörte als nach Aufmunterung.

„Wie lange sind wir denn weg?", erkundigte Jasmin sich freudlos.

„Ich habe drei Wochen gebucht."

„Drei Wochen?!" Jasmins Mitleid schien sich zu verflüchtigen. „Muss das sein?"

„Muss ich etwa auch so lange mit Oma und Karl rumfahren?", mischte Dennis sich ein.

„Na hört mal … für ein paar Tage lohnt sich so was ja wohl nicht. Außerdem habt ihr danach zu Hause noch ganze drei Wochen." An die Anna jetzt am liebsten gar nicht denken wollte.

„Dann geh ich wohl mal packen …" Jasmin stand abrupt auf und verschwand aus der Küche.

„Ach Mama, die ist nur sauer, weil sie jetzt nicht die ganzen Ferien mit diesem Fabian oder Florian oder wie immer der Typ heißt, rummachen kann.“ Dennis verzog angeekelt das Gesicht und stürzte sich dann mit ungebremstem Appetit auf den Rest von Jasmins Pizza.

Anna machte in der Nacht kaum ein Auge zu. Rüdiger war natürlich am Abend nicht nach Hause gekommen. War er wohl bei ihr? Bei dem Gedanken wurde Anna ganz übel. War es wirklich vorbei, wie er gesagt hatte? Hatte Ramona tatsächlich einen Freund? Oder war Rüdigers plötzlich eingestandener Wunsch nach „Abwechslung“ vielleicht nur vorgeschoben; ging es ihm in Wahrheit nur darum, die alte Affäre wieder aufflammen zu lassen? Diese verdammte Grübelei. Anna war froh, als der Morgen dämmerte und die ersten Vögel zwitscherten.

Der Vormittag war hektisch – zwar hinterfragten die Kinder ihre Reisepläne nicht mehr, doch das Packen schien für beide eine Riesenherausforderung zu sein, die mindestens eine Woche Vorbereitungszeit erfordert hätte, nun aber binnen eines Tages bewältigt werden musste. Vor allem die diversen Zubehörteile fürs Smartphone warfen Probleme auf. Anna ging irgendwann dazwischen.

„Dennis will mir die Powerbank nicht geben, Mama“, quengelte Jasmin.

„Was ist das, und wozu braucht man das?“

Dennis rollte mit den Augen. „Mama, das ist ein externer Akku fürs Handy.“

„Gib den Dennis mit – ich weiß nicht, wie das mit dem Strom im Wohnmobil ist.“

„Und die Kopfhörer?“ Jasmins Stimme wurde schrill.

„Gibt es davon nicht zwei Paar?“, erkundigte Anna sich genervt.

„Die alten sehen kacke aus.“ Jasmin verschränkte die Arme vor der Brust.

„Okay – Dennis, du nimmst die alten.“

Dennis zog eine Schnute.

„Oma ist es egal, wie du damit aussiehst.“ Anna grinste ihren Sohn an. „Jasmin bekommt die schicken Dinger mit. Und jetzt packt den Rest alleine, ihr seid alt genug – das muss ich nicht auch noch kontrollieren. Jasmin, denk dran: Fluggepäck – wir fahren nicht mit einem Lkw in den Urlaub. Und leichte Klamotten, in …“, fast hätte Anna sich in der Hektik verplappert, kriegte aber gerade noch die Kurve. „Da, wo wir hinfliegen, ist es warm, sehr warm.“

Anna war heilfroh, als um kurz nach drei das Wohnmobil draußen vorfuhr.

„Oma ist da!“

Sie fing ihre Mutter schon beim Aussteigen mit einem Sag-bloß-nichts-Falsches-Blick ab. Das Letzte, was Anna jetzt gebrauchen konnte, war ein Vortrag über den Streit zwischen ihr und Rüdiger. Cornelia hielt sich tatsächlich bedeckt und schaffte es sogar, ihre Enkel freudig zu begrüßen.

„Feeerien – ach, ist das nicht schön, Dennis wir freuen uns sehr, und Jasmin … Mama hat sich bestimmt was Tolles ausgedacht, wo geht's denn hin? Du kommst bestimmt knackebraun wieder.“ Sie umarmte ihre Enkel überschwänglich. Karl, der ihr aus dem Wohnmobil gefolgt war, beließ es bei einem kurzen Schulterdrücken. Obwohl er schon seit ein paar Jahren mit Cornelia durch die Welt zog, war er mit den Kindern noch nicht ganz so vertraut. Eigenen Nachwuchs hatte er, soweit Anna wusste, nicht. Doch Dennis war pflegeleicht, stand auf Technik und andere „Männersachen“ – für die sein eigener Vater schon lange keine Zeit mehr erübrigte.

Wahrscheinlich würden er und Karl sich prima verstehen, jedenfalls hoffte Anna das aus vollem Herzen, schon, um sich daran zu hindern, doch noch in letzter Sekunde einen Rückzieher zu machen.

Es dauerte nicht lange, Dennis' Gepäck im Wohnmobil zu verstauen. Das Ding war so lang, dass es am Heck über eine zusätzliche Schlafkabine verfügte, die normalerweise als begehbarer Kleiderschrank benutzt wurde. Cornelia hatte aber schon alles beiseitegeräumt, um für den pubertierenden Teenager ein eigenes Reich zu schaffen. Karl hatte dort sogar noch eigens für ihn einen kleinen Fernseher anbringen lassen. Vor Begeisterung stieß Dennis einen noch ganz und gar kindlichen Jubelschrei aus.

„Wir nehmen ihn wirklich gerne mit", flüsterte Cornelia ihrer Tochter zu und legte ihr eine Hand auf die Schulter. „Und du und Jasmin, ihr macht euch mal eine schöne Zeit, alles andere kommt ganz bestimmt wieder ins Lot."

Anna wären fast die Tränen gekommen bei so viel ungewohnter mütterlicher Fürsorge. „Danke, Mama."

Jasmin und Anna winkten dem Wohnmobil nach, bis es ihren Blicken entschwand.

„So, Tochter, und jetzt wir", sagte Anna. „Das Gepäck muss noch ins Auto, und gegen fünf fahren wir los."

„Zu welchem Flughafen eigentlich?"

„Amsterdam."

„Amsterdam? Gab es da nichts Näheres?"

„Nein – bei Last Minute war das der günstigste." Anna hasste es, lügen zu müssen. „Ich hol mal den Autoschlüssel und die ersten Taschen."

„Wohin fliegen wir denn nun?", rief Jasmin ihr hinterher.

Anna blieb stehen. „Pa...ra... Para...ma...ri...bo", nuschelte sie fast unverständlich vor sich hin. Zu ihrer Erleichterung sah sie, dass Jasmin schon wieder viel zu intensiv mit ihrem Telefon beschäftigt war, um genau hinzuhören.

Die Fahrt zum Flughafen verlief still. Anna spürte, dass ihre Tochter sehr wohl wusste, dass es hier um mehr als einen Urlaub ging. Jasmin war nicht dumm. Ihr war vollkommen klar, dass ihre Eltern sich böse gestritten hatten und Abstand voneinander brauchten. Anna brachte es nicht über sich, ihr zu erklären, dass in Wahrheit noch etwas anderes hinter ihrer Reise steckte. Irgendwann in den nächsten drei Wochen würde sie das Gespräch mit Jasmin suchen, aber nicht heute, dazu hatte sie jetzt keinen Nerv. Daher verschanzte sich Jasmin hinter ihrem Telefon und hörte Musik über die Kopfhörer, und Anna starrte auf die Straße, die vor ihnen lag.

Trotz der späten Stunde herrschte um Amsterdam herum dichter Verkehr, und Anna musste sich konzentrieren. Als sie das Auto endlich in einem der Dauerparkhäuser des Flughafens abgestellt hatte, war sie fix und fertig, doch noch konnten sie keine Pause machen. Jasmin nörgelte, als sie helfen musste, das Gepäck in die Abflughallen zu bugsieren.

„Zu Hause hältst du es auch bis spät in die Nacht auf irgendwelchen Partys aus“, frotzelte Anna. Der Flug würde lang genug sein, um sich von der Anstrengung zu erholen.

Nach gefühlt mehreren Kilometern durch den weitläufigen Flughafen fand Anna endlich das richtige Terminal. Sie stellte ihren Koffer ab und drehte sich zu Jasmin um.

„Warte hier, ich muss noch die Tourist-Card besorgen.“

„Was?“ Jasmin schaute kurz von ihrem Telefondisplay auf und zog sich mit einer Hand die Kopfhörer aus den Ohren.

Anna sah ihre Tochter missmutig an. „Ich sagte, du sollst hier warten, und lass jetzt mal die Dinger aus den Ohren.“

Jasmin verzog das Gesicht.

Anna versuchte, sich in dem unübersichtlichen Terminal zu orientieren. Es dauerte eine Weile, bis sie das Büro des Konsulats gefunden hatte. Kurze Zeit später und vierzig Euro ärmer stand sie wieder neben ihrer Tochter.

„Jetzt komm schon, Jasmin."

„Was?"

Jasmin hatte schon wieder die Kopfhörerknöpfe in den Ohren.

„Ich sagte ‚komm' – wir müssen weiter." Waren Teenager heutzutage ohne Handy und Kopfhörer überhaupt noch funktionstüchtig? Seit sie in Köln das Haus verlassen hatten, hatte Jasmin ihr Handy nicht ein Mal aus der Hand gelegt. Anna musste sich schwer beherrschen, ihr das Ding nicht einfach zu entreißen und in den nächsten Mülleimer zu werfen. Stattdessen packte sie ihre Tochter am Arm und schob sie vor sich her.

Als sie endlich den passenden Check-in-Schalter gefunden hatte, atmete Anna auf. Der riesige Flughafen flößte ihr gehörigen Respekt ein; die Chance, sich hier zu verlaufen, war enorm groß.

Jasmin schaute sich um und deutete auf die Anzeigetafel. „Hier sind wir falsch."

„Nein, sind wir nicht."

„Da steht aber nicht Palma ... da steht Pa...ra..."

„Wieso Palma?" Anna sah ihre Tochter gereizt an.

„Sagtest du nicht, wir fliegen nach Palma?"

„Nein – wir fliegen nach ... Paramaribo."

Jasmins Finger flogen über das Handydisplay. Dann stutzte sie und hielt ihrer Mutter vorwurfsvoll das Telefon unter die die Nase. „Bist du irre – da ist ... nichts. Das ist am Arsch der Welt! Warum hast du mir nicht gesagt, wo wir hinfliegen?!"

„Habe ich doch, zu Hause, bevor wir das Auto vollgepackt haben – aber du hast ja ständig diese Dinger in den Ohren, und wenn man dir nicht gerade eine Nachricht auf das verdammte Handy schickt, scheinst du nichts mehr mitzukriegen."

„Da will ich nicht hin, ich will zurück nach Hause. Ich kann nichts dafür, dass ihr euch gestritten habt, und da in die Wildnis ... da will ich ganz bestimmt nicht hin."

„Zu spät."

„Was willst *du* da überhaupt?", fragte Jasmin weinerlich.

War es doch falsch gewesen, ihre Tochter mitzunehmen? Anna seufzte leise. „Das erkläre ich dir im Flieger, wir müssen jetzt einchecken."

Eine Stunde später saß Anna neben Jasmin im Flieger. Es war drei Uhr morgens. Jasmins Gesichtsfarbe wechselte von blass zu rötlich, dann wieder zu blass.

„Schalte jetzt das Handy aus", mahnte Anna.

„Ist schon im Flugmodus." Jasmin drückte sich tiefer in den Sitz. „Wann sind wir da?"

„Wir sind noch nicht mal in der Luft."

„Wie lange dauert der Flug?"

Anna zuckte mit den Schultern. „Ungefähr elf Stunden."

Der Seitenblick, den Jasmin ihr jetzt zuwarf, hätte einen Elefanten töten können. „Elf?"

„Ja, elf."

„Weiß Papa überhaupt, wo wir hinfliegen?"

Anna überlegte kurz, entschied sich dann aber, die Wahrheit zu sagen. „Nein."

„Er wird mächtig böse sein."

„Ja ..." Annas Magen krampfte sich zusammen, und das lag nicht an den aufheulenden Triebwerken.

8. Kapitel

Wasser, Wolken, Wolken, Wasser. Der Flug über den Atlantik schien eine Reise ins Nichts zu werden. Jasmin war irgendwann eingeschlafen. Anna nickte auch einige Male kurz weg, um dann wieder unsanft hochzufahren. Die Enge im Flugzeug und die ungewohnten Geräusche machten ihr doch mehr zu schaffen, als sie gedacht hatte. Sie fühlte sich die ersten Stunden angespannt, dann einfach nur noch müde und erschöpft. Die letzten Stunden wollten einfach nicht rumgehen. Gerade war sie doch wieder kurz eingeschlafen, als eine schnarrende Durchsage die baldige Ankunft am Johan Adolf Pengel International Airport ankündigte. Sie spürte, wie das Flugzeug allmählich in den Sinkflug ging, und das unendlich scheinende Blau unter ihnen wechselte abrupt zu einem satten, dunklen Grün, das hier und da von dicken Hochnebelfeldern umschlungen wurde. Anna stieß Jasmin sanft an.

„Schatz, wir landen bald."

Jasmin wurde nur langsam wach, und je weiter sie ihre Augen öffnete, desto blasser wurde sie.

„Mir ist schlecht."

„Das liegt bestimmt daran, dass du seit Stunden nichts gegessen und kaum getrunken hast."

„Ey, Mama, hast du dir das Zeug angeschaut, das die hier servieren?"

Da musste Anna ihrer Tochter recht geben – appetitlich war was anderes. „Wenn wir gleich gelandet sind, musst du erst mal was essen, okay?"

Angesichts der hektischen roten Flecken, die sich auf Jasmins Wangen bildeten, griff Anna aber doch vorsichtshalber nach einer der Spucktüten.

„Schau mal, wir sind schon über Land. Kann nicht mehr lange dauern."

Bitte, bitte lass sie jetzt nicht kotzen. Anna schickte ein Stoßgebet zum Himmel. Vermutlich würde Jasmin vor Scham im Boden versinken, im Leben kein Wort mehr mit ihrer Mutter wechseln und in drei Wochen nur unter massivem Protest wieder ins Flugzeug steigen.

Jasmin blickte aus dem Fenster, und der Anblick von festem Boden unter sich schien sie in der Tat etwas zu beruhigen. Anna ergriff die Hand ihrer Tochter, und die ließ es nicht nur geschehen, sondern drückte sogar sanft zurück.

Wenige Minuten später begann der Landeanflug. Unter ihnen war immer noch nicht viel zu erkennen. Über dem Land hingen dicke, nebelartige Wolken, durch die nur hier und da Wald hervorblitzte. Straßen oder gar Ansiedlungen gab es so gut wie gar nicht. Anna musste inzwischen auch schwer schlucken, denn das Flugzeug wackelte unsanft hin und her. Mitten im Nirgendwo setzte es schließlich auf einer Landebahn auf. Nach einem kurzen Applaus der Passagiere brach in der Kabine die übliche Ankunfts-Unruhe aus. In einiger Entfernung vom Flughafengebäude rollte der Flieger aus, und Anna beobachtete durchs Fenster, wie die Gangway herangefahren wurde.

Sie fädelten sich im Gang zwischen den anderen Passagieren ein. Jasmin war etwas wackelig auf den Beinen, und auch Anna konnte nicht behaupten, dass ihr das lange Sitzen gutgetan hatte. Sie sehnte sich förmlich nach frischer Luft. Die blieb allerdings auch nach dem Aussteigen Mangelware: Es war heiß, sehr heiß im Vergleich zum deutschen Klima und zudem so schwül, dass ihre Bluse Anna binnen Sekunden am Körper klebte.

„Puh …“, schnaufte sie.

„Super Wetter, Mama!“ Zumindest Jasmins Lebensgeister schienen wieder aufzuwachen.

Da die Passagier-Schlange sich auf das große, flache Gebäude zubewegte, schlossen sie sich einfach an. Drinnen mussten sie erst durch die Passkontrolle, anschließend holten sie ihre Koffer vom Gepäckband und standen dann etwas verloren in der großen Ankunftshalle. Wo sollten sie jetzt hin? Hatte das Resort die E-Mail mit ihren Ankunftsdaten erhalten? Würde man sie finden? Vor dem Ausgang entdeckte sie einige Menschen mit Schildern in der Hand. Obwohl ihr der Magen knurrte, traute Anna sich nicht, nach einer Snackbar zu suchen, aus Angst, dass man sie hier vergessen oder verpassen könnte. Sie musste sich zusammenreißen, um ihre Unsicherheit vor Jasmin zu verbergen. „Halte doch mal Ausschau, ob du irgendwo unsere Namen entdeckst oder den Hinweis Zandwijk Nature Resort.“

„Warum wolltest du bloß unbedingt hierher?“

„Weil es hier sehr schön sein soll und ich ein super Hotel gebucht habe, in dem wir beide drei Wochen lang den perfekten Urlaub machen werden.“ Anna war gereizt. Immer wieder ließ sie ihren Blick durch die Halle schweifen. Die große Uhr an der Wand zeigte zehn Uhr Ortszeit, es war also noch früh am Tag. Anna fühlte sich hundemüde. Wie lange waren sie jetzt unterwegs?

„Da vorne – guck mal!“ Jasmin zeigte auf einen jungen, dunkelhäutigen Mann mit langen Rastalocken. Er trug ein buntes Hemd – und ein Plakat, auf dem „Zandwijk“ stand.

Anna atmete auf und lief schnurstracks auf den Mann zu, ihren Koffer im Schlepptau.

„*Ah, welcome to Surinam! Are you Mevrouw Reuter?*“ Er sprach einen Mix aus Englisch und Niederländisch und grinste dabei über das ganze Gesicht.

„Yes.“

„*Okay. I am David – I will bring you to Zandwijk. Come – I hope you had a good flight?*“ Er griff nach Annas Koffer und dann nach Jasmins. „*Oh, young Mevrouw – give me your suitcase, too! We must go … come … come!*“

Er trug die beiden schweren Koffer so mühelos aus der Halle, als ob nur Federn darin wären.

Anna musste sich etwas sammeln, sie schwitzte furchtbar und konnte draußen in der schwülen Luft kaum durchatmen, während sie David zu einem Parkplatz folgte. Sie besann sich auf ihre guten Sprachkenntnisse und schwenkte ebenfalls auf Englisch um. Niederländisch traute sie sich jetzt noch nicht zu.

„Wie weit ist es denn bis nach Zandwijk?“, wollte sie wissen, da sie tatsächlich versäumt hatte, noch einmal nachzusehen, wo genau die ehemalige Plantage lag.

„Wir fahren erst mit dem Auto zum Fluss und steigen dort ins Boot um. Keine Sorge, ich bringe Sie sicher an ihr Ziel.“ David grinste ihr über die Schulter zu und entblößte dabei zwei Reihen schneeweißer Zähne. Neben einem alten, leicht zerbeulten Auto blieb er stehen, öffnete den Kofferraum und verstaute schwungvoll ihr Gepäck.

„Und wie lange wird die Fahrt ungefähr dauern?“ Anna hatte noch keine Antwort auf ihre Frage.

„Oh, Mevrouw – mit dem Auto sind es nur eineinhalb Stunden bis zum Fluss.“

„Hat er gerade gesagt, wir müssen jetzt noch mal eineinhalb Stunden mit dem Auto fahren?“ Jasmin sah Anna fragend an.

„Äh, ja … hat er …“

„Du hast keine Ahnung, wo genau wir da eigentlich landen, oder?" Jasmin schüttelte ungläubig den Kopf.

„David, sorry, und wie lange dauert dann die Bootsfahrt?"

„Bitte einsteigen, Mevrouws. Die Bootsfahrt? Ach …" Er winkte ab. „Nur zwei Stunden."

Jasmin bekam riesengroße Augen. „Na toll!"

Anna war auch nicht gerade wohl bei dem Gedanken, noch mal endlos unterwegs zu sein. „Können wir vorher noch irgendwo was essen? Im Flieger …"

„Kein Problem", fiel David ihr ins Wort und grinste wieder übers ganze Gesicht. „Ich habe was zu essen und zu trinken auf dem Boot. Das Zandwijk Nature Resort lässt seine Gäste nicht verhungern."

Auf dem Boot? Anna wurde schon wieder flau im Magen.

Die Fahrt über die mal mehr, mal weniger gut ausgebaute Straße verlief kurzweiliger als befürchtet, auch, weil die für europäische Augen ungewohnte Landschaft für Ablenkung sorgte. Üppiger Regenwald wechselte sich mit buschbewachsenen Ebenen ab, und die tropische Vielfalt des üppigen Grüns erinnerte an ein vollgestopftes Gewächshaus. Auch von den Temperaturen her – die alte Klapperkiste verfügte nicht über den Luxus einer Klimaanlage; durch das geöffnete Fenster strömte brühwarme, feuchte Luft herein. David hatte das Radio aufgedreht, aus dem afrikanisch-karibische Rhythmen drangen, und ihnen zwei Flaschen Wasser gereicht, mit der wiederholten Beteuerung, dass er ihnen auf dem Boot Besseres bieten würde. Jasmins Wangen waren wieder rosig, und nachdem sie sich in der ersten Stunde alle fünf Minuten lautstark darüber beschwert hatte, dass ihr Handy keinen Empfang hatte, schaute sie inzwischen neugierig aus dem Fenster. Vielleicht würde dieses Abenteuer ja doch noch die Reiselust ihrer Tochter wecken, dachte Anna hoffnungsvoll.

Die Straße verengte sich zu einem schmalen Waldweg mit tiefen Schlaglöchern und endete irgendwann abrupt auf einer Lichtung. Vor ihnen lag ein breiter Strom.

„Voilà – der Surinam, Mevrouws." David parkte den Wagen unter einem nicht sonderlich stabil wirkenden Carport, der einfach zwischen die Bäume gebaut worden war. Ein Gebäude gab es hier nicht.

„Das ist unser Anleger für Gäste, die vom Flugplatz kommen. Ist der kürzeste Weg", erklärte David und lächelte entschuldigend. Wahrscheinlich war er daran gewöhnt, dass Touristen, die er hierher verfrachtete, ihn fassungslos anstarrten.

Jasmin und Anna stiegen zögernd aus.

„Da ist es." Jasmin zeigte auf einen Holzsteg am Ufer. Daran vertäut lag ein langes schmales Boot, dessen hinterer Bereich mit einer Plane bespannt war.

Anna starrte auf den Fluss. Das Wasser war dunkel, wenig einladend und schien eine starke Strömung zu haben. Wenn sie geahnt hätte, was für ein Abenteuer das hier war, hätte sie die Buchung sofort wieder storniert.

„Kommen Sie, kommen Sie." David trug bereits das Gepäck zu dem schmalen Anleger.

„Da steig ich nicht ein!" Jasmin schüttelte entschieden den Kopf.

„Wir haben wohl keine andere Wahl … Ich wusste wirklich nicht, was auf uns zukommt. Es tut mir leid, Jasmin." Anna brachte immerhin ein schiefes Lächeln zustande.

„Bitte kommen Sie, Mevrouws. Mögen Sie Sandwiches?"

Bei der Frage musste Jasmin leise lachen. Sandwiches,

mitten im Dschungel! „Wenigstens müssen wir nicht hungrig sterben …“ Sie seufzte ergeben und ging auf den Steg zu.

Nachdem sie vorsichtig in das Boot geklettert waren, stellte Anna fest, dass es unter dem Planendach recht komfortabel war. Es gab Sitzbänke mit vielen Kissen, und David zauberte wie versprochen aus einer Kühlbox Getränke und sorgfältig in Folie eingeschlagene Sandwiches hervor.

„Essen Sie erst in Ruhe, dann legen wir ab.“

Die Brote waren köstlich, belegt mit einer Mischung aus Salat, irgendeinem undefinierbaren Obst und süßsaurem Dressing.

„Das ist lecker“, gab sogar Jasmin zu, die begeistert kaute und insgesamt etwas besänftigter wirkte. Selbst die bevorstehende Bootsfahrt schien ihr jetzt nicht mehr so viel Sorge zu bereiten.

„Unsere Gäste haben oft Hunger nach dem langen Flug, Vrouw Breek gibt daher immer einen Lunch mit“, erwiderte David.

Anna verschluckte sich fast am Rest des Sandwiches. Der Name Breek rief ihr schlagartig wieder in Erinnerung, warum sie wirklich hier war. Während der umständlichen Anreise hatte sie alle Gedanken an Rijkes Erbe verdrängt, und selbst jetzt, da sie mitten in der Wildnis in einem schmalen Boot hockte und Sandwiches aß – was an sich schon skurril genug war –, wollte ihr einfach nicht in den Kopf, wie dieser Ort und ihre Großmutter zusammenpassen sollten.

„So, Mevrouws, ich denke, wir können jetzt losfahren.“ David holte das dicke Tau ein und warf den Außenbordmotor an, der mit höllischem Lärm zum Leben erwachte. Das Boot drehte sich vom Steg weg und tuckerte dann langsam zur Flussmitte, wo es sich gegen die Strömung legte. Hier draußen auf dem Wasser war einiges los. Andere Boote flogen förmlich an ihnen vorbei, stromaufwärts und stromabwärts.

„Bereit?“ David grinste. „Dann – festhalten!“ Er gab Gas, der Bug des Bootes hob sich etwas aus dem Wasser, und dann bretterten sie mit so atemberaubendem Tempo los, dass Anna sich an der Bank festkrallte, auf der sie saß.

Jasmin quietsche erst laut auf, dann schrie sie gegen den Fahrtwind: „Das ist cool!“

Das Bootfahren schien ihrer Tochter mehr zu liegen als das Fliegen, was Anna von sich selbst nicht unbedingt behaupten konnte. Während sie pfeilschnell über das Wasser schossen, benetzte feine Gischt ihre Haut und sorgte für eine spontane Abkühlung.

„Das ist unsere Surinam-Autobahn“, brüllte David über den ohrenbetäubenden Motorenlärm hinweg. Er stand lässig am Steuerknüppel; sein buntes Hemd flatterte im Fahrtwind.

Nach gut zwanzig Minuten konnte auch Anna sich wieder etwas entspannen. Trotz des hohen Tempos lag das Boot sehr ruhig im Wasser, wie auf Schienen glitten sie stromaufwärts, meist durch dichte Mangrovenwälder. Schwärme von bunten Vögeln hockten in den Ästen oder flatterten auf, wenn das Boot sich näherte. Hin und wieder waren kleine Siedlungen zu sehen: Holzhäuser auf hohen Stelzen direkt am Wasser, halb nackte dunkelhäutige Kinder, die am sandigen Ufer spielten, Frauen, die ihre Wäsche im Fluss wuschen – ein flüchtiger Eindruck, und schon waren sie daran vorbeigesaust.

Jasmin streckte die Nase in den Wind.

Anna musste lächeln. Vielleicht fand ihre Tochter ja doch noch Gefallen an der Reise. Sie lehnte sich zurück und versuchte, die Fahrt ebenfalls zu genießen, doch ihre Gedanken wanderten erneut zu ihrer Oma. War Rijke einst auch mit so einem Boot über den Surinam gefahren? Nein ... das konnte sich Anna beim besten Willen nicht vorstellen.

Sie hatte keine Ahnung, wie viele Kilometer sie auf dem Wasser zurückgelegt hatten, aber die Fahrt verging schneller als gedacht. Dem Stand der Sonne nach musste es um die Mittagszeit sein, als in der Ferne an einer Biegung des Flusses ein Strand auftauchte, mit mehreren Lodges, die ebenso auf Stelzen gebaut waren wie die Hütten der Siedlungen, an denen sie vorbeigefahren waren.

„Gleich sind wir da", brüllte David und drosselte das Tempo. Das Fehlen des Fahrtwindes brachte die schwüle Hitze zurück.

Das Boot schwenkte zum Ufer hin und steuerte einen breiten, hölzernen Steg an. Anna wurde etwas schwindelig, aber sie wusste nicht, ob das am abrupten Fahrtende lag oder an dem Anblick, den sie kurz zwischen den Bäumen hindurch erhascht hatte: Da lag es, das große, alte, weiß getünchte Plantagenhaus, umgeben von einem wahren Blütenmeer. Oder hatte ihre Fantasie ihr da gerade einen Streich gespielt?

David vertäute das Boot am Anleger. „Mevrouws – ich hoffe, Sie hatten eine angenehme Fahrt. Willkommen im Zandwijk Nature Resort. Ich bringe Ihr Gepäck direkt zur Lodge. Man erwartet Sie sicher schon im Haupthaus, immer den Weg da entlang." Er deutete auf einen Pfad, der sich vom Ufer aus durch das grüne Dickicht schlängelte. „Ich wünsche Ihnen einen angenehmen Aufenthalt, wir werden uns sicher noch sehen."

Anna kletterte mit weichen Knien aus dem Boot. Jasmin sprang deutlich agiler hinterher. „Sieht gar nicht so schlecht aus", sagte sie versöhnlich und reichte ihrer Mutter die Hand.

9. Kapitel

Der Weg vom Ufer führte über einige Stufen zu einer weitläufigen Freifläche inmitten des Regenwaldes. Dort erhob sich, umrahmt von blühenden Büschen, die Anna nicht kannte, das imposante Gebäude: zweistöckig, mit umlaufender Veranda, darüber, auf Pfeiler gestützt, ein Balkon, der ebenfalls einmal um das Haus herumführte.

Jasmin blieb stehen und starrte das Anwesen mit großen Augen an. „Das sieht ja aus wie aus diesem Film. Du weißt schon, dieser alte Schinken. Mit Scarlett."

Der Vergleich mit „Vom Winde verweht" hatte sich Anna auch sofort aufgedrängt. Nur, dass in diesem Prachtbau nicht Scarlett O'Hara gelebt hatte, sondern möglicherweise Oma Rijke. Auf den zweiten Blick konnte man allerdings erkennen, dass das Haus keine echte Südstaaten-Villa war, sondern etliche typisch holländische Details aufwies, zum Beispiel die Fensterläden oder die Holzornamente an den Geländern.

Ein kleines Holzschild neben dem Haupteingang wies den Weg zur Rezeption. Auf der Balustrade der Veranda hockte ein großer Papagei, stolzierte ein paar Schritte hin und her, als er die Neuankömmlinge entdeckte, und nickte mit dem Köpfchen. Anna und Jasmin gingen die Stufen zur Terrasse hoch und betraten das Gebäude durch die offen stehende zweiflügelige Eingangstür. Im Innern war es dunkler als draußen und merklich kühler. Das Foyer war zweigeschossig und wirkte fast wie eine Kathedrale. Unter der Decke kreiste träge ein riesiger Ventilator. Hinter dem Empfangstresen am Ende der

Halle führte eine pompöse Treppe in die oberen Stockwerke. Niemand war zu sehen. Anna zögerte.

„Da steht so eine Klingel ... Soll ich mal?“ Ohne eine Antwort abzuwarten, drückte Jasmin einmal auf den Metallknopf. Ein hoher Klingelton hallte durch das ganze Haus. „Ups!“

Einen Augenblick später erklangen irgendwo aus dem Inneren des Gebäudes Schritte.

Eine dunkelhäutige Frau in einem langen, bunt gemusterten Kleid, das Anna an einen indischen Sari erinnerte, trat aus einer seitlichen Tür in die Empfangshalle.

„*Welcome to the Zandwijk Nature Resort.*“ Sie strahlte Mutter und Tochter an.

„*The Reuter Family from Germany?*“

Anna nickte. „*Yes.*“

„Ich bin Danja Braam. Ich kann sprechen ein wenig deutsch. Sagen Sie Danja.“ Sie lächelte fröhlich. „Sie hatten gute Reise?“

„Ja, wir waren ziemlich lange unterwegs. Aber nun sind wir ja da.“ Anna war erstaunt, wie international man sich hier gab. Damit, dass die Rezeptionistin deutsch sprach, hatte sie nun wirklich nicht gerechnet.

Die Frau ging derweil hinter den Empfangstresen und tippte etwas in einen Computer ein. „Sie wohnen in der River Cabana Number two. Breakfast, Lunch and Dinner haben Sie hier im Haus. David wird Ihr Gepäck bringen. Am Morgen finden Sie hier in der Halle eine Notiz mit den Aktivitäten des Tages. Die Ausflüge sind alle im Preis inkludiert, außer Essen auswärts oder Kosten für Eintritt.“

Anna fragte sich, wofür man mitten im Regenwald wohl Eintritt bezahlen musste.

„Gehen Sie aus dem Haus, links herum dem Weg nach, dort kommen Sie zu ihrer Unterkunft. Wenn Sie Fragen haben, kommen Sie hier.“ Danja reichte Anna einen Schlüssel, der an einem geschliffenen Stück Holz hing. „Der Pool ist hinter dem Haus. Bitte nicht schwimmen im Fluss, Krokodile."

Krokodile? Anna schauderte. „Okay, vielen Dank." Sie nahm den Schlüssel.

Auf dem Weg zu ihrer Unterkunft betrachteten sie neugierig die tropische Umgebung. Orchideen hingen in dicken Rispen von den Bäumen herab. Überall hüpften kleine bunte Vögel herum, und in einem Busch mit großen roten Blüten schwirrte sogar ein Kolibri. Der Pfad führte durch den parkartigen Garten über eine hölzerne Brücke zu einer Lichtung am Fluss, wo die Lodges standen, die sie schon vom Boot aus gesehen hatten. Sie waren noch deutlich höher, als es ihnen aus der Entfernung vorgekommen war. Holzbrücken führten über den breiten Strand auf die Terrassen der Unterkünfte.

„Ob das Wasser hier tatsächlich so hoch steigt?" Jasmin schaute auf den Fluss herunter.

„Hoffentlich nicht. Zumindest nicht, solange wir hier sind." Anna war nicht schwindelfrei. Ein ebenerdiges Zimmer wäre ihr lieber gewesen. Auf der Homepage des Resorts hatten die Hütten wie kleine Bungalows ausgesehen. Jetzt aber wirkten sie eher wie Baumhäuser.

„Oh, guck mal!" Jasmin deutete auf die Wand neben der Eingangstür ihrer Lodge. Eine kleine Echse mit auffällig breiten Füßchen klammerte sich an die Holzbohlen. „Ist das ein Gecko?"

„Keine Ahnung. Nein, fass den bitte nicht …" Doch Jasmin hatte den Winzling schon angestupst. Blitzschnell verschwand das Tier in einer Ritze.

Anna schüttelte sich. „Jasmin, können wir uns darauf einigen, keine Krabbeltiere anzufassen?" Hier gab es doch bestimmt diese kleinen giftigen Frösche. Und riesengroße Spinnen! Anna fühlte bei allen Tieren, die kleiner waren als eine Katze, ein gewisses Unbehagen. So gesehen wäre der Südpol ihr ideales Urlaubsziel, da krabbelte, kreuchte und fleuchte garantiert nichts. Über größere Raubtiere, die sich im Regenwald herumtreiben mochten, dachte sie lieber gar nicht erst nach.

„Stell dich nicht so an, die tun doch nichts." Jasmin grinste, nahm Anna den Schlüssel aus der Hand und öffnete die Tür zu ihrer Unterkunft. „Wow ... Mama, da hast du es aber doch wohl gut gemeint mit unserem Urlaub."

Das Zimmer war riesengroß. Über den beiden überdimensionalen, weiß bezogenen Betten aus dunklem Holz hingen voluminöse Moskitonetze. Es gab eine Sitzecke, ebenfalls aus dunklem Holz, mit vielen weißen Kissen. Die deckenhohen Fenster boten einen herrlichen Ausblick auf den Fluss, und die großzügige Veranda mit Liegestühlen und Tischchen lud zum Entspannen und Faulenzen ein.

„Guck mal, mit Minibar!", rief Jasmin, die schon im Zimmer war und sich gründlich umschaute.

Auch das Bad hatte sie bereits inspiziert. „Dusche, Wanne ... alles da, und auch mit Blick auf den Fluss!"

„Gefällt's dir?", fragte Anna zaghaft. Sie war selbst ein bisschen überrumpelt von dem luxuriösen Ambiente, aber Jasmin schien sich definitiv zu entspannen.

„Wenn diese grässliche Anreise nicht wäre ... Ich hätte bestimmt nicht Ja gesagt, wenn ich vorher gewusst hätte, wohin du mich schleppst." Jasmin ließ sich rücklings auf eins der Betten fallen. Das Mückennetz umfing sie wie ein Schleier. „Aber – ich glaube, es ist ganz cool hier. Mal was anderes. Und danke, dass du mich nicht mit Oma, Karl und Dennis ins Wohnmobil geschickt hast." Ihr Lächeln erlosch. „Schade nur, dass Papa ..."

Anna hob abwehrend die Hand. Sie wollte nicht darüber sprechen. Noch nicht.

Jasmin hielt sich im Liegen ihr Handy vors Gesicht. „Nur der Empfang hier ist … Wie soll das denn gehen?“

„Dann wirst du wohl mal eine Weile ohne auskommen müssen.“

Bevor Jasmin sich darüber beschweren konnte, hörten sie etwas über die Holzbrücke rumpeln, die zu ihrer Veranda führte. Kurz darauf klopfte David an die Tür. „Ich bringe Ihr Gepäck.“

Der Jetlag und das ungewohnte Klima machten Jasmin und Anna in den nächsten Stunden ziemlich zu schaffen. Draußen verdichtete sich die Luft wie über einem Topf mit kochendem Wasser. Am späten Nachmittag brachte ein kräftiger Regenschauer eine leichte Abkühlung. Die mildere Temperatur war eine Wohltat, und Anna erhob sich von ihrem Bett, wo sie vor sich hin gedöst hatte, und stellte sich an das mit Gaze bespannte Fenster. Als die Sonne sich wieder hinter den Wolken hervorgekämpft hatte, stiegen über dem Fluss Nebelschwaden auf. Zwei Boote tuckerten gemächlich stromabwärts vorbei.

Das Abendessen fand im Saal des Haupthauses statt. Jasmin und Anna hatten lange vor ihren Koffern gestanden und überlegt, wie man sich dafür wohl passend kleidete. Waren Freizeitklamotten okay, oder sollten sie sich lieber aufbrezeln? Anna hatte bei *Nature Resort* ja eher an einen legereren Ort gedacht, aber der grandiose koloniale Stil des Anwesens schrie förmlich nach etwas eleganterer Garderobe. Das ratlose Wühlen in den Koffern, das gemeinsame Lachen mit der Tochter trug dazu bei, Annas innere Anspannung zu lösen. Sie war Jasmin schon lange nicht mehr so nahe gewesen und versuchte, sich möglichst unbefangen auf das lockere Miteinander einzulassen. Schließlich entschieden sie sich für nicht allzu sportlich wirkende Blusen und leichte Leinenhosen. Zumindest in dieser Hinsicht hatten Mutter und Tochter einen ganz ähnlichen Geschmack.

Anna hatte noch die Kette ihrer Großmutter umgelegt. Die kleine Muschel fühlte sich warm an auf ihrer Haut.

Im Speisesaal stellten sie fest, dass ihre Sorge ums passende Outfit überflüssig war. Die Gäste saßen allesamt in bunter Freizeitkleidung auf den filigranen Holzstühlen, die aussahen, als hätten sie hier schon vor hundert Jahren gestanden. Die hungrigen Urlauber erwartete ein großes Buffet. Dahinter stand ein dunkelhäutiger Mann mit blütenweißer Jacke und hoher Kochmütze, um bei der Auswahl der Speisen behilflich zu sein.

Anna und Jasmin blieben ratlos in der Tür stehen. Suchte man sich seine Plätze hier selbst, oder gab es eine feste Tischordnung?

„Kann ich Ihnen helfen?“ Wie aus dem Nichts stand plötzlich Danja neben ihnen. „Suchen Sie sich einfach einen freien Platz. Mein Mann“, sie deutete auf den Koch, „wird Ihnen am Buffet Auskunft geben. Wir bieten hier viele landestypische Spezialitäten.“ Sie zwinkerte ihnen zu. „Wir sind ein Familienbetrieb, alle helfen mit.“ Ihr goldgelbes Sarikleid raschelte leise.

Familienbetrieb, hallte es in Annas Ohren nach, während sie sich mit Jasmin zwischen den Tischen hindurchschob. Hatte ihre Großmutter einst in diesem Saal gespeist – unter den schönen Deckenverzierungen und dem opulenten Kronleuchter? Hatte Rijke hier in diesem Haus gelebt? Anna musste an das kleine Häuschen am Damsterdiep in Appingedam denken. Wie winzig und bescheiden war es im Vergleich zu dieser Pracht!

„Mama, dahinten ist doch prima.“ Jasmin deutete auf einen kleinen Tisch, der vor einem der großen rückwärtigen Fenster stand, und setzte sich kurz entschlossen hin. „Schau mal, da ist der Pool.“

Anna warf einen Blick nach draußen und brauchte einen Augenblick, um zu begreifen, was sie sah. Sie hatte Regenwald erwartet, grüne Hölle, wilde Blüten, was auch immer … jedenfalls keine große, gepflegte Poolanlage, von der aus ein mit Palmen gesäumter Pfad durch eine Art Dorf führte – Hütten, so weit das Auge reichte. Davon war auf der Homepage nicht die Rede gewesen.

„Möchten Sie einen Krug Wasser?“ Wieder war Danja unvermittelt hinter Anna aufgetaucht. Sie hatte ein Tablett in der Hand.

„Oh ja, danke.“ Anna riss sich vom Anblick der Siedlung los.

Danja lächelte freundlich. „Man vermutet dies nicht hinter dem Haus. Viele Gäste fragen danach.“ Sie deutete mit dem Kopf auf die Hütten. „Das ist noch aus Zeiten des alten Plantagenbetriebes, einst war es das Sklavendorf. Heute leben dort noch einige Familien und auch Angestellte des Resorts.“

„Oh, das wusste ich nicht, ich meine, dass es früher … *solche* Dörfer gab.“ Das Wort Sklave kam Anna nur schwer über die Lippen. Rasch nutzte sie die Gunst des Augenblickes: „War das hier denn früher mal eine richtige Plantage?“

Danja lachte. „Oh ja, gewiss. Kaffee und Zuckerrohr wurden hier angebaut“, erzählte sie in ihrem singenden Akzent. „Es gibt sogar noch einige der Felder, wir bewirtschaften sie nebenbei. Aber das meiste Land ist inzwischen wieder Regenwald, oder wir haben es für das Nature Resort benutzt.“ Sie stellte die Karaffe auf den Tisch. „Wenn Sie sich für Geschichte interessieren, wir bieten dazu Führungen an. Die Großmutter meines Mannes weiß über die alten Zeiten auch noch einiges zu erzählen."

Anna setzte sich endlich. „Das hört sich interessant an, danke. Wir sind ja noch einige Zeit hier."

„Wie gesagt – das Tagesprogramm finden Sie jeden Morgen in der Eingangshalle ausgehängt. Und probieren Sie heute die gebackenen Süßkartoffeln – das ist eine Spezialität meines Mannes."

„Danke."

„Wenn Sie Fragen haben, wir sind jederzeit für Sie da." Ihre Gastgeberin verabschiedete sich mit einem Nicken.

„Die sind ja echt nett hier." Jasmin schaute der Frau nach. „Und dieses Kleid ist echt todschick. Ob man so was hier kaufen kann?"

„Bestimmt."

„Dann lass uns jetzt essen, ich habe einen Mordshunger." Jasmin sprang hastig auf und eilte ans Buffet.

Danja hatte nicht zu viel versprochen. Es gab diverse Salate, Fleisch, Fisch und Unmengen an Obst. Wenn hier jede Mahlzeit so üppig ausfiel, würde Anna nach drei Wochen sicher zehn Kilo mehr mit nach Hause bringen. Auch Jasmin langte ordentlich zu, sie schien ihre Vorbehalte gegen die ungewöhnliche Reise vergessen zu haben. Aber wer konnte an so einem paradiesischen Ort schon weiter schmollen?

Nach dem Essen schlenderten Mutter und Tochter gemächlich zurück zu ihrer Lodge. Die Sonne senkte sich tiefrot über die Wipfel des Regenwaldes. Unbekannte Vogelstimmen drangen an ihre Ohren, dazu hin und wieder der Ruf eines anderen Tiers. Gab es hier Affen? Anna war nicht sicher, ließ sich aber gern von der zauberhaften Abendstimmung überwältigen. Die großen Blüten der Büsche verströmten einen schweren süßlichen Duft, und die Grillen zirpten im Chor.

Als sie bei dem Holzsteg angekommen waren, der zu ihrer Unterkunft führte, erklang hinter einem der Büsche plötzlich ein lautes Rascheln und ein merkwürdiges Quietschen.

„Hast du das gehört? Da sitzt was im Gestrüpp." Jasmin rückte etwas näher an ihre Mutter heran. „Gibt es hier wohl wilde Tiere?"

„Ich glaube nicht, dass es hier auf dem Gelände ..." Anna kam nicht dazu, den Satz zu Ende zu sprechen. Hinter dem Busch tauchte ein dunkler Schatten auf, etwa kniehoch. Erst dachte sie, es wäre ein Hund, doch im Dämmerlicht erkannte sie schnell, dass es sich um ein Tier handelte, das sie nicht einordnen konnte. Es sah aus wie eine überdimensionale Maus oder ein Biber mit riesigen Nagezähnen. Und es kam auf sie zu.

„Scheiße, was ist das, Mama?" Jasmin griff nach Annas Arm.

„Keine Ahnung."

Das Tier tapste einige Schritte auf sie zu, musterte sie, setzte sich auf die Hinterbeine und gab einen merkwürdigen Laut von sich.

„Zurück, Jasmin ... geh langsam mit mir zurück." Anna klopfte das Herz bis zum Hals.

Sich zu bewegen war keine gute Idee gewesen. Das Tier schien ihren Rückzug als Aufforderung zu verstehen und machte einen Satz auf sie zu.

„Lauf!" Anna stieß ihre Tochter an, machte selbst kehrt und rannte los. Egal, was das für ein Wesen war, sie wollte nicht herausfinden, ob es Touristen fraß oder nur spielen wollte. Sie hätte hinterher nicht sagen können, ob sie selbst oder ihre Tochter den spitzen Schrei ausgestoßen hatte – jedenfalls sprinteten sie beide in Windeseile davon.

Auf dem Weg zum Plantagenhaus begegnete ihnen ein Mann, der die beiden Flüchtenden verwundert anstarrte. „Kann ich Ihnen irgendwie helfen?“, fragte er auf Englisch.

Anna wedelte aufgeregt mit einer Hand. „Da. Dahinten. Ein Tier!“, japste sie auf Deutsch. Er hielt sie wahrscheinlich für verrückt.

„Stopp!“

Der energische Ruf des Mannes ließ Jasmin und Anna sofort innehalten. Sie drehten sich zu ihm um. Der Typ grinste sie breit an. Ihr haariger Verfolger kauerte neben ihm und schaute zu ihm auf.

„Sie brauchen keine Angst zu haben“, beteuerte der Mann nun lachend und in recht gutem Deutsch. „Das ist Pingi – und seit ein paar Gäste angefangen haben, ihn mit Obst zu füttern, versucht er immer gerne, einen Leckerbissen zu erhaschen.“ Er zog etwas aus seiner Tasche und reichte es dem Tier, das das Geschenk zwischen die Pfoten nahm – wie ein Hamster – und begann, hingebungsvoll daran zu knabbern. „Der tut nichts.“

„Na dann ...“ Anna stützte die Hände in die Hüften und schnappte nach Luft. Sie kam sich ziemlich dämlich vor.

Der Mann grinste immer noch. „Hat Danja Sie nicht vor Pingi gewarnt?“

Jasmin kam eher wieder zu Atem. „Nein, da war nur von Krokodilen im Fluss die Rede.“

„Ja, vor denen sollten man sich wirklich in Acht nehmen. Und einige der Papageien sind auch ziemlich frech.“ Dann schien er sich auf seine Manieren zu besinnen. Er zog seine Schirmmütze vom Kopf und trat etwas aus dem Schatten der Bäume. „Mein Name ist übrigen Tim Breek. Mein Bruder führt mit seiner Frau dieses Resort. Ich bin hier der Guide. Sind Sie heute angekommen?“

„Ja, sind wir.“ Anna räusperte sich.

„Herzlich willkommen. Und nehmen Sie Pingi den Überfall nicht übel. Er ist ganz zahm."

Jasmin hockte sich in sicherer Entfernung hin und beäugte den Missetäter argwöhnisch. „Was ist das überhaupt für ein Tier?"

„Ein Wasserschwein. Das sind keine echten Schweine. Wenn du die nächsten Tage Lust hast, musst du mit auf eine unserer Bootstouren kommen, da kann man sie in freier Wildbahn beobachten. Unser Pingi hier ist schon ein etwas verwöhntes Exemplar."

Während Tim mit Jasmin sprach, nahm Anna ihn näher in Augenschein. Er war ungefähr in ihrem Alter und von ebenso dunkler Hautfarbe wie Danja und ihr Mann. Vielleicht nicht ganz so dunkel, eher wie ein Inder? Sie konnte es nicht recht einordnen. Aber er sah zweifellos gut aus, und seine tiefe, aber sanfte Stimme jagte ihr einen leichten Schauder über den Rücken.

„Danke, Herr Breek, dass Sie …"

„Sagen Sie Tim, wir sind hier nicht so förmlich."

„Danke, Tim, dass Sie uns vor dem Tier gerettet haben."

„Keine Ursache. Soll ich Sie sicherheitshalber noch bis zur Lodge bringen?" Er wartete gar nicht erst die Antwort ab, sondern bedeutete Jasmin und Anna, ihm zu folgen.

Anna machte einen respektvollen Bogen um das Wasserschwein und war insgeheim ganz froh über die unverhoffte Begleitung. Das seltsame Tier folgte ihnen zwar mit etwas Abstand, aber Tim versicherte nochmals, dass Pingi nur friedliche Absichten hegte.

Jasmin, die nie Probleme hatte, mit Fremden ins Gespräch zu kommen, plauderte gleich munter weiter. „Sie … du sprichst sehr gut deutsch."

„Ich habe einige Zeit in Hamburg studiert. Zoologie."

„Oh, das ist aber ganz schön weit weg von hier."

„Ja, das stimmt wohl. Aber da unser Land den Niederlanden immer noch recht nahesteht, ist Deutschland für uns gefühlt etwas dichter dran als zum Beispiel Nordamerika."

Jasmin lachte leise. „Ja, aber auch nur gefühlt … diesen endlos langen Flug braucht ja wirklich kein Mensch."

„Daran kann man sich durchaus gewöhnen … So, da wären wir." Er blieb vor dem Steg stehen, der zu ihrer Lodge führte. „Ich hoffe, ich sehe die Ladys in den nächsten Tagen bei unseren Touren. Es gibt hier eine Menge zu erleben." Wieder zog er seine Mütze und deutete eine Verbeugung an. „Und wenn ich Ihnen einen persönlichen Rat geben darf: Klauen Sie für Pingi immer ein Stück Obst vom Buffet. Bram nimmt das nicht übel, und Pingi lässt Sie nach diesem Wegzoll auch bereitwillig in Ihre Unterkunft." Einen Moment lang schaute er Anna direkt in die Augen, und sie spürte, wie ihr Herz einen seltsamen Sprung machte, fast ein bisschen ungelenk, als sei es diesbezüglich ein bisschen aus der Übung gekommen, aber trotzdem ziemlich aufregend.

„Danke", stammelte sie. Er wandte sich zum Gehen, und sie schaute ihm noch ein paar Sekunden hinterher. War das eben etwa eine Reaktion auf seinen Blick gewesen? So was war ihr schon seit Ewigkeiten nicht mehr passiert. Allerdings war sie auch schon seit Ewigkeiten nicht mehr von einem gut aussehenden Mann so unvermittelt angesprochen – und so interessiert angesehen – worden. Oder von irgendeinem Mann. Die standen schließlich nicht Schlange bei ihr zu Hause im Waschkeller. Und natürlich gehörte es sich auch nicht, immerhin war sie eine verheiratetet Frau. Auch wenn sie mittlerweile ja wusste, wie ernst ihr Mann sein Ehegelübde nahm … So gesehen durfte sie sich ja wohl auch mal einen kleinen Herzhüpfer erlauben. Sie musste unwillkürlich lächeln. Auf *diese Art* von einem Mann wahrgenommen zu werden schmeichelte schon. Und eine ganz leichte Freude breitete sich in ihr aus, denn sie würde diesen Tim ja in den nächsten Tagen ganz bestimmt wiedersehen. Und sich nur allzu gerne noch einmal einen solchen Blick bei ihm abholen.

10. Kapitel

„Oh Mama, bitte – lass uns die Bootstour mitmachen.“

Anna und Jasmin hatten sich am Morgen nach dem Frühstück in der Eingangshalle eingefunden, wo an einer Pinnwand diverse Zettel auf die Aktivitäten des Tages hinwiesen. Neben ihnen versammelte sich eine Gruppe überwiegend junger Leute in Trekkingschuhen und Funktionskleidung. Anna konnte auf den ersten Blick sagen, dass sie das, worauf diese Gäste sich freuten, auf keinen Fall mitmachen wollte. Es sah schon vom Outfit her nach ambitioniertem Abenteuer aus.

Jasmin hingegen schien nun, da sie ausgeschlafen und den Reiseleiter Tim kennengelernt hatte, wild entschlossen, das Erlebnisangebot des Resorts voll auszukosten. Sie stand vor genau dem Aushang, um den sich die meisten Interessenten scharten: eine Bootstour zu irgendwelchen Stromschnellen.

„Oh nein, Jasmin, ich steige heute garantiert nicht schon wieder in ein Boot!“ Anna schüttelte den Kopf.

„Ach Mama, bitte.“ Jasmin setzte ihren Dackelblick auf.

Hinter Anna erklang plötzlich eine warme Männerstimme, die die kleinen Härchen auf ihren Armen gleich wieder zum Beben brachte. „Lassen Sie sie ruhig mitfahren, ich passe schon auf sie auf.“

„Ich weiß nicht. So ganz allein?“ Anna sah ihre Tochter unentschlossen an.

„Mama, ich bin fast achtzehn!“, empörte sich Jasmin und bezog demonstrativ neben ihrem neuen Verbündeten Aufstellung.

„Also los, geben Sie Ihrem Herzen einen Stoß. Ich habe in den letzten Jahren nur sehr wenige Touristen verloren." Tim grinste. „Lassen Sie sie ruhig", fügte er dann ernster hinzu. „Ich passe auf. Ehrenwort." Er zwinkerte Jasmin verschwörerisch zu. Die strahlte über das ganze Gesicht.

Anna gab nach, auch weil seine braunen Augen sie so eindringlich ansahen, dass ihr heiß und kalt wurde. „Na gut, von mir aus. Aber du ziehst dir noch feste Schuhe an", befahl sie mit Blick auf Jasmins pinkfarbene Flipflops.

Jasmin sah sie mit nur halb gespielter Empörung an. „Das ist mir auch klar, Mama."

„Wir treffen uns in einer halben Stunde am Anleger!", rief Tim auf Englisch in die Runde.

Jasmin machte einen kleinen Hüpfer und lief schon los. „Bis gleich!"

Tim wandte sich noch mal Anna zu. „Sie brauchen sich wirklich keine Sorgen zu machen …"

„Anna … ich heiße übrigens Anna."

„Anna. Unsere Guides und ich, wir passen wirklich gut auf. Alle unsere Touren sind sicher, und wir gehen …", er grinste vergnügt und macht eine Kunstpause, „… kaum Risiken ein. Lassen Sie Ihre Tochter ruhig alles mitmachen, dann hat sie eine tolle Zeit bei uns. Und wenn Sie lieber nicht Boot fahren möchten – die Führung von Sara nachher ist auch sehr interessant." Er deutete auf einen weiteren Aushang. „Oder Sie bleiben einfach hier. Am Pool ist es dann schön ruhig." Er hob grüßend die Hand. „Ich muss jetzt los."

Die anderen Gäste zerstreuten sich langsam, und Anna blieb etwas verloren im Foyer zurück. Sie musterte die hohen, holzvertäfelten Wände, an denen ein paar Bilder hingen, die vermutlich die Plantage in vergangenen Zeiten zeigten, allerdings leider ohne Menschen. Dann las sie den Aushang, den

Tim erwähnt hatte: Führung über das Gelände des Zandwijk Nature Resort. Sie war schließlich hier, um etwas über die ehemalige Plantage Zandwijk herauszufinden, und sie hatte nur drei Wochen Zeit. Genau genommen gehörte ein Teil dieses Landes nun ihr – aber das kam Anna noch so unfassbar vor, dass sie den Gedanken gleich wieder zur Seite schob. Sie las weiter: Beginn der Führung um zehn Uhr, Treffpunkt am Pool. Anna sah auf die Uhr. Es war schon kurz nach neun, und sie sollte wohl auch noch bessere Laufschuhe anziehen.

Pünktlich um zehn fand Anna sich am Pool ein. Außer ihr schienen noch andere Urlauber nicht den Mut gehabt zu haben, sich gleich ins Abenteuer Wildnis zu stürzen. Sie gesellte sich zu der kleinen Gruppe und lauschte dem bunten Gemisch aus Englisch und Niederländisch. Vom Haupthaus her eilte eine kleine, zierliche Blonde herbei. Sie trug einen leuchtend gelben Strohhut und winkte den Gästen fröhlich zu.

„Hallo, ich bin Sara und werde Sie heute über das Gelände führen", sagte sie auf Englisch. „Wir beginnen unseren Rundgang im Dorf, gehen dann zu den Feldern und enden im Haupthaus, dort gibt es dann auch eine Erfrischung. Wenn Sie zwischendurch Fragen haben – zögern Sie nicht, sie zu stellen." Mit beschwingten Schritten setzte sich Sara an die Spitze der Gruppe und führte sie über den von Palmen gesäumten Weg zu den Hütten.

Anna versuchte, mit der jungen Frau Schritt zu halten und nicht zu weit zurückzufallen, denn vermutlich war ihr Interesse an dieser Führung aus persönlichen Gründen deutlich größer als das der anderen Teilnehmer.

Als sie das erste Häuschen erreichten, blieb Sara stehen. „Die ehemalige Plantage Zandwijk wurde im Jahr 1765 in Betrieb genommen. Gründer war der Franzose Jac-Philippe

Belvoant. Surinam hat eine sehr bewegte Geschichte hinter sich. Es waren nicht nur die Niederländer, die sich hier niederließen. Die tauschten erst im Jahr 1667, im Zuge der Friedensverhandlungen mit den Engländern, ein gewisses Neu Amsterdam gegen Surinam ein. Tja ... dieses Neu Amsterdam heißt jetzt New York. Die haben Wolkenkratzer, wir haben es dafür schöner." Sara lachte. „Ab 1682 war Surinam offiziell eine Kolonie der Niederlande, später kamen die Engländer noch einmal kurz an die Macht, danach wieder die Niederländer." Sara ging langsam weiter.

„Wovon ich jetzt erzähle, ist ein ganz dunkles Kapitel unserer Geschichte, aber es gehört nun mal zu unserem Land. Die Plantagen waren früher der wichtigste Wirtschaftszweig in Surinam. Zuckerrohr, Kaffee, Kakao – dies alles ließ sich sehr lukrativ verkaufen. Dafür brauchte man allerdings Arbeitskräfte. Fast zwei Jahrhunderte lang wurden Sklaven aus Afrika hier herübergebracht, als wertvolle Handelsware, die von den Sklavenhändlern skrupellos beschafft wurde. Bis die Sklavenhaltung schließlich verboten wurde, was so manchen Plantagenbesitzer in den Ruin trieb. Danach kamen billige Arbeitskräfte aus China, Indien und einigen anderen Ländern hierher – dadurch wurde Surinam so bunt, wie es heute ist."

Sara bog vom Hauptweg ab und blieb vor einem der kleinen Häuser stehen. „In diesem Dorf lebten früher die Sklaven, später dann die freien Arbeiter. Auf vielen Plantagen entwickelten sich nach und nach regelrechte Gemeinwesen, die auch heute noch bestehen, obwohl es die einstigen Plantagen oft gar nicht mehr gibt. Nur die Namen der Dörfer erinnern noch daran, wie sie entstanden sind. Natürlich waren diese Orte vor zweihundert Jahren nicht so komfortabel wie heute. Die Hütten waren damals aus Stroh, mit Palmblättern gedeckt."

Sie deutete auf das Häuschen. „Dahinter gab es kleine Gärten, dort durften die Arbeiter Hühner halten und Gemüse und Obst für den Eigenbedarf anbauen. Als Selbstversorger waren sie billiger im Unterhalt, das war der wahre Grund für diese ‚Großzügigkeit'." Sie zuckte mit den Schultern. „Das Leid in den Sklavendörfern war früher gewaltig. Peitschenhiebe, körperliche Bestrafung und sogar die Todesstrafe waren gang und gäbe. Dazu erkläre ich aber nachher noch mehr."

Durch die kleine Gruppe der Gäste ging ein trauriges Raunen. Auch Anna schauderte ob der gruseligen Geschichte ihres Urlaubsortes, auch wenn es natürlich lobenswert war, dass so offen damit umgegangen wurde. Doch sie war ganz froh, dass Jasmin nicht dabei war – die hätte von so viel Historie womöglich Albträume bekommen. Auch Anna war sich nicht ganz sicher, ob sie das alles gut verdauen würde, zumal ja … Aber zu Rijkes Zeiten war die Zeit der Sklavenhaltung ja schon lange vorbei gewesen.

Sara hatte derweil die Tür zu dem kleinen Haus geöffnet und erklärte, dass man es zu Anschauungszwecken wieder so hergerichtet hatte, wie es damals war. Viel gab es nicht zu sehen. Ein bisschen Holzgeschirr, Palmenmatten auf dem Fußboden und ein großes christliches Kreuz an der Wand.

„Wurden die Sklaven alle getauft?", fragte eine Dame aus der Gruppe.

Sara nickte. „Ja, man bekehrte sie zwangsweise zum christlichen Glauben. Wobei die alten, traditionellen Naturreligionen aus Afrika oft insgeheim beibehalten wurden und auch viele andere Religionen aus den Herkunftsländern der Arbeiter. Heute darf hier wieder jeder glauben, was er mag. Übrigens … Niederländisch ist zwar die Amtssprache in Surinam, aber unsere knapp 500.000 Einwohner kommen aus über zwanzig Nationen. Falls Sie noch einen Ausflug nach

Paramaribo machen, werden Sie das merken. Niederländisch, Sranan Tongo, Javanisch, Sarnami – ich wette, von der Hälfte der Sprachen, die hier gesprochen werden, haben die meisten von Ihnen noch nicht gehört. Auch wir selbst sind mit dem Kauderwelsch manchmal überfordert. Aber ein Lächeln, das versteht hier zum Glück jeder.“

Sara führte die Gruppe weiter. Hinter dem ehemaligen Sklavendorf ging es zur alten Zuckermühle. Das war ein dunkler, muffiger Holzbau, der sogar jetzt noch den klebrigen Geruch von Melasse und Zucker verströmte. Während Sara erzählte, wie hier früher das Zuckerrohr durch dicke Walzen gepresst worden war, starrte Anna auf das Antriebsrad, das, wie Sara erklärte, einst von geführten Ochsen bewegt wurde. Im Laufe der Zeit hatten die Tiere eine tiefe Furche in den Boden getreten. Daneben entdeckte sie schaudernd eine zweite, schmale Spur, die offenbar von menschlichen Füßen hinterlassen worden war. Sara betonte, dass es den Sklaven auf dieser Plantage wohl noch vergleichsweise gut ergangen war. Das große Dorf, die für damalige Verhältnisse moderne Verarbeitungsanlage … Doch die bedrückten Mienen der Gäste zeigten, dass dieses Argument nicht wirklich überzeugte.

Als Nächstes stand das Plantagenhaus auf dem Programm. Schon der Weg dahin weckte nervöse Unruhe in Anna. Die Reiseleiterin versammelte ihre Schützlinge im Foyer und fing an, von den einstigen Bewohnern zu erzählen, von den unterschiedlichen Familien, die hier gelebt hatten. Dabei deutete sie auf die alten Fotos an den Wänden, die die Entwicklung der Plantage ziemlich gut dokumentierten. Die Belvoants hatten mit einer eher beschaulichen Hütte angefangen, das Herrenhaus war erst viel später entstanden. Erst als Sara am Ende des neunzehnten Jahrhunderts angekommen war, fiel plötzlich der Name Leeward. Anna horchte auf. Die Tochter des letzten Belvoant hatte einen Mann namens Leeward geheiratet. Leider endete Saras Chronik damit, und die Führung war vorbei. Die Gruppe löste sich rasch auf; die meisten Teilnehmer wollten die heißesten Stunden des Tages wohl am Pool oder in ihren klimatisierten Räumen verbringen. Auch Anna schwitzte, sie mochte sich aber noch nicht so recht vom Plantagenhaus trennen. Vielleicht würde sie Sara ja noch ein paar Informationen über die jüngere Vergangenheit des Hauses entlocken können.

Sie wartete, bis alle anderen Teilnehmer weg waren, und sprach die junge Frau dann noch einmal an. „Entschuldigung?"

„Ja?"

„Weiß man eigentlich auch etwas über die Geschichte der Plantage in den letzten hundert Jahren? Ich meine, wie sie dann zu einem Hotel wurde?"

Sara lachte. „Ja natürlich, aber das ist weniger spannend." Sie deutete auf eins der wenigen Farbfotos. „Von damals bis heute war die Plantage im Besitz der Familie Leeward."

„Ach." Anna war in der Tat überrascht, dass es da anscheinend kein Geheimnis gab. „Ich dachte, das Resort gehört den Breeks?"

Sara zuckte die Achseln. „Wissen Sie, ich bin hier auch nur angestellt, wie das alles nun genau geregelt ist, durchblicke ich auch nicht. Die Familie Breek ist schon lange hier ansässig und ... sie hat wohl die Verwaltung des Anwesens übernommen."

„Und was ist aus der Familie Leeward geworden?"

„Soweit ich weiß, leben die in Europa. Warum interessiert Sie das?"

„Ach, ich habe mal einen Artikel über ein altes Hotel in

Amerika gelesen", schwindelte Anna. „Da gab es auch etliche verschlungene Familienbande."

Sara lachte. „Also wenn Sie mehr wissen wollen, dann sollten Sie Grandma fragen. Das ist die Mutter von Tim und Braam. Sie lebt im Dorf, die dritte Hütte auf der linken Seite. Sie weiß eine Menge über die Zeit, als das Resort noch eine Plantage war. Gehen Sie einfach hin und fragen Sie sie, sie wird sich freuen."

„Meinen Sie?"

„Ja wirklich. Grandma erzählt gerne von den alten Zeiten, ich glaube, ihr sind die vielen Gäste heutzutage nicht so ganz geheuer."

„Danke." Anna verabschiedete sich von Sara. So ganz wohl war ihr nicht bei dem Gedanken, die alte Dame auszufragen. Würde sie nicht zu neugierig wirken? Andererseits gab es wohl keine andere Möglichkeit, wenn sie mehr über ihr Erbe erfahren wollte. Sie schlenderte von der Eingangshalle in Richtung Pool. Dort lümmelten sich im Schatten unter den großen Sonnenschirmen schon einige Gäste. Es war inzwischen später Vormittag, und die Sonne stand hoch am Himmel.

Anna konnte nicht anders, ihre Füße fanden ganz automatisch den Weg zurück in das ehemalige Sklavendorf. Sie versuchte, möglichst unauffällig zu schlendern, auch wenn kaum ein Mensch in Sichtweite war; die meisten Bewohner waren Angestellte des Resorts und daher anderweitig beschäftigt. Die dritte Hütte auf der linken Seite war von einem niedrigen Zaun umgeben, an dem sich kleine, rot blühende Pflanzen emporwanden. Ihr blieb fast das Herz stehen, als sich plötzlich die Haustür öffnete und eine alte, dunkelhäutige Frau heraustrat. Sie trug ein farbenfrohes Kleid und ein kunstvoll, beinahe turbanartig geschlungenes Kopftuch. Als sie Anna bemerkte, blieb sie wie erstarrt stehen.

Anna hob schnell entschuldigend die Hände. „Oh, ich habe mich wohl verlaufen. Entschuldigen Sie bitte die Störung." Blöde Ausrede, dachte sie. Sie fühlte sich ertappt.

Die alte Frau schien über irgendwas nachzusinnen, dann schüttelte sie fast unmerklich den Kopf und winkte ab. „Nein, schon gut, ich dachte nur gerade ... Suchen Sie etwas?" Sie sprach Niederländisch mit einem Akzent, den Anna nicht einordnen konnte.

„Ja, ich ... wir haben vorhin eine Führung gemacht mit Sara. Ich habe mein Halstuch verloren und dachte ..." Zweite blöde Ausrede – *Mensch Anna!* Intuitiv griff sie kurz nach der Muschelkette um ihren Hals.

Die alte Dame sah einen Augenblick auf eben diesen Anhänger, und ihre Augen wurden für den Bruchteil einer Sekunde etwas schmaler. Dann räusperte sie sich aber und lachte Anna an. „Hat Sara wieder Gruselgeschichten von der Zuckermühle erzählt? Ich sage ihr immer, sie soll das lassen, die Gäste können ja sonst nicht ruhig schlafen."

Anna versuchte, das Thema geschickt weiterzuverfolgen. „Oh, ich fand es schon interessant, diese Geschichten zu hören."

„Ach, das sind doch längst vergangene Zeiten, und schön waren sie wirklich nicht. Ich wüsste da Schöneres zu erzählen."

„Ja?" Ja! Anna bebte innerlich. Bitte!

Die Frau legte den Kopf schräg und schien zu überlegen. „Mögen Sie so alte Geschichten?"

„Oh ja, ich interessiere mich sehr dafür. Wissen Sie vielleicht noch andere Dinge über die Geschichte der Plantage?"

„Na, Kind, ich bin hier geboren und aufgewachsen und ... habe mein ganzes Leben hier verbracht." Etwas schwerfällig ließ sie sich auf eine kleine Bank sinken, die im Schatten vor dem Haus stand. „Kommen Sie!" Sie klopfte auf den Platz neben sich.

Anna zögerte. „Wenn es Ihnen nichts ausmacht?"

„Es sei denn, Sie wollen lieber an den Pool gehen." Die alte Dame lächelte fein.

„Nein, nein, sehr gerne." Anna trat durch die kleine Gartenpforte und setzte sich neben die Frau. „Ich heiße Anna ... Anna Reuter."

„Aus Europa? Sie sprechen gut Niederländisch."

„Aus Deutschland, ja. Ich habe niederländische Wurzeln."

„Ach ..." Wieder flackerte in den Augen der Frau ein kurzer, seltsamer Ausdruck auf. Dann lächelte sie. „Das ist schön, meist haben wir hier Amerikaner, und ich spreche kein Englisch. Und mit mir alter Frau will sowieso niemand was zu tun haben." Sie klopfte sich leicht auf die Knie. „Was wollen Sie denn hören? Möchten Sie etwas trinken?"

„Nein, danke. Alles gut. Also Sara hat an der Stelle aufgehört zu erzählen, wo die Tochter der Besitzerfamilie einen Mann aus einer anderen Familie geheiratet hat. Das muss so um 1900 gewesen sein."

„Oh ja! Da war ich zwar auch noch nicht geboren, aber zu dem Zeitpunkt hat die Familie den Namen gewechselt. Die Tochter des letzten Belvoant heiratete damals einen Sohn der Leewards – die besaßen eine große Plantage weiter flussabwärts. Da ist heute aber nichts mehr." Die Frau richtete ihren Blick auf die winzigen, in der leichten Brise wippenden Blüten am Zaun. „Das war wohl die letzte große, pompöse Hochzeit, die dieser Distrikt gesehen hat. Die Weißstämmigen sind dann meist nach und nach abgewandert. Zurück nach Europa oder Amerika, hier war nicht mehr viel los, und reich konnte man mit den Plantagen auch nicht mehr werden." Sie seufzte. „Eigentlich eine Schande, schauen Sie sich das Haus an, so prächtig. Früher gab es hier rauschende Feste, die Leute kamen mit Booten, Fackeln am Ufer wiesen den Weg. Ich bin 1924 geboren, in einer der Hütten da hinten. In den Dreißigerjahren gab es noch solche Feste hier."

„Sie sind einundneunzig Jahre alt?", rutschte es Anna verwundert heraus. Sie hätte die Frau auf höchstens siebzig geschätzt.

Die andere lachte belustigt. „Ja. Ganz schön alt, was? Aber meine Söhne sagen immer, ich würde mich gut halten. Aber *fedi* – das ist der Gevatter Tod – hat mich vielleicht auch einfach hier vergessen."

In Annas Bauch kribbelte es. Hatte diese Frau womöglich sogar ihre Großmutter gekannt? Aber sie wollte sie nicht bedrängen. „Dann haben Sie sicher ein bewegtes Leben hinter sich", sagte sie stattdessen.

„Nun ja – so richtig viel Aufregung gab es hier eigentlich nie. Keine Kriege oder so was wie in Europa, nur harte Arbeit, viel harte Arbeit, nachdem die Plantage nicht mehr bewirtschaftet wurde."

„Wurde sie denn noch bewirtschaftet, als Sie geboren wurden?"

„Oh ja, da gab es noch viele Zuckerrohrfelder, und die Menschen aus dem Dorf – damals waren es schon keine Sklaven mehr, sondern freie Arbeiter –, schufteten alle auf diesen Feldern. Das ging noch bis in die Fünfzigerjahre so weiter, erst als dann der Mijnheer Leeward starb, wurde es weniger."

Ob das ihr Urgroßvater gewesen war? Anna schluckte. Es war merkwürdig, plötzlich in so einer völlig fremden Umgebung kleine Puzzleteile ihrer Familiengeschichte wiederzufinden. Falls sich denn bewahrheiten sollte, was Anna insgeheim schon ahnte.

„Diese Hochzeit war ein großes Fest, sagen Sie?" Anna hoffte, der alten Dame alles von Anfang an entlocken zu können.

„Ja, meine Mutter hat mir noch Jahrzehnte später davon erzählt. Sie arbeitete als Hausmädchen bei den Belvoants. Die Angestellten waren wochenlang damit beschäftigt, alles hübsch herzurichten. Die Tochter, sie müsste damals erst neunzehn oder zwanzig Jahre alt gewesen sein … Ich glaube, sie hieß Danielle, Danielle Belvoant, später dann Leeward. Sie war ein begehrtes Mädchen, es gab ja nicht mehr so viele Weiße. Bis aus Paramaribo kamen die Gäste angereist. Meine Mutter sagte immer, es wäre wie ein Traum gewesen – noch bis spät in die Nacht legten die mit Laternen beleuchteten Boote an, und jedes Schlafzimmer im Haus war belegt. Im großen Saal, wo heute das Buffet aufgebaut wird, gab es eine riesige Tafel, und es wurde vier Tage lang gefeiert."

Vor Annas geistigem Auge verwandelte sich der Speisesaal des Urlaubsresorts in einen Prunksaal der aufregenden Jahrhundertwende.

„Ein paar der Dienstmädchen schliefen im Stehen ein, angelehnt an die Wände, weil sie so viele Tage lang arbeiten mussten. Und die Braut war wunderschön, der frische weiße Stoff für ihr Kleid wurde eigens aus den Niederlanden hergeschafft. Wissen Sie, Anna – hier bleibt leider nichts weiß, es ist zu warm und zu feucht. Alles, was weiß ist, bekommt nach einigen Wochen einen Gelbstich. So kann eine Braut natürlich nicht vor den Altar treten. Ach, was muss das alles gekostet haben, aber damals war die Familie ja auch noch sehr wohlhabend."

„Und was ist Ihre erste eigene Erinnerung?"

Die alte Dame schwieg einen Augenblick, und ihre Miene umwölkte sich. „Das ist leider keine so schöne Geschichte. Ich war damals acht Jahre alt, und ich weiß noch, wie der erstgeborene Sohn von der jungen Mevrouw Leeward ertrunken ist."

„Wie schrecklich!“

Die Frau seufzte. „Ja … es war wirklich eine Tragödie. Besonders für die kleine Schwester des Jungen.“

„Die Leewards hatten zwei Kinder?“

„Vier, um genau zu sein. Der Sohn, der ertrank, zwei Babys, die das erste Jahr nicht überlebten, und dann gab es noch die kleine Rijke.“

Anna schnappte hörbar nach Luft. Die alte Dame schien es aber ihrem Schreck über die toten Kinder zuzuschreiben. „Damals war der Weg bis in die Stadt noch beschwerlich, bei Krankheiten umso mehr. Meine Mutter erzählte mir, dass alle Kinder von Danielle Leeward bei der Geburt sehr schwach waren. Es gab zwar eine Heilerin und einen Winti-Mann im Dorf, aber sie haben die Kinder nicht retten können. Die Mevrouw hat auch schwere Schwangerschaften gehabt. Die Frauen der Arbeiter waren ja einiges gewohnt, man ging sogar schwanger auf die Felder. Aber die Damen der Herrenhäuser litten unter der Hitze, den Insekten, die sie stachen und Fieber brachten, vor allem, wenn sie eher zarterer Natur waren. Meine Mutter sagte immer, damals wären schon die ersten dunklen Schatten über die Plantage gekommen.“ Sie seufzte tief. „Als dann noch der Junge ertrank, war das eine Katastrophe für die Familie. Er sollte schließlich einmal den Besitz weiterführen. Sein Vater war damals fast verrückt vor Trauer, ich hatte als Kind schreckliche Angst vor ihm. Seine überlebende Tochter fürchtete ihn aber wohl noch mehr.“

„War er denn ein so böser Mensch?“

„Nein. Zumindest uns Kindern hat er nie etwas getan. Aber heute würde man wohl sagen, er war ein bisschen … gestört. Und nach dem Unglück wurde es noch schlimmer.“

Der Blick der alten Dame richtete sich über den Zaun hinweg in die Ferne, sie lehnte sich etwas zurück und schien ganz weit in ihre Erinnerungen zu reisen.

„Es war mitten in der Nacht, als plötzlich das ganze Dorf in Aufruhr war. ‚Bleib auf deiner Matte, Makebo‘, befahl mir meine Mutter und eilte hinaus, um zu sehen, was passiert war …“

11. Kapitel

Surinam, Plantage Zandwijk 1932

Makebo hörte die vielen stampfenden Füße, die auf dem Weg zwischen den Hütten Richtung Plantagenhaus eilten. Es war mitten in der Nacht, und es war die falsche Richtung. Normalerweise hörte sie die Schritte immer morgens, wenn die Männer zur Arbeit auf die Felder gingen, noch bevor sich die Sonne über dem Wald emporgehoben hatte. Dass sie sie jetzt nachts hörte, war kein gutes Zeichen. Bestimmt war etwas passiert! Makebo drehte sich auf ihrer Schlafmatte zur Seite, in der Hoffnung, einen Blick durch die Tür erhaschen zu können. Doch sie sah nichts, hörte nur weit entfernte Rufe. Plötzlich war ihr so kalt, als hätte ihr jemand einen Eimer Eiswasser über den Kopf gekippt. Sie setzte sich auf und umschlang ihren Oberkörper mit den Armen.

„Mama?“, rief sie zaghaft.

Doch ihre Mutter war auch nach draußen gelaufen. Irgendetwas hatte sie geweckt. „Bleib auf deiner Matte“, hatte sie noch angeordnet. Die schlaftrunkene Makebo hatte gar nicht richtig mitgekriegt, was los war.

Jetzt stand sie langsam von ihrer Matte auf. Es war stockfinster in der Hütte. Die kleine Öllampe auf dem Tisch wurde nur selten entzündet, aber es gab in dem kleinen Raum auch nicht viel, gegen das man im Dunkeln stoßen konnte: nur ein paar Schemel, die Kochtöpfe der Mutter und zwei schmale Tische. Makebo wusste ganz genau, wo alles stand. Vor dem

Eingang hing ein schwerer Leinenvorhang, genäht aus alten Säcken. Türen existierten im ganzen Dorf nicht, wozu hätte man sie auch brauchen sollen? Hier gab es weder Diebe noch etwas zu stehlen oder irgendwelche Geheimnisse. Außerdem würde man mit einer festen Tür den leichten Luftzug aussperren, der bei der feuchten Wärme, die hier auch nachts herrschte, zumindest etwas Erleichterung brachte. Im Plantagenhaus waren die Zimmertüren oft geschlossen, aber die Mevrouw dort hatte auch Angst vor Gaunern. Und vor wilden Tieren, obwohl Makebo auf dem Gelände der Plantage noch nie welche gesehen hatte. Am Fluss und auch im Regenwald gab es schon viele Tiere, doch die gingen den Menschen eigentlich aus dem Weg. Und der Mijnheer besaß ja ein Gewehr, damit konnte er sie verjagen, und die Schurken gleich mit. Makebo hingegen lebte ganz allein und schutzlos mit ihrer Mutter in der kleinen Hütte, und sie hatten noch nie Angst haben müssen.

Sie zog den schweren Türvorhang etwas beiseite und spähte durch den Spalt. Der Mond stand hell über der Plantage, und Tausende Sterne funkelten. Es war eine schöne, klare Nacht, nicht dunstverhangen wie zur Regenzeit. Es war gespenstisch still zwischen den Hütten, die plötzlich wie verlassen wirkten, weil alle irgendwohin gerannt waren. Makebo schlüpfte aus dem Haus. Sie trug nur das dünne Tuch, das sie zum Schutz gegen die Moskitos um den Körper gewickelt hatte. Irgendwo fing ein Baby an zu weinen. Sicher die kleine Tochter von Jhara. Dann war es auch schon wieder still. Vom Plantagenhaus her, das im Mondschein wie ein riesiger Berg anmutete, sah Makebo zuckende Flammen. Sie erstarrte vor Schreck. Brannte es etwa? Nein, das Flackern war zu schwach, es waren wohl eher Fackeln. Makebo tappte mit nackten Füßen den Weg entlang, auf die Lichter zu.

Je näher sie dem Haupthaus kam, desto deutlicher wurde, dass dort irgendetwas vor sich ging. Sie lief schneller, durch den hinteren Garten bis zur Hecke, wo der Feuerschein über die umliegenden Bäume tanzte. Fast das ganze Dorf hatte sich vor dem Haus versammelt, alle standen dicht beieinander, keiner sprach. Makebo entdeckte ihre Mutter, rannte zu ihr und umklammerte ihren Arm, unsicher, ob sie schimpfen würde.

„Makebo, du solltest doch in der Hütte bleiben.“ Ihre Mutter strich ihr liebevoll über das Haar.

„Alle waren plötzlich weg. Was ist denn passiert?“ Sie hatte noch immer keine Ahnung, was los sein könnte.

„Es hat ein Unglück gegeben.“

„Ein Unglück? Was denn?“

In diesem Augenblick kam Tahole, der Winti-Mann aus dem Dorf, aus dem Haupteingang des Plantagenhauses. Langsam schüttelte er den Kopf.

Der Winti-Mann war so etwas wie der Heiler und Schamane des Dorfes. Er kannte ganz viel Geschichten, sprach manchmal mit Personen oder Dingen, die gar nicht da waren, und wusste immer Rat, wenn es im Dorf Probleme gab. Zwar hatten alle Bewohner des ehemaligen Sklavendorfes den Herrn Jesus an seinem Kreuze an der Wand hängen, darauf bestand der Mijnheer der Plantage, aber der Herr Jesus sprach nicht so wie die Wintigötter. Ihre Mutter hatte Makebo erklärt, dass die Götter schon eher da waren als der Herr Jesus und man sie deshalb auch besser verstand. Das war nur schwer zu begreifen, und einmal hatte sie ihre Mutter gefragt, ob der Herr Jesus denn ein Sklave gewesen wäre, weil er doch ans Kreuz genagelt war. Ihre Mutter hatte gelacht. „Nein, Kind“, sagte sie, „es gab niemals weiße Sklaven.“ Es gab auch keine schwarzen Sklaven mehr, aber die Leute erzählten noch viele Geschichten darüber, und die waren selten schön.

Der Winti-Mann kam ans Geländer der Veranda, nahm einem Mann, der neben ihm stand, die Fackel ab und hob sie hoch in die Luft. Dann sprach er eine Beschwörungsformel, in die alle anderen einfielen. Ein Chor leiser Stimmen nahm Abschied von einer Seele. Makebo schauderte.

„Wer ist denn gestorben, Mama?"

Ihre Mutter drückte sie fest an sich. „Der junge Mijnheer Rupert."

„Aber der war heute Nachmittag noch ganz gesund."

„Ja, aber dann ist er in den Fluss gefallen. Und jetzt komm, wir gehen wieder zurück in unsere Hütte."

Makebo verstand nicht so recht, was geschehen war. Der junge Mijnheer Rupert, der Sohn des Plantagenbesitzers, war fünf Jahre älter als sie, also fast schon ein junger Mann. Er war zwar immer ein bisschen blass gewesen, aber trotzdem oft mit seinem Vater unterwegs, um die Arbeiten auf den Zuckerrohrfeldern zu überwachen. Jedenfalls dann, wenn er sich hier aufhielt und nicht in der Hauptstadt, wo die Familie ein Stadthaus besaß und der junge Mijnheer die Schule besuchte.

Im Dorf gab es auch eine kleine Schule, Makebo konnte schon einige Sätze schreiben und auch zählen. Der alte Mijnheer bestand darauf, dass alle Kinder der Plantage zur Schule gingen, bis sie zwölf Jahre alt waren und arbeiten konnten. Auf dem Rückweg zum Dorf flatterten die Gedanken durch Makebos Kopf wie ein aufgescheuchter Vogelschwarm. Warum war der junge Mijnheer in den Fluss gefallen? Er wusste doch, welche Stellen gefährlich waren. Das wusste jedes Kind. Sie selbst war oft genug mit dem jungen Mijnheer und seiner kleinen Schwester Rijke am Fluss gewesen. Der alte Mijnheer sah es zwar nicht so gerne, wenn seine Kinder mit den Kindern aus dem Dorf spielten, aber die Mevrouw schickte die beiden immer raus. Makebo und ihre Mutter waren ohnehin öfter im Plantagenhaus als die anderen Arbeiter. Ihre Mutter putzte dort die Böden, wusch die Wäsche und kümmerte sich um Rupert und Rijke, deren Mutter oft unpässlich war und manchmal tagelang ihr Zimmer nicht verließ. Es gab zwar noch ein weißes Kindermädchen, aber das mied die Sonne und setzte so gut wie nie einen Fuß vor die Tür. Sie kam aus Frankreich und verabscheute Surinam, jedenfalls hatte Makebo sie mal so etwas sagen hören. Daher blieb es Makebos Mutter überlassen, Rupert und Rijke draußen zu beaufsichtigten, und so kam es, dass Makebo oft mit ihnen zusammen war.

„Leg dich wieder hin und schlaf." Ihre Mutter strich ihr noch einmal über das Haar.

„Ist er im Fluss ertrunken?"

Ihre Mutter seufzte. „Ja, Makebo."

„Aber er konnte doch gut schwimmen."

„Manchmal weiß man nicht, warum etwas passiert."

„Sind deswegen vorhin alle weggelaufen?" Makebo legte sich gehorsam auf ihre Matte, aber sie war hellwach.

„Ja, der Mijnheer hat sie gerufen, um den Mijnheer Rupert zu suchen. Ghoda und Kenan haben ihn dann am Fluss gefunden und sofort zum Haus gebracht."

„Und Tahole konnte ihm nicht helfen?"

„Nein, die Götter wollten wohl, dass der junge Mijnheer zu ihnen kommt."

„Der Herr Jesus", verbesserte Makebo ihre Mutter leise, denn die Weißen hatten nur den Herrn Jesus.

„Ja, der Herr Jesus – und nun schlaf, Kind."

Am nächsten Tag war die Stimmung auf der Plantage sehr gedrückt. Auch wenn die Dorfbewohner mit den Weißen im Haupthaus nicht viel zu tun hatten, abgesehen davon, dass man für sie arbeitete, fühlten sich doch alle irgendwie mit dem Mijnheer und der Mevrouw verbunden. Die Schwarzen lebten oft schon seit vielen Generationen hier, so wie die Familie der Mevrouw.

Makebos Mutter ging an diesem Tag schweren Herzens und mit schleppenden Schritten zur Arbeit. Als Hausmädchen stand sie den Weißen näher als die anderen im Ort. Zwar war sie nicht auf der Plantage geboren worden, sondern erst als junges Mädchen aus Paramaribo hergekommen, aber sie hatte den jungen Mijnheer Rupert aufwachsen sehen. Und sie sprach nur Gutes von den Weißen im Haus. Allerdings spürte Makebo manchmal, dass sie das unter anderem deshalb tat, weil sie sich von den Leuten im Dorf nicht richtig angenommen fühlte, auch wenn keiner wagen würde, etwas gegen das Hausmädchen der Weißen zu sagen. Sie gehörte nicht richtig dazu, aus zwei Gründen: Erstens stammte sie nicht von der Plantage. Und zweitens gab es keinen Vater für Makebo.

12. Kapitel

„Ja, wir gehörten nirgends so recht hin damals." Die alte Dame seufzte und tupfte sich mit einem Zipfel ihres Kleides kurz über die Augen. „Als Kind war mir das gar nicht so bewusst, das kam erst, als ich älter wurde. Und hätte ich die junge Mevrouw Rijke nicht gehabt ..."

Anna hörte die Stimme wie aus weiter Ferne. Die Geschichte von Makebo hatte sie so in ihren Bann gezogen, dass sie nur ganz langsam wieder ins Hier und Jetzt zurückfand, völlig überwältigt von der Informationsflut, von der sie gerade überrollt worden war. Es war das erste Mal, dass sie etwas über ihre Urgroßeltern erfuhr. Die Vergangenheit war für Rijke nie ein Thema gewesen, und als Kind hatte Anna so was auch nicht interessiert. Später war sie zu sehr mit ihrer eigenen Familie beschäftigt gewesen, und jetzt ... hatte sie erfahren, dass sie eine französischstämmige Urgroßmutter hatte und einen Großonkel, der als Kind ertrunken war. Dass ihre Großmutter Rijke als Kind tatsächlich hier auf dieser Plantage gelebt hatte, kam Anna noch sehr unwirklich vor. Und die alte Dame neben ihr – Makebo – kannte Rijke sogar! Anna musste sich zusammenreißen, um die Frau nicht mit Fragen zu überschütten. Sie wollte nicht auffallen, keiner sollte vorerst erfahren, dass sie mit der ehemaligen Plantage verbunden war. Besser gesagt: dass die ihr nun gehörte. Eine Vorstellung, die immer noch so unfassbar für sie war, dass sie sie gar nicht wahrhaben wollte.

„Das muss furchtbar gewesen sein", ihre Stimme hörte sich seltsam belegt an. Sie räusperte sich.

„Ja, ein Kind zu verlieren ist grausam, zumal die Mevrouw ja schon zwei Babys hatte gehen lassen müssen. Dann blieb ihr nur noch die kleine Rijke."

„Danke, dass Sie mir das alles erzählen."

Die alte Dame winkte ab. „Mein Sohn ist vor fünf Jahren gestorben."

„Das tut mir leid." Anna senkte den Blick.

„Ja, es ist nicht schön, wenn man seine Kinder überlebt. Aber ich habe ja noch meine Enkelsöhne. Aber Braam und Tim hören sich meine Geschichten nie an, die haben genug mit sich und diesem Resort hier zu tun. Außerdem finden sie, dass ich viel zu oft über die alten Zeiten rede. Ich bin über neunzig – da darf ich wohl bisschen in Erinnerungen schwelgen." Die Frau lächelte.

Anna erwiderte das Lächeln. „Da haben Sie wohl recht."

„Wie lange sind Sie noch hier, Vrouw Reuter?"

„Wir sind gerade erst angekommen. Noch drei Wochen."

„Mit Ihrem Mann?"

Anna verzog kurz das Gesicht, lachte dann aber. „Nein, mit meiner Tochter."

„Ach, wie schön."

„Ja, aber die hat mich heute auch aufs Altenteil geschoben und ist lieber auf Bootstour gegangen."

„Mit meinem Enkel?"

„Ja."

„Keine Sorge, der Tim ist ein guter Bootsmann … oder Guide, wie die jetzt immer sagen. Da sollten Sie auch mal mitfahren, das ist auch was für ältere Leute." Die Grandma zwinkerte Anna zu. „Und nun muss ich mich etwas ausruhen. Sehe ich Sie noch einmal wieder, Frau Reuter?"

„Anna … sagen Sie doch bitte Anna. Und ja, wenn ich darf, komme ich Sie gerne noch einmal besuchen."

„Nur zu, ich bin ja immer hier.“

Die alte Dame erhob sich etwas schwerfällig, streckte sich dann aber, und Anna fragte sich im Stillen, wie man mit neunzig noch so fit aussehen konnte. Ob das am Klima lag? An der gesunden Ernährung? Sie selbst fühlte sich mitunter jedenfalls deutlich älter, als sie in Wirklichkeit war.

Anna erhob sich ebenfalls, winkte zum Abschied und spazierte zum Haupthaus zurück. Am Pool war es inzwischen deutlich voller geworden. Danja servierte den Gästen große Gläser mit langen Strohhalmen und aufgesteckten Früchten.

„Hallo? Möchten Sie auch einen Cocktail?“

Anna lief beim Anblick der bunten Drinks das Wasser im Mund zusammen. Eigentlich hatte sie vorgehabt, in die klimatisierte Lodge zu gehen, um sich ein bisschen abzukühlen. Aber jetzt entschied sie sich spontan um. „Ja gerne!“

„Bringe ich gleich. Dahinten ist noch ein Liegestuhl im Schatten.“ Danja deutete unter eine Gruppe Palmen.

Es war ein seltsames Gefühl, sich hier entspannt auf der Sonnenliege zu räkeln mit dem neu gewonnenen Wissen im Kopf. Anna schaute über den Garten hinweg zum Dorf. Die Erinnerung an Grandma Makebos Erzählungen beschwor Bilder aus vergangenen Zeiten herauf: Dunkelhäutige Bedienstete liefen zwischen Haupthaus und Hütten hin und her. Elegant gekleidete Weiße saßen hier, wo jetzt der Pool war, auf Gartenstühlen oder feierten glanzvolle Feste. Fackeln spendeten Licht. Elektrizität gab es noch nicht, und auch sonst war das Leben hier draußen sicher nie einfach gewesen. Ohne Motorboote, Klimaanlagen, Kühlschränke, ganz zu schweigen von Telefon und Internet. Man war damals komplett von dem Rest der Welt abgeschnitten. Plötzlich drängte sich Anna die Frage auf, wie lange es wohl heute bei einem Notfall auf der

Plantage dauern würde, bis Hilfe kam. Sie schauderte, als ihr einfiel, dass ihre Tochter sich gerade irgendwo mitten in der Wildnis rumtrieb, in einem Boot auf diesem Fluss ... Es war wohl besser, gar nicht erst darüber nachzudenken, was alles passieren konnte.

Danja brachte ihr einen rot-orange leuchtenden Cocktail. „Bitte schön! Zum Lunch gibt es heut eine leichte Suppe mit Flusskrebseinlage, Croûtons und einen Palmherzensalat."

Anna nickte dankend. Sie war noch nicht hungrig, nahm aber einen tiefen Zug aus dem beschlagenen Glas. Der Drink schmeckte fruchtig süß, er enthielt kaum Alkohol, dafür reichlich Eis. Anna hätte gut etwas Stärkeres gebrauchen können, aber bei der Hitze war es wohl nicht ratsam, schon vor dem Lunch damit zu beginnen. Sie lehnte sich zurück und schloss die Augen. Neben dem leisen Gemurmel der anderen Gäste drangen nur das Rauschen des Waldes und einige ihr unbekannte Vogelstimmen an ihr Ohr. Warum war Rijke nie hierher zurückgekehrt? Was hatte sie überhaupt dazu bewogen, diesen Ort zu verlassen? Und warum hatte sie die Plantage dennoch nie verkauft? Fragen über Fragen, auf die Anna sich noch keinen Reim machen konnte.

Nach dem Lunch zog sie sich in ihre Lodge am Fluss zurück. Die Ausflügler würden erst am Nachmittag zurückerwartet, hatte sie beim Mittagessen von Danja erfahren. So ohne Jasmin war es sehr still in dem großen Zimmer. Anna ließ sich auf ihr Bett fallen und tastete nach ihrem Handy, das auf dem kleinen Nachtschrank lag. Sie hatte es seit ihrem Abflug in Amsterdam nicht mehr benutzt. Fast zaghaft drückte sie auf den Einschaltknopf, und es erwachte mit einem leisen Signalton zum Leben. Kurz darauf meldete das Display: Zwanzig verpasste Anrufe, fünf eingegangene SMS, und diese Nachrichten-App, über die die Kinder dauernd mit ihren Freunden kommunizierten, gab akustischen Alarm. Anna rief die Anruferliste auf. Alle Anrufe waren von Rüdiger, die SMS ebenfalls. Anna öffnete die erste: *Wo seid ihr?* In der zweiten stand: *Anna, melde dich bitte.* In der letzten nur noch: *Anna?*

Sie setzte sich wieder auf und starrte auf das Gerät. Ein kleiner Teil von ihr freute sich diebisch, dass Rüdiger wohl tatsächlich einen Anflug von Panik verspürte. Sie hätte ja eher vermutet, dass ihm erst nach ein paar Tagen auffallen würde, dass seine Familie ausgeflogen war. Zumal er sich ja vor ihrer Abreise seinerseits abgesetzt hatte – doch lange war er wohl nicht weg gewesen.

Doch nach dem kurzen Triumph meldete sich sofort ihr schlechtes Gewissen. Sie hätte ihn benachrichtigen sollen oder zumindest einen Zettel hinlegen. Eine kleine Ewigkeit saß sie wie versteinert da. Was sollte sie machen? Dann öffnete sie den Nachrichtendienst, in dem die Kinder immer unterwegs waren. Jasmins Handy schien wieder Empfang zu haben, denn es gab bereits einen regen Austausch mit Dennis, in der Gruppe, zu der Anna ebenfalls Zugang hatte und in der sonst immer nur stand: *Mama, holst du mich da und da ab? Mama, wo ist dies oder jenes?* Sie las die neuen Nachrichten. Dennis war mit Cornelia und Karl in Frankreich, er hatte Fotos geschickt. Jasmin hatte ebenfalls aktuelle Bilder gepostet – auf einem war sie von hinten am Bug eines Boots zu sehen, beide Arme ausgebreitet und die Haare im Wind wehend. Darunter stand: *Wir sind auf Abenteuertour, der Guide ist ziemlich cool, Mama hatte Muffe.* Anna zog eine Grimasse, freute sich aber, dass ihre Tochter anscheinend Spaß hatte. Dennis schrieb noch: *Papa hat angerufen, wusste nicht, dass wir weg sind, hat Mama ihm nichts gesagt?* Jasmin hatte nicht darauf geantwortet. Anna ließ das Telefon sinken. Sie sollte sich bei Rüdiger melden. Anrufen? Sie überlegte kurz.

Nein! Sie rief seine SMS auf und schrieb darunter: *Bei uns ist alles gut. Ich melde mich.* Dann drückte sie auf Absenden. Das musste erst mal reichen.

„Mama! Mama?“

Anna schreckte aus ihrem Mittagsschlaf hoch. Es dauerte einen Augenblick, bis sie sich orientiert hatte. In ihren Träumen war es dunkel gewesen, Fackeln am Fluss, Kinderschreie. Und jetzt stand plötzlich ihre fast erwachsene Tochter am Fußende des Bettes und wartete ungeduldig darauf, dass sie endlich richtig wach wurde.

„Oh Mama, das war total cool. Wir sind ganz weit den Fluss raufgefahren. Wir haben Affen gesehen, Papageien – die fliegen hier einfach so rum, in großen Schwärmen – und Stromschnellen gab es, und Claire hat gesagt, sie hätte ein Krokodil gesehen. Claire und James …“

Anna hob die Hand. Sie war immer noch nicht ganz zurechnungsfähig. „Langsam, Jasmin.“

Jasmin holte tief Luft und setzte sich auf die Kante ihres eigenen Betts. „Claire und James waren mit im Boot, die kommen aus Australien und waren gerade in den USA. Sie haben gesagt, ich soll sie doch mal besuchen kommen.“

„Hier?“

„Nein, Mama! In Australien. Ist der Flug länger als hierher? Ist das wohl teuer? Könnte ich wohl nach der Schule …?“

„Jasmin – du bist krebsrot!“

Ihre Tochter schaute kurz auf ihre Arme. „Bisschen Sonnenbrand. … Meinst du, das geht?“

„Du solltest dich wenigstens jetzt noch eincremen, das kühlt.“

„Tim hat gesagt, aus rot wird braun.“

„Tim?“

„Na, der Guide – der ist auch cool. Dass ein Mann in dem Alter noch so was macht."

Anna setzt sich auf und sah ihre Tochter entrüstet an. „Hey, der ist doch kaum älter als ich."

Jasmin zuckte die Achseln. „Sag ich ja …"

„Danke für die Blumen, Tochter."

„So war das nicht gemeint, aber … also Papa könnte ich mir nicht in so einem Boot vorstellen."

Anna musste sich eingestehen, dass ihr das auch nicht gelingen wollte.

„Heute Abend nach dem Essen gibt es ein Treffen an der Poolbar. Tim will die Touren der nächsten Tage präsentieren. Claire und James und die anderen wollen auch unbedingt wieder mit, und da meinte er, er könnte uns gleich ein ganzes Wochenprogramm zusammenstellen." Jasmin grinste erwartungsvoll.

„Du willst das alles mitmachen?" Anna wunderte sich immer noch über die neu erwachte Abenteuerlust ihrer Tochter.

„Am Pool sind doch nur Rentner. Bist du böse, wenn ich … Ich meine, ich kann natürlich auch bei dir …"

„Nein, mach ruhig, ist ja alles inklusive. Ich kann mich schon allein beschäftigen."

„Tim hat gesagt, ich soll dir sagen, dass du unbedingt auch eine der Touren mitmachen sollst."

„Ich schau mal. Vielleicht ist ja was für Rentner dabei." Sie streckte ihrer Tochter kurz die Zunge raus.

Annas Handy gab einen Ton von sich. Sie schaute auf das Display. Antwort von Rüdiger: *Ruf mich an!*

„War das Papa?"

„Ja."

„Hast du ihm jetzt gesagt, wo wir sind?"

„Ja", log Anna, ohne ihre Tochter dabei anzusehen.

„Er hat Dennis angerufen und war wohl total aufgeregt, dass wir plötzlich alle weg waren."

Anna zuckte nur die Achseln und legte das Telefon wieder weg. „So ist das eben."

Jasmin verzog den Mund. „Ich finde es blöd, dass ihr Stress habt."

„Wird sich schon alles wieder einrenken."

„Ich dusche schnell, und dann gehen wir zum Abendessen, okay?" Jasmin war schon wieder aufgesprungen.

Nach dem Dinner folgte Anna ihrer Tochter zur Poolanlage. An der Bar hatten sich schon ein paar Gäste versammelt.

„Hi!", begrüße Jasmin ein junges Pärchen. „*That´s my Mom.*"

„*Oh hi, nice to meet you, I'm Claire.*" Die Frau streckte Anna fröhlich die Hand entgegen.

„*I'm Jack. We had a really nice trip today. Next time you should come, too.*"

„*Oh, no!*" Anna winkte lachend ab. „*That's fun for young people.*"

„Da ist Tim." Jasmin deutete auf die Tür zum Haupthaus, Anna folgte ihrer Geste mit dem Blick. Tim Breek schlenderte lässig die wenigen Stufen zur Poolanlage hinab, die Hände in den Taschen seiner hellen Leinenhose vergraben. Dazu trug er ein gelbes T-Shirt, unter dem sich deutlich sein muskulöser Oberkörper abzeichnete, und einen gepflegten Dreitagebart. Wie konnte ihre Tochter diesen Mann nur als alt bezeichnen. Er sah unglaublich attraktiv aus. Anna versuchte, ihre Aufmerksamkeit auf irgendetwas anderes zu lenken.

„Hello, Hallo." Tim blieb neben ihnen stehen und wandte sich als Erstes Anna zu. „Hatten Sie einen angenehmen Tag?", fragte er auf Deutsch.

Anna räusperte sich. „Ja, danke, es war sehr … ruhig."

Dann rief er auf Englisch die jungen Leute zusammen, und Anna zog sich etwas zurück. Sie tat so, als ob sie zuhörte, wie er der Gruppe erklärte, was man in den nächsten Tagen alles unternehmen könnte, doch in Wahrheit beobachtete sie fasziniert seine lebhafte Mimik. Man brauchte seine Stimme fast gar nicht, um zu verstehen, was er sagte. Immer wieder hob er einen seiner muskulösen Arme und deutet irgendwo in die Ferne. *Mensch Anna, jetzt nimm dich mal zusammen!* Sie hatte sich tatsächlich gerade dazu hinreißen lassen, diesen Mann einen klitzekleinen Augenblick lang anzuschmachten. Rasch drehte sie sich zur Bar um und bestellte einen Cocktail. Hoffentlich kippten die da am Abend mehr Alkohol rein als vormittags.

„Ist es okay, wenn Ihre Tochter die nächsten Tage dabei ist?" Seine tiefe, melodische Stimme jagte einen prickelnden Schauder an ihrem Rückgrat entlang. Sie drehte sich mit ihrem Getränk in der Hand um. Tim stand nun genau vor ihr.

„Ja klar, kein Problem – wenn sie das gerne möchte."

„Für die Tour nach Paramaribo halte ich Ihnen aber einen Platz im Boot frei, da müssen Sie unbedingt mitkommen."

„Na, dann kann ich wohl nicht Nein sagen." Nein – das konnte sie wirklich nicht – wenn er sie weiter so ansah wie in diesem Moment, würde sie sogar einer wackeligen Bootspartie mit Stromschnellen und Krokodilen zustimmen.

Er bestellte sich auch einen Drink. Keinen Cocktail, sondern Whisky auf Eis. Rüdiger hätte nach so einem Glas lallend unter dem Tisch gelegen. Tim leerte es in einem Zug und orderte gleich ein zweites hinterher. „So, Feierabend. Und was haben Sie heute Schönes unternommen?" Er schob sich auf einen Barhocker neben Anna.

„Ich habe die Führung von Sara mitgemacht, am Pool gesessen, Cocktails getrunken und ...", sie überlegte kurz, ob sie das wirklich sagen sollte, „... ein nettes Gespräch mit Ihrer Großmutter gehabt."

„Wirklich? Mit Grandma?" Er lachte laut auf. „Na, dann hatten Sie ja wirklich beste Unterhaltung. Ich hoffe, die beiden haben nicht wieder diese ganzen schrecklichen alten Geschichten über Sklaverei aufgewärmt."

„Sara hat einiges darüber erzählt. Aber Ihre Großmutter nicht."

„Sie hat aber hoffentlich auch nicht die peinliche Story aufgetischt, wie ich als Kind immer in ihre Blumen gepinkelt habe?"

Anna lachte. „Nein, hat sie nicht, und ich hoffe, dass Sie das auch nicht weiter vertiefen. Ihre Großmutter ist eine reizende alte Dame." Erst jetzt fiel ihr auf, dass Tim zwar deutlich dunklere Haut hatte als sie selbst, aber bei Weitem nicht so dunkel war wie seine Großmutter. „Wir haben nur ein bisschen über die alten Zeiten hier geplauscht. Ich bin an Geschichten über alte Hotels interessiert." Wenn sie weiter so log, würde ihr noch eine lange Nase wachsen.

„Klar, über die Plantage weiß sie alles, sie hat ja immer hier gelebt. Hoffentlich werde ich auch so alt wie sie. Über neunzig – ziemlich bemerkenswert, oder?" Tim stürzte seinen zweiten Whisky nicht, sondern nippte langsam daran.

„Ja, schon beachtlich. Wie sind Sie und Ihr Bruder eigentlich dazu gekommen, hier dieses Resort zu eröffnen?" Anna hoffte, dass sie nicht zu neugierig wirkte.

Tim zuckte die Achseln. „Wir waren beide einige Jahre unterwegs. Braam als Koch und ich ... na ja, eigentlich habe ich mal Tischler gelernt, dann aber festgestellt, dass ich lieber mit Natur zu tun habe, deshalb auch das Zoologie-Studium in Deutschland. Unsere Eltern haben hier bis in die Achtzigerjahre die alte Besitzerin betreut, die Anlage gepflegt und verwaltet. Als ich und mein Bruder wieder in Surinam waren, lag es nahe, hierher zurückzukehren. Nachdem die alte Lady gestorben war, meldete sich erst mal niemand, dann kam irgendwann die Nachricht, dass es wohl einen Erben in Europa gibt. Keine Ahnung – das lief alles über einen Anwalt. Jedenfalls hat offenbar niemand vorgehabt, hier irgendwas zu machen, also haben wir vorgeschlagen, den Besitz weiterhin zu verwalten, sofern wir ihn wirtschaftlich nutzen dürfen. Und da man heutzutage mit Zuckerrohranbau auf keinen grünen Zweig mehr kommt …", er lachte kurz auf, „… haben wir dieses Resort ins Leben gerufen."

„Und das haben die … eigentlichen Eigentümer einfach so geschehen lassen?"

„Na ja, denen entstand dadurch ja kein Schaden, im Gegenteil. Ist doch alles sehr hübsch geworden hier. Wir zahlen eine kleine Pacht nach Europa, in all den Jahren hat sich aber nie jemand bei uns gemeldet."

„Da haben Sie aber schon auch Glück gehabt, oder? Und Ihre Eltern? Leben die auch noch hier?"

„Nein, die wohnen im Stadthaus der Plantage in Paramaribo. Danja hat dort auch unser Hauptbüro eingerichtet, da es hier draußen nicht immer zuverlässig Internet und Telefon gibt. Für Buchungen und derlei Dinge ist es dort einfach praktischer. Meine Ma kümmert sich ein bisschen um die Buchhaltung, und mein Pa streicht das Haus jedes Jahr in einer neuen Farbe. Cheers." Er hob sein Glas. „Und Sie? Was machen Sie in Deutschland so?"

„Ich habe zwei Kinder", antwortet Anna spontan und fragte sich gleich darauf, ob das als Entschuldigung oder Feststellung gemeint war.

„Und außer den Kindern?“ Tim grinste belustigt.

„Ich habe mal in der Reisebranche gearbeitet.“ Das war zumindest nicht gelogen, auch wenn es schon lange zurücklag.

„Oh.“ Er sah sie aufmerksam an. „Dann kennen Sie sich also mit dem Reisemarkt in Deutschland aus?“

Anna hob die Brauen. „Ich denke schon“, sagte sie vorsichtig.

„Wir sind in den Niederlanden natürlich ganz gut aufgestellt, aber in Deutschland, Österreich und der Schweiz ist noch viel Luft nach oben, von da kommen sehr wenige Buchungen. Vielleicht könnten Sie sich ja mal mit Danja darüber unterhalten.“

„Klar – mach ich gerne.“ Anna nippte an ihrem Cocktail.

„Super, ich werde es ihr schon mal ankündigen. So, und jetzt muss der Guide ins Bett, damit seine Schützlinge morgen eine sichere Fahrt haben.“ Er klopfte sich auf die Schenkel und stand auf. Einen kurzen Moment lang schaute er Anna tief in die Augen. „Hat mich sehr gefreut, ich hoffe, wir wiederholen so ein Treffen noch einmal in den nächsten Tagen.“

Anna spürte, wie ihr Herz wild losklopfte. „Ja gerne, ich … ich bin ja ohnehin hier.“

Während Jasmin schlief wie ein Stein, wälzte sich Anna unruhig im Bett hin und her. Immer wenn sie gerade eingeschlafen war, führten ihre Träume sie zurück in eine Zeit, in der es hier weniger idyllisch zugegangen war. Fackeln, Schreie, Aufregung – und Anna erwachte ruckartig. Aus den Tiefen des Regenwalds erklangen fremde Geräusche, und irgendwann mitten in der Nacht begann es auch noch heftig zu regnen. Am nächsten Morgen fühlte sie sich wie gerädert. Jasmin hingegen räkelte sich einmal genüsslich und war dann auch schon auf den Beinen.

Anna döste noch ein bisschen weiter, während ihre Tochter im Bad rumorte. „Heute gehen wir nur wandern. Willst du wirklich nicht mit, Mama?"

„Nein, lass mal. Es hat heute Nacht geregnet, da ist bestimmt alles ganz matschig und rutschig." Dass sie ihre eigenen Pläne hatte, verriet sie ihrer Tochter nicht.

Während des Frühstücks winkte Jasmin einigen anderen Gästen zu, die beim Ausflug am Vortag ebenfalls dabei gewesen waren. Als die ersten sich erhoben, um zum Treffpunkt im Foyer zu gehen, fing sie an, ungeduldig auf ihrem Stuhl hin- und herzurutschen.

„Na, geh schon. Deine alte Mutter kann ihren Kaffee auch alleine zu Ende trinken."

Jasmin sprang auf, beugte sich kurz zu Anna, um ihr einen Kuss auf die Wange zu drücken, und weg war sie.

Anna sah ihr verblüfft nach. So kannte sie ihre Tochter gar nicht. Oder besser gesagt, so hatte sie sie nicht mehr erlebt, seit die Pubertät zugeschlagen hatte. Sie lächelte versonnen und richtete ihren Blick dann auf das große Fenster. Über der Poolanlage und den Baumwipfeln dahinter hingen dicke Dunstschleier, hier und da sah man noch Pfützen auf dem Boden, doch die Sonne schob sich stetig höher, und schon bald würde draußen wieder schwülheiße Tropenhitze herrschen.

Anna beendete ihr Frühstück und machte sich dann auf den Weg zum Dorf. Hoffentlich war Grandma Makebo da. Anna brannte darauf zu erfahren, wie es weitergegangen war.

Die alte Dame saß bereits auf der Bank vor ihrer Hütte, eine große Schüssel auf dem Schoß und einen Eimer neben sich. Als sie Anna erspähte, winkte sie freudig.

„Vrouw Reuter – hat Ihre Tochter Sie schon wieder im Stich gelassen?"

Anna blieb stehen und lachte. „Ja – mit den aufregenden Ausflügen ihres Enkels kann ich nicht mithalten."

„Was hat er denn heute vor mit den Gästen?" Makebo klopfte auf den freien Platz neben sich. „Kommen Sie, dann leisten Sie mir etwas Gesellschaft, mein zweiter Enkel Braam hat mir aufgetragen, Süßkartoffeln zu schälen. Als ob er nicht genug Leute in der Küche hätte …" Sie lächelte nachsichtig.

Anna folgte der Einladung, und eine Weile saßen die beiden Frauen schweigen nebeneinander. Ein paar Angestellte kamen auf dem Weg zum Haupthaus an ihnen vorbei und grüßten Grandma Makebo fröhlich.

Anna brach als Erste das Schweigen. „Haben Sie Ihr ganzes Leben hier auf der Plantage verbracht?"

Die alte Dame sah Anna an, als hätte sie die Frage nicht recht verstanden. Dann lachte sie. „Aber ja, wo hätte ich denn sonst hingehen sollen?"

„Na ja, ich meine … in der Stadt ist der Alltag doch sicher um einiges einfacher."

„Ich war ja nie alleine hier, erst war mein Mann noch da, später kamen die Kinder und Enkel wieder. Wissen Sie, die Stadt ist mir zu laut und zu schmutzig. Hier …", sie machte mit der Süßkartoffel, die sie gerade in Arbeit hatte, eine allumfassende Geste, „… habe ich alles, was ich brauche. Damals, mit der jungen Mevrouw Rijke, war ich tatsächlich eine Zeit lang in der Stadt, in Paramaribo. Aber gefallen hat es mir dort nicht."

Anna fasste sich ein Herz: „Wie ging es denn weiter hier auf der Plantage, damals nach dem Unglück?", fragte sie, in der Hoffnung, nicht allzu aufdringlich zu wirken.

Grandma Makebo stieß einen tiefen Seufzer aus. Dann schaute sie schweigend in die Ferne, als würden vor ihrem geistigen Auge die alten Zeiten wieder auferstehen.

„Das war nicht einfach, gar nicht einfach", begann sie dann. „Der Mijnheer Leeward war sehr traurig. Nachts konnte ich seine Schreie hören, vom Haupthaus bis in unsere Hütte. ‚Was hat der Mijnheer? Ist er krank?', habe ich meine Mutter gefragt. Die strich mir nur sanft übers Haar und sagte: ‚Er ist krank vor Trauer um seinen Sohn.'"

Sie unterbrach sich und starrte auf ihre runzeligen Hände. „Ich hatte Angst, das Plantagenhaus wieder zu betreten", fuhr sie fort. „Der Mijnheer hörte sich in der Dunkelheit an wie ein weidwundes Tier. Beim ersten Mal, einige Tage nach dem Unfall, musste meine Mutter mich ganz fest an der Hand packen und regelrecht ziehen. ‚Ich muss mich um die Mevrouw kümmern', sagte sie. ‚Und du sei lieb zu Rijke.' Während ich über die Dielen des Hauses lief, schlug mir das Herz bis zum Hals. Den Mijnheer sah ich nur kurz. Er saß mit dem Rücken zu mir im großen Saal. Nicht aufrecht wie sonst, sondern zusammengesunken und irgendwie schlaff. Meine Mutter schob mich rasch weiter. ‚Er möchte niemanden sehen und hören, also sei schön leise.' Hastig huschte ich in die obere Etage." Wieder unterbrach sie sich und seufzte. Anna lauschte mit angehaltenem Atem.

„Ich war noch nicht oft dort oben gewesen. Der Mijnheer mochte ja nicht so gerne, wenn die Kinder dort herumtollten. Draußen ja, da hatte ich schon viel Zeit mit Rijke und ihrem Bruder Rupert verbracht, aber drinnen, zwischen den dunkel vertäfelten Wänden, fühlte ich mich fehl am Platz. Zaghaft klopfte ich an Rijkes Zimmertür, und als sie antwortete, trat ich ein. Rijke hatte Angst, das spürte ich, und ich fühlte mich plötzlich sehr erwachsen, denn ich war diejenige, die sie tröstete. Von da an waren wir fast wie Schwestern, bis …"

13. Kapitel

Surinam, September 1939

Rijke wartete am Steg ungeduldig auf die Ruderer. „Ich bin siebzehn! Wenn Vater so weitermacht, werde ich wohl noch mit einer ganzen Armada reisen müssen, wenn ich alt und grau bin."

Makebo stand neben ihr, zu ihren Füßen die gepackten Reisetaschen. Es war früh am Morgen, und noch hing ein dünner Nebelschleier über dem Wasser. „Er hat doch nur Angst um dich, weil ..."

Rijke stemmte ungehalten die Hände in die Seiten. „Ja, weil mein Bruder im Fluss ertrunken ist. Ich weiß, ich weiß ..." Sie zog eine Schnute. „Da kommen sie endlich." Sechs schwarze Arbeiter tauchten auf dem Weg auf, der vom Ufer zur Plantage hochführte. Rijkes Vater bestand stets darauf, dass drei Männer mit seiner Tochter im Boot mitfuhren und außerdem ein Begleitboot mit weiteren drei Männern dicht bei ihnen blieb. Rijke war schon viele Male auf dem Surinam nach Paramaribo gefahren, wo sie zur Schule ging, seit ihr französisches Kindermädchen vor fünf Jahren gekündigt hatte. Offiziell, weil die junge Französin das Land und das Klima hasste, aber Rijke wusste, dass ihre schwierigen Eltern zumindest einen Teil der Schuld trugen.

„Komm, wir steigen schon mal ein." Rijke schnappte sich eine der Taschen, bevor Makebo reagieren konnte, und kletterte behände in das vertäute Boot. Sie konnte es kaum erwarten, endlich aufzubrechen. Wie die meisten ihrer Mitschülerinnen verbrachte sie die Ferien auf der elterlichen Plantage. Für Rijke waren das langweilige und trostlose Wochen. Natürlich mochte sie ihr Zuhause, doch seit dem Tod ihres Bruders schien dort die Zeit stillzustehen. Ihr Vater wurde von Jahr zu Jahr verbitterter. Eine Plantage ohne Erben, und das in Zeiten des wirtschaftlichen Niedergangs – die Situation nagte an ihm. Und ihre Mutter, die sich irgendwann damit abgefunden hatte, für den Rest ihres Lebens an diesen Ort gefesselt zu sein, huschte wie ein Geist durch das Haus und kommandierte die Angestellten herum. Ihr einziger Lebensinhalt bestand darin, im Plantagenhaus immer alles auf Hochglanz poliert zu haben, als würde am nächsten Tag ein Staatsgast erwartet. Dabei kamen schon lange keine Besucher mehr zur Familie Leeward.

Die Monate im Stadthaus waren für Rijke eindeutig der bessere Teil des Jahres. Dort stand sie nur unter der Aufsicht der Haushälterin Jualina, außerdem war Makebo bei ihr. Sie sah zu dem schwarzen Mädchen hin, das ihr nur zögernd ins Boot folgte. Rijke wusste, dass es Makebo in der Stadt nicht gefiel. Sie vermisste ihre Mutter jedes Mal schmerzlich und zählte die Tage, bis sie wieder hinaus aufs Land kamen. Doch auch wenn Makebo in erster Linie ihre Freundin und engste Vertraute war, so war sie doch offiziell Rijkes Dienstmädchen. Sie konnte sich also nicht einfach weigern, sie nach Paramaribo zu begleiten, das erlaubten ihr Stand und ihre Pflichten nicht.

„Es sind doch nur ein paar Wochen“, flüsterte Rijke ihr zu. Beim Anblick von Makebos betrübter Miene hatte sie fast ein schlechtes Gewissen, weil sie sie schon wieder ihrer vertrauten Umgebung entriss.

Sie verdankte Makebo so viel. Damals, nach Ruperts Unfall, war sie die Einzige gewesen, die ihr Trost spendete. Ihre Eltern hatten sie, gefangen in ihrer eigenen Trauer, über Wochen komplett vernachlässigt. Rijke war sich vorgekommen wie ein Kleidungsstück, das man über einen Stuhl gelegt und dann vergessen hatte. Beim Essen mieden ihre Mutter und ihr Vater ihren Blick, gesprochen wurde nur das Nötigste. Makebo gab ihr die Zuwendung, die ihre Eltern ihr vorenthielten. In ihren Armen konnte Rijke um ihren Bruder weinen, und Makebo versuchte, ihr zu erklären, warum das alles vielleicht passiert war. Rijke verstand zwar nichts von den Dingen, die der Winti-Mann über die Götter und Geister gesagt hatte, doch irgendwie schaffte es Makebo, ihr das Gefühl zu vermitteln, dass Ruperts Tod nicht völlig sinnlos gewesen war. Rijke hatte ihren Bruder geliebt, er war ihr Spielkamerad, Beschützer und in vielen Dingen auch Vorbild gewesen. Diese Rolle hatte dann Makebo übernommen, die das einzige Kind auf der Plantage in Rijkes Alter war.

Die Männer hatten den Steg erreicht. Nachdem sie die Mädchen begrüßt hatten, nahmen sie lachend und scherzend ihre Plätze ein. Für sie war es eine willkommene Abwechslung, zur Hauptstadt rudern zu dürfen. Sie würden sich dort Schnaps kaufen und ein paar Stunden vergnügen können, bevor sie den Rückweg antreten mussten. So viel Freizeit hatten sie während ihrer Arbeit auf den Plantagenfeldern nie zur Verfügung.

Makebo und Rijke setzten sich unter die Plane ins Heck des Boots. So waren sie vor der Sonne geschützt und auch vor Wolkenbrüchen, obwohl damit nicht mehr wirklich zu rechnen war. Die Regenzeit neigte sich zum Glück dem Ende zu. Es hatte keinen Spaß gemacht, im Plantagenhaus festzusitzen, während draußen Sturzbäche vom Himmel fielen oder die Luft in der Zeit zwischen den Schauern zäh wie Pudding zwischen den Bäumen hing. Die Bücher und Magazine, die sie sich aus Paramaribo mitgebracht hatte, waren schnell ausgelesen. Manchmal fragte sich Rijke, warum ausgerechnet sie dazu gezwungen war, am Ende der Welt zu leben. Selbst in der Stadt schien die Zeit langsamer zu vergehen als überall sonst auf dem Globus. Nachrichten oder gar Zeitschriften brauchten oft so lange, bis sie das Land per Schiff erreichten, dass sie dann schon nicht mehr aktuell waren. Rijke und ihre Schulfreundinnen gingen alle drei Wochen zu einem der Krämerläden am Hafen, wo die Kisten mit neuen Illustrierten landeten. Die meisten dieser Hefte konnten die Mädchen sich nicht leisten, denn der Händler verlangte horrende Preise für ein bisschen Glanz und Klatsch. Aber sie verbrachten dort oft einen ganzen Nachmittag, verschlangen die Artikel aus Amerika und Europa, lasen kichernd, welcher Star wieder mit welchem Fotomodell gesichtet worden war und welche neuen Kinofilme in Hollywood gedreht wurden. Immerhin gab es in Paramaribo ein Lichtspielhaus, doch das Angebot war veraltet. Außerdem fanden die meisten Erwachsenen, darunter Rijkes Eltern, dass diese frivolen Machwerke keine passende Unterhaltung für ihre Töchter waren. Wie übrigens auch alles andere, was von außen kam, ob Musik, Filme oder die vielen jungen Männer, die einreisten, um in den Bauxit-Minen zu arbeiten. Früher hatte man die Kinder und Jugendlichen gar nicht erst in die Stadt reisen lassen. Jede Plantage hielt sich einen eigenen Hauslehrer. Auch Rijkes Mutter und Vater waren so aufgewachsen. Doch inzwischen fand man kaum noch Lehrkräfte, die bereit waren, sich ins Landesinnere zu begeben, um dort die Sprösslinge der Plantagenbesitzer zu unterrichten. Oft lohnte es sich auch einfach nicht, wie bei den Leewards, wo Rijke das einzige Kind im Haus war.

Das Boot legte ab, und die Männer ruderten mit kräftigen Stößen auf die Flussmitte hinaus. Mit der Strömung ging die Reise dann recht schnell, in wenigen Stunden würden sie bereits am Anleger der Stadt sein. Rijke schaute sich noch einmal um. Über den Büschen am Ufer wurde das Dach des Plantagenhauses kleiner. Ein kühler Lufthauch streifte ihren Nacken.

Gegen Mittag erreichten sie Paramaribo. Rijke atmete auf. Wie immer war ihr bei der Ankunft so, als würde die farblose Welt der Plantage mit bunten Pinselstrichen übermalt. Die Häuser an den Piers und den Straßen standen dicht an dicht und waren in allen erdenklichen Farben gestrichen. Angeblich sah es hier ein bisschen so aus wie in den Niederlanden selbst, aber das war reine Theorie für Rijke. All ihr Wissen über das Stammland von Surinam, das seit 1799 zur niederländischen Kolonialverwaltung gehörte, kam aus Büchern. Die Niederlande selbst schienen für Rijke weiter entfernt als der Mond, den sie zumindest fast jede Nacht zu sehen bekam. Außerdem fühlte sie sich gar nicht richtig als Niederländerin, schließlich hatte die Familie ihrer Mutter französische Wurzeln. Wobei das Gemisch von Menschen aus allen Winkeln der Erde durchaus typisch für Surinam war. Makebo hatte es einmal ganz passend beschrieben: Das Land war wie ein Gemüseeintopf, in den man einfach Jahr für Jahr alles hineingeworfen hatte, was es zu ernten gab. Erst hatte es den Arawaken gehört, den Ureinwohnern, die aber heutzutage nur noch ganz tief im Regenwald lebten. Dann waren die Weißen gekommen: Franzosen, Niederländer, Engländer. Dann wurden die schwarzen Sklaven hergeschafft, eine von brutalen Menschenhändlern wahllos zusammengepferchte Gruppe unterschiedlichster Nationen mit verschiedenen Göttern. Als die Sklaverei aufgehoben wurde, kamen ganze Schiffladungen chinesischer, indischer und javajanischer Kontraktarbeiter nach Surinam. Und natürlich vermischten sich nach und nach all diese Ethnien miteinander, was zu dem bunten Straßenbild beitrug, das das heutige Paramaribo prägte:

Frauen in indischen Saris liefen neben Frauen in bunten Kreolenkleidern zwischen den Marktständen hin und her, Männer mit Turbanen verkauften Fisch an Männer mit jüdischer Kippa, während sich ein paar Meter weiter ein paar Muslime auf ihren Teppichen zum Gebet niederließen. Dazwischen gab es zahllose Menschen mit heller bis dunkler Hautfarbe, die oft selbst nicht mehr sagen konnten, wo ihre Ahnen einst hergekommen waren.

Rijke liebte dieses bunte Treiben. Paramaribo war lebendig, fröhlich und durch seinen großen Hafen für das kleine Surinam der Nabel der Welt. Sie selbst sprach Niederländisch wie ihr Vater, Französisch hatte sie von ihrer Mutter gelernt, und Englisch und Deutsch wurden in der Schule unterrichtet. Sranan-Tongo, die Sprache der Kreolen, hatte sie von den Hausmädchen und Arbeitern auf der Plantage aufgeschnappt, und natürlich von Makebo. Die wiederum sprach auf der Plantage mit ihrer Mutter nur Sranan-Tongo und in der Stadt Niederländisch. Wenn die beiden Mädchen sich unterhielten, war es meist ein unbewusster Mischmasch aus diesen beiden Sprachen.

Um die Mittagszeit herrschte rund um den Hafen reges Treiben. Die Flüsse und Wasserstraßen waren die Lebensadern des Landes. Straßen gab es nur in den größeren Städten, der Autoverkehr spielte kaum eine Rolle. Durch die schmalen Gassen und über zahllose kleine Brücken kam man ohnehin am schnellsten zu Fuß voran. Eine Bahnverbindung gab es nur an der Küste. Ganze 170 Kilometer Schienen waren lange vor Rijkes Geburt zur Erleichterung des Goldabbaus verlegt worden. Ein Teil der Strecke war bereits wieder stillgelegt, darunter ein Seilbahnabschnitt, der über den Fluss geführt hatte. Er war als Alternative zum teuren Brückenbau gedacht gewesen, doch das umständliche Umsteigen von den Waggons in die Gondel und die abenteuerliche Hängepartie übers Wasser hatten viele Fahrgäste abgeschreckt. Sie nahmen lieber gleich ein Boot.

In der Stadt selbst schworen die Händler und Lieferanten nach wie vor auf Maultiere oder Handkarren. Es gab auch noch einige Pferdedroschken und jede Menge Rikschas – die wenigen Automobile galten als lärmende, stinkende Rarität. Auf den breiten, mit feinem weißen Muschelsand bedeckten Straßen ging es meist beschaulich zu. Im Schatten der zahllosen Mandel- und Orangenbäume konnte man bequem flanieren.

Rijke und Makebo stiegen aus und verabschiedeten ihre Ruderer. Kaum waren die Boote vertäut, begaben sich die Männer schnurstracks ins Hafenviertel mit seinen Schankwirtschaften und Hurenhäusern, die von den Seeleuten und Plantagenarbeitern immer gerne angesteuert wurden. Es gab viele *Kapumeids* in Paramaribo, Frauen, die ihren Körper gegen Gulden feilboten. Rijke war noch nicht ganz klar, worum genau es dabei ging, obwohl Makebo mehrmals versucht hatte, ihr verlegen stotternd zu erklären, was sich bei solchen Gelegenheiten zwischen Mann und Frau abspielte. Dies waren Themen, die man eher nicht ansprach, entsprechend lückenhaft war Rijkes Wissen darüber, zumal auch die ihr zugängliche Literatur diesbezüglich keine wirkliche Aufklärung leistete – und ihre Schulfreundinnen waren ebenso ratlos wie sie selbst. Makebo war ihr da einen Schritt voraus. Im Dorf der Schwarzen ging es wohl etwas freizügiger zu. Doch bei aller Verbundenheit hatte sich Makebo noch nicht getraut, ihrer weißen Freundin nähere Details zu verraten.

Die Mädchen beeilten sich, nach Hause zu kommen. Jualina würde sie bereits erwarten. Rijkes Vater hatte die hochgewachsene Kreolin eigens dafür angestellt, das Stadthaus der

Plantage zu führen. Zu ihren Pflichten gehörte auch die Aufsicht über Rijke und Makebo. Sie war streng und schien stets über jeden Schritt ihrer Schutzbefohlenen informiert. Daher hatten die beiden es schnell aufgegeben, Heimlichkeiten vor Jualina zu haben. Und natürlich wusste die auch ganz genau, wie lange die Fahrt von der Plantage zum Hafen dauerte und wie lange man für den Fußweg zum Haus in der Gravenstraat brauchte. Trödeln verbot sich also von selbst, auch wenn die Atmosphäre in der Stadt heute irgendwie anders schien als sonst. Rijke spürte eine seltsame Spannung in der Luft. Die Leute machten einen aufgeregten Eindruck, viele standen in Gruppen zusammen und diskutierten und gestikulierten.

„Ob wohl irgendwas passiert ist?“, raunte Rijke Makebo zu, während sie vom Watermolenweg in Richtung Synagoge liefen. Makebo zuckte nur mit den Schultern, doch in ihren Augen konnte Rijke ebenfalls leichte Verwirrung erkennen.

14. Kapitel

Jualina erwartete sie bereits. „Ihr habt heute aber lange gebraucht. Makebo – bring das Gepäck auf die Zimmer. Mevrouw Rijke, Sie haben bereits zwei Einladungen für die nächste Woche." Wie ein Einweiser am Hafenpier wies sie mit einem Arm die Treppe hoch, mit dem anderen deutete sie auf eine kleine, silberne Schale, die auf einer Anrichte im Flur stand.

Jualina war nicht nur eine imposante Erscheinung mit ihrem hohen Wuchs und ihren breiten Schultern, an ihr war auch ein guter Plantagenvorarbeiter verloren gegangen. Rijke wusste schon, warum ihr Vater genau diese Frau ausgewählt hatte, um über seine Tochter zu wachen. Dennoch zeigte Jualina, sofern die Mädchen sich gut benahmen, auch eine mütterliche Seite. Rijke mochte die Haushälterin. Trotz ihrer strengen Art war sie stets ehrlich und geradlinig. Eigenschaften, die Rijke bei ihrer eigenen Mutter immer vermisst hatte.

„Wer hat denn eingeladen?" Rijke nahm die beidem Umschläge aus der Schale. Um derlei gesellschaftliche Verpflichtungen konnte sie sich nicht drücken. Da in Paramaribo ansonsten nicht viel los war, hatte sich die alte Tradition der Familien erhalten, einander gegenseitig zum Dinner einzuladen. Für Mädchen wie Rijke, die ohne ihre Eltern in der Stadt lebten, dienten diese Veranstaltungen auch zur Übung in Sachen Manieren und Auftreten. Die Damen der einladenden Häuser hielten es für ihre Pflicht, sich der Mädchen vom Lande anzunehmen.

Eine Einladung kam von den Finnegens, deren Tochter Sofia dieselbe Schulklasse wie Rijke besuchte. Die andere war von den Kramers und entlockte Rijke einen ergebenen Seufzer. Gerold Kramer war ein Geschäftspartner ihres Vaters. Er kaufte den Melasse-Ertrag der Plantage auf. Und da er einen Sohn hatte, Oswald, zwei Jahre älter als Rijke, rechnete er sich wohl Chancen aus, eine Ehe anzubahnen. Auch an dieser altbackenen Tradition hielt die bessere Gesellschaft von Surinam nach wie vor fest. Rijke ließ die Einladung sinken. Ausschlagen konnte sie sie leider nicht, das würde ein schlechtes Licht auf die Familie werfen.

Makebo, die gerade wieder die Treppe herunterkam, zog beim Anblick der Einladungen eine Grimasse, was ihr sogleich einen tadelnden Blick von Jualina einbrachte. Da es Makebo in Hörweite der Haushälterin nicht gestattet war, Rijke irgendwelche Fragen zu stellen, informierte die sie rasch: „Einmal zu Sofia und einmal zu den Kramers." Sie legte die Karten zurück in die Schale. Die Mädchen verstanden sich auch ohne Worte bestens. Makebo lächelte erst – bei Sofia im Haus hatte sie selbst Freundinnen unter den Dienstmädchen – und hob dann, beim Namen Kramer, skeptisch die Brauen.

„Das werden wir schon überstehen", sagte Rijke. „Vielleicht sind wir bei denen dann auch für die nächsten paar Wochen durch."

„Mevrouw ...!" Jetzt musste Rijke einen tadelnden Blick von Jualina einstecken.

„Ja, ich werde mich benehmen. Und jetzt gehen wir noch kurz zu Lina rüber." Rijke winkte Makebo an ihre Seite. Lina Steven wohnte dauerhaft in der Stadt und war die beste Quelle für Neuigkeiten.

Jualina hob die Hand, um die Mädchen aufzuhalten. „Mevrouw Rijke, ich muss Ihnen mitteilen, dass es seit vorgestern neue Entwicklungen gibt. Auf der Plantage wird man gewiss noch nichts gehört haben, aber hier in der Stadt wird überall davon gesprochen."

„Ach?" Rijke, die sich schon wieder zur Tür gewandt hatte, hielt inne. Dann hatte ihr Gefühl vorhin auf den Straßen von Paramaribo sie nicht getrogen. Auch Makebo horchte auf.

Jualinas Miene war noch ernster als sonst. „Ja, es gibt wohl Krieg, aber nicht hier, sondern in Europa. Da ist ein Land neben den Niederlanden, das hat ein anderes Land überfallen …"

Rijke versuchte, aus der dünnen Erklärung schlau zu werden. Jualina war zwar eine gewiefte Haushälterin, der man auf dem Markt kaum ein faules Ei unterjubeln konnte, doch ihr Horizont endete eindeutig am Ufer des Surinam. Wie viele Kreolen hatte auch sie nur ein paar Jahre lang die Schule besucht, und das war lange her. Jetzt grübelte sie angestrengt, um die Zusammenhänge wiederzugeben, die man ihr zugetragen hatte. „Also, dieses Land neben den Niederlanden …"

Rijke unterbrach sie. „Schon gut – ich werde Lina fragen. Die wird Bescheid wissen. Makebo, kommst du?"

Draußen vor der Tür konnten die beiden Mädchen wieder wie Freundinnen miteinander sprechen. An das ewige Wechselspiel zwischen offizieller Distanz und kameradschaftlicher Nähe hatten sie sich mit der Zeit gewöhnt. Jualina und den anderen Weißen gegenüber waren sie das Fräulein Leeward mit Dienstmädchen: Makebo, immer artig einen Schritt hinter Rijke, stets still und bei Bedarf verlässlich zur Stelle. War niemand dabei, verwandelten sie sich wieder in die beiden Mädchen, die schon auf der Plantage ohne Standesdünkel zusammen gespielt hatten.

Auch jetzt ging Makebo ganz selbstverständlich neben Rijke her. Zum Haus von Linas Familie war es nicht weit, nur ein paar Hundert Meter die Straße entlang. „Meinst du, der Kramer wird wegen seinem Sohn noch bei deinem Vater vorstellig?", erkundigte sich Makebo.

„Belgien oder Deutschland?"

„Was?" Makebo sah Rijke verwirrt an.

„Also, um den Kramer-Sohn mache ich mir wirklich keine Gedanken, Oswald ist wohl kaum der Schwiegersohn, den mein Vater sich wünscht. Du weißt doch, er will unbedingt jemanden finden, der die Plantage weiterführt. Und es kann nur Belgien oder Deutschland sein, dieses Land neben den Niederlanden."

„Ach, das ist doch weit weg." Makebo winkte ab.

„Na ja, aber politisch gehören wir schon zu den Niederlanden."

„Da ist doch aber der ganze Ozean dazwischen."

Vor dem Haus der Stevens angekommen, trat Makebo wieder einen Schritt zurück. Rijke klopfte.

Lina riss eigenhändig die Tür auf, als hätte sie schon dahinter auf sie gelauert. „Da bist du ja endlich wieder!"

Die Stevens waren erst vor wenigen Jahren nach Surinam gekommen. Linas Vater war Geschäftsmann mit guten Verbindungen zur Gouverneursverwaltung, besaß jedoch kein Land. Die Familie war das, was Rijkes Vater immer etwas abwertend als „bürgerlich" bezeichnete. Er begriff nicht, dass es in der Stadt die gesellschaftlichen Unterschiede nicht mehr so gab, wie er selbst es einst noch auf der elterlichen Plantage fernab der Zivilisation gelernt hatte. Ihm war durchaus ein Dorn im Auge, dass seine Tochter mit Bürgerlichen und sogar Kreolen die Schule besuchte. Leider gab es keine Alternative. Als Rijke einmal die Frechheit besessen hatte, ihn zu fragen, welcher gesellschaftlichen Schicht er denn die Plantagenbesitzer zuordnen würde, war er fuchsteufelswild geworden. Nur mit Mühe hatte Rijkes Mutter ihn besänftigen und dazu überreden können, seine Tochter weiterhin die Schule in der Stadt besuchen zu lassen. Eine Antwort hatte Rijke damals nicht erhalten – erst ein englischer Roman lieferte ihr so etwas wie eine Erklärung. Ihr Vater verstand seine Rolle in etwa so wie ein englischer Landbesitzer; nicht wirklich zum Hochadel zählend, aber doch weit bedeutsamer als das einfache Volk. Rijke und Makebo hatten darüber sehr gekichert, und die scherzhafte Anrede Mylady war lange in Gebrauch gewesen. Doch je älter Rijke wurde, desto mehr wurde ihr bewusst, dass der Dünkel ihrer Eltern keineswegs zum Lachen war. Ihr Vater und ihre Mutter fühlten sich einem Stand zugehörig, den es seit fast hundertfünfzig Jahren nicht mehr gab, trauerten einer Ära nach, in der Schwarze die Weißen noch mit Masra und Misi anreden mussten und keinerlei Freiheiten besaßen. Das passte überhaupt nicht in diese Zeit, in der junge Mädchen Zeitungsartikel über Fred Astaire verschlangen, heimlich Foxtrott übten und eine Frisur wollten wie Marlene Dietrich. Doch Rijke war bei Weitem nicht die Einzige in der Stadt, die diesen nervenaufreibenden Spagat zwischen der alten und der neuen Zeit vollführen musste.

Lina hatte das nicht nötig. Ihre Eltern kamen aus Amsterdam und hatten schon in London und New York gelebt; sie waren modern eingestellt und kümmerten sich nicht um überkommene Konventionen. Wenn jemand hin und wieder mit dem konservativen Geist von Paramaribo haderte, dann war das ihre Tochter.

Als Rijke ihre Freundin nach den langen Ferienwochen jetzt wiedersah, musste sie spontan an Marlene Dietrich denken. Linas blonde Haare waren so perfekt gelegt, dass die dicken Locken fast aufreizend wippten, und das Kleid, das sie trug, stammte garantiert nicht aus einem Geschäft in Surinam.

Lina bemerkte Rijkes Blick und strich mit den Händen einmal kokett an sich hinab. „Von meiner Tante aus Paris. Schick, oder?“

Makebo schnappte hinter Rijke scharf nach Luft. Das Kleid war gewagt, es zeigte die Knie und hatte auch noch einen Schlitz bis zum Oberschenkel.

Lina musste angesichts der schockierten Mienen ihrer Besucherinnen lachen. „Keine Angst, so gehe ich schon nicht auf die Straße. Komm rein.“

Während Rijke Lina in den Salon führte, ging Makebo gleich weiter Richtung Küche. Sie kannte die Hausmädchen der Stevens und hatte dort Freundschaften geknüpft. Rijke sah ihr kurz nach. Nach den gemeinsamen Wochen auf der Plantage war es seltsam, die Freundin wieder als Dienstmädchen zu sehen. Doch bei aller libertinären Einstellung – eine Schwarze hätte sich bei den Stevens nie zum Tee in den Salon setzen dürfen.

Lina plauderte gleich los, noch bevor die Mädchen auf den filigranen Holzstühlen Platz genommen hatten. „Hast du gehört, dass Greta sich verlobt hat? Sie soll tatsächlich diesen Schiffsbauer heiraten.“

„Reeder … nicht Schiffsbauer.“

„Ist das nicht dasselbe?“

„Nein“

„Na auf jeden Fall soll sie mit ihm nächstes Jahr in die Niederlande gehen. Ach, hat die ein Glück! Vielleicht sollte ich mir auch endlich den Hof machen lassen, dann käme ich vielleicht raus aus diesem viel zu heißen Land.“ Lina konnte sich einfach nicht an das Klima in Surinam gewöhnen. Vorwurfsvoll fächelte sie sich Luft zu. „Und wie ist es dir zu Hause ergangen?“

Rijke zuckte die Achseln. „Wie immer, es war langweilig.“

„Dass du das aber auch immer noch machst, du kannst doch in den Ferien genauso gut hierbleiben."

Rijke hob wieder die Schultern. „Schon, aber ich sehe auch meine Eltern ganz gerne mal wieder."

Lina schnaubte missbilligend. Sie wusste um die Probleme mit Rijkes Eltern. „Du meinst den Vater, dem die Tochter im Grunde nicht gut genug ist, und die völlig vereinsamte Mutter, die zu ihrer Tochter ungefähr dasselbe Verhältnis hat wie zu einer Blumenvase, die es hübsch zu drapieren und dann irgendwo abzustellen gilt", resümierte sie und schenkte den Tee ein.

„Ganz so schlimm sind sie auch wieder nicht." Rijke zog eine Grimasse.

„Wann sind deine Eltern eigentlich das letzte Mal in der Stadt gewesen?"

Da musste sie in der Tat überlegen. Eigentlich hatten ihr Vater oder ihre Mutter kaum je einen Anlass, nach Paramaribo zu kommen. Es gab einen Buchhalter, der alles Wesentliche erledigte, es gab fahrende Händler auf dem Fluss, die die Plantage mit allem belieferten, was man brauchte oder bestellte, und die Handelsbeziehungen zu den Zuckerverwertern bestanden seit Jahren und bedurften nur weniger Briefe im Jahr. „Ich glaube, das war damals, als ich hergekommen bin."

„Siehst du …"

Lina hatte recht. Rijke verbrachte nun seit fast fünf Jahren den größten Teil des Jahres bei Jualina im Stadthaus. Ihre Eltern hatten sie das erste Mal begleitet, aber seither nie mehr. Es war Makebo gewesen, die ihr – obwohl sie selbst todunglücklich vor Heimweh nach ihrer Mutter und ihrer Hütte gewesen war – in den ersten einsamen Nächten im fremden Haus in der fremden Stadt beigestanden hatte, während ihre Eltern schnellstmöglich zum Boot zurückkehrten und schon mit der nächsten Flut wieder in Richtung Plantage aufgebrochen waren.

Rijke winkte ab. „Lass uns von etwas anderem reden. Sag, was ist eigentlich los in der Stadt? Jualina erzählte so komische Sachen von Krieg?“

Lina sah Rijke mit großen Augen an. „Ihr bekommt da draußen auf den Plantagen wirklich nicht viel mit, oder?“

„Was ist denn passiert?“

„Du hast in der Schule doch aufgepasst? Da in Deutschland ist gerade dieser Adolf Hitler an der Macht, und der hat jetzt Polen – das ist neben Deutschland – überfallen, und deshalb haben Großbritannien und Frankreich Deutschland den Krieg erklärt.“ Lina nickte bedeutsam, als hätte sie das alles im Unterricht mitbekommen, dabei hatte es sicherlich nur zufällig neben irgendeiner Klatschspalte in der Zeitung gestanden. Rijke konnte sich jedenfalls nicht daran erinnern, derlei politische Verwicklungen jemals durchgenommen zu haben. In Surinam wurde sehr darauf geachtet, die zarten Gemüter der jungen Mädchen nicht mit unpassenden Informationen zu belasten.

„Und sind wir ... also die Niederlande ... auch davon betroffen?“ Es war tatsächlich das erste Mal, dass Rijke sich mit einer ihrer Schulfreundinnen über Politik unterhielt. Aber wenn selbst Lina etwas über den Krieg wusste, musste es wohl wichtig sein.

Lina zuckte die Achseln. „Keine Ahnung, ich glaube, das spielt auch gar nicht so eine große Rolle. Ist ja weit weg ... Bis auf das Schiff halt, darüber regen sich ja alle auf seit drei Tagen.“

„Was für ein Schiff?“

„Hast du es denn heute nicht gesehen, als du angekommen bist?“

„Lina, im Hafen liegen immer zig Schiffe. Und bis zu den großen Kähnen fahren unsere Boote ja gar nicht.“ Jetzt war es an Rijke, einen vorwurfsvollen Ton anzuschlagen. Manchmal wusste Lina die selbstverständlichsten Dinge einfach nicht.

„Wie auch immer." Lina grinste sie versöhnlich an. „Vor drei Tagen, genau genommen am späten Abend, lief ein deutsches Schiff im Hafen ein. Fast gleichzeitig kam die Nachricht, dass dieser Krieg ausgebrochen ist. Na ja, und jetzt regen sich eben einige über dieses Schiff auf. Dabei sind angeblich sowieso fast nur Chinesen an Bord."

Rijke schüttelte den Kopf. Sie konnte Lina nicht folgen. „Ein deutsches Schiff mit lauter Chinesen?"

„Ja – so habe ich es jedenfalls gehört." Sie nippte an ihrem Tee. „Der Gouverneur hat erlaubt, dass es hierbleiben darf. Nun ja, die paar deutschen Matrosen werden wohl kaum Surinam überfallen." Mit einem energischen Kopfschütteln beendete Lina das Thema und wechselte zu einem in ihren Augen wesentlich spannenderen Gesprächsstoff. „Hast du eigentlich von dem neuen Film gehört, den sie hier im Kino spielen wollen?"

15. Kapitel

Am nächsten Morgen begann das neue Schuljahr und damit der gewohnte Stadtalltag für die Mädchen. Makebo half Rijke dabei, sich fertig zu machen. In der Schule wurde sehr darauf geachtet, dass die Mädchen sich korrekt kleideten und frisierten. Der dunkle Rock musste mindestens bis zur Hälfte der Wade reichen, dazu eine weiße Bluse, ein blaues Halstuch und die Haare zum Knoten gesteckt oder zum Zopf geflochten. Die meisten Schülerinnen fanden die vorgeschriebene Kleidung viel zu langweilig. Manche trauten sich, ein wenig Schminke aufzulegen, doch Mevrouw Abigtal, die Direktorin der kleinen Mädchenschule, stand jeden Morgen an der Eingangstür, um ihre Schützlinge persönlich in Empfang zu nehmen. Wenn ihr dabei Rouge und Lidschatten auffielen, hob sie tadelnd den Zeigefinger, und das ertappte Mädchen musste sofort in den Waschraum eilen und sich säubern. Am ersten Tag nach den Ferien traf es wieder mal Lina, die sich gern einen Spaß daraus machte, der forschen Wächterin von Sitte und Anstand kokett die – gepuderte – Stirn zu bieten.

Rijke versuchte es erst gar nicht. Sie ging gerne zur Schule und wollte nicht ungebührlich auffallen. Vor allem die wenigen Fächer, die sich mit dem Weltgeschehen befassten, gefielen ihr. Natürlich achtete die Direktorin darauf, dass den Mädchen nicht zu viel Wissen zugemutet wurde. Sie sollten schließlich gute Hausherrinnen und Mütter werden, da konnten zu viel Literatur und Politik nach Ansicht von Mevrouw Abigtal nur schaden. Viel Wert legte sie hingegen auf Handarbeiten,

Haushaltsführung und Gesundheitspflege; Unterrichtsfächer, denen Rijke nur halbherzig folgte.

Wie üblich folgte der morgendlichen Begrüßung im Klassenraum eine kurze Morgenandacht. Früher war die Schule von den Herrnhuter Missionaren geleitet worden, daher pflegte man dort auch weiterhin die deutsche Sprache, und die Institution fühlte sich auch nach der Übergabe an die Kolonialverwaltung der christlichen Gesinnung verpflichtet. Unterrichtet wurde bis zur Mittagspause, die die Schülerinnen im Speisesaal verbrachten, wo ihre jeweiligen Dienstmädchen eine kleine Mahlzeit bereithielten.

Makebos Tagesablauf sah vor, dass sie, nachdem sie Rijke zum Schulgebäude begleitet hatte, zurück zum Stadthaus eilte und sich von Jualina neue Aufgaben zuweisen ließ. Dazu gehörten die regelmäßigen Einkäufe auf dem Markt und bei den Krämern. Gegen Mittag richtete Jualina dann auf einem Tablett einen leichten Imbiss für Rijke an: meist Brot mit Orangenkonfitüre und etwas Obst. Die Hauptmahlzeit nahm man in Surinam traditionell in den kühleren Abendstunden ein. Makebo brachte das Tablett zum Schulhaus und stellte es auf Rijkes Platz im Speisesaal ab.

Rijke beneidete Makebo um die Freiheit, morgens durch die Stadt laufen zu können. Mit den Händlern zu plaudern und so den aktuellen Klatsch und Tratsch aufzufangen erschien ihr deutlich reizvoller, als im Unterricht still sitzen zu müssen, was ihr vor allem in den ersten Tagen nach den Ferien immer wieder schwerfiel.

Makebo hingegen hätte gern noch viel mehr gelernt als die wenigen Grundlagen, die ihr in der kleinen Dorfschule beigebracht worden waren. Sie konnte zählen und ein paar kurze Sätze lesen und schreiben. Das musste als Bildung für eine Kreolin reichen, so die einhellige Meinung auf der Plantage.

In den Ferien übte Makebo manchmal mit Rijke lesen und schreiben; sie wollte besser darin sein als andere Dienstmädchen. Rijke wurde der improvisierte Unterricht aber schnell langweilig; sie fühlte sich nicht zur Lehrerin berufen.

Während die Dienstmädchen mittags im Schulhaus auf ihre jungen Mevrouws warteten, tauschten sie untereinander Neuigkeiten aus. Doch dabei schnappte Makebo nur selten etwas auf, was Rijke wirklich interessierte. Das Leben der Hausangestellten fand in einer anderen Welt statt als das der höheren Töchter. Das wirkte sich auch auf die Beziehung von Rijke und Makebo aus. Je länger die beiden Mädchen in der Stadt verweilten, desto weiter entfernten sie sich voneinander. Das schwesterliche Miteinander des Plantagenlebens wich nach und nach einem distanzierten Verhältnis.

Nach dem Lunch fanden weitere drei Stunden Unterricht statt, meist ging es bei diesen nachmittäglichen Übungen um Benimmregeln und Tanz. Dabei lernten die Mädchen natürlich nicht den aufregenden Foxtrott oder Swing, sondern den gesitteten Walzer.

Nach der Schule wurden sie von ihren Dienstmädchen abgeholt. Es gehörte sich einfach nicht für ein weißes Mädchen, alleine durch die Stadt zu laufen. Nur Lina blieb ihrer Rebellenrolle treu und lehnte die Begleitung durch ein schwarzes Mädchen rigoros ab. Ihre Eltern ließen sie gewähren, wofür sie viel Unverständnis ernteten. Lina hatte ihren Mitschülerinnen unter dem Siegel der Verschwiegenheit erzählt, dass die Direktorin deswegen sogar höchstpersönlich bei Mevrouw Steven vorgesprochen hatte, die ihr jedoch kurzerhand eine Abfuhr erteilte: Man hätte schon in anderen großen Städten auf der Welt gelebt, und dort sei es schlicht und ergreifend nicht mehr üblich, junge Damen rund um die Uhr durch ein Dienstmädchen betreuen zu lassen. Die Direktorin bekam daraufhin einen hochroten Kopf und regte sich fürchterlich über diesen „Verfall der Sitten“ auf, doch Lina durfte weiterhin ohne Aufpasserin durch die Straßen Paramaribos schlendern.

Den Rest des Nachmittags hatten die Schülerinnen zur freien Verfügung, abgesehen von gesellschaftlichen Verpflichtungen wie Musikunterricht oder Besuche zum Tee. Wer nichts weiter zu tun hatte, eilte an den Hafen. An der Waterkant konnte man wunderbar flanieren. Große Palmen und Orangenbäume beschatteten den Weg zum Gouverneursplain, wo es einen kleinen Park gab. Hier konnte man nachmittags nicht nur die Mädchen mit ihren Bediensteten treffen, sondern auch viele Bewohner der engeren Gassen, die die vergleichsweise frische Luft am Flussufer genießen wollten. Dass viele fliegende Händler hier die Gunst der Stunde nutzten, verstand sich von selbst.

Nach dem ersten Schultag war Rijke erschöpft, ließ es sich aber nicht nehmen, mit ihren Schulfreundinnen ans Wasser zu spazieren. Schließlich gab es nach den langen Ferien jede Menge zu erzählen. Viele Mädchen hatten ältere Geschwister, die nun nach und nach vermählt wurden, manchen hatten die Eltern sogar schon die ersten eigenen Heiratskandidaten präsentiert.

Allein der Gedanke daran ließ Rijke schaudern. Zwar hatte ihr Vater offiziell noch keine entsprechenden Anstalten gemacht, aber es stand außer Frage, dass er sich bald nach einem geeigneten jungen Mann für die Plantage – und seine Tochter – umsehen würde. Wäre Rupert damals nicht ertrunken, hätte Rijke nicht so eine schwere Bürde tragen müssen. Meist gelang es ihr, das Thema zu verdrängen, aber in Momenten wie diesen, wenn sie spürte, mit wie viel Aufregung und Vorfreude die anderen Mädchen dem heiratsfähigen Alter entgegenblickten, wurde ihr ganz flau im Magen.

Doch an diesem Nachmittag musste sie sich nicht lange mit den leidigen Aussichten für die Zukunft herumschlagen. Sobald die Schülerinnen den Surinam erreichten, endete das fröhliche Geplapper abrupt.

„Schaut mal, da geht irgendwas vor sich!“, rief Sofia und deutete auf die Menschenmenge, die sich an den Kaimauern versammelt hatte. Aller Augen waren auf das Hafenbecken gerichtet.

Aus der Richtung des ehemaligen Forts, das inzwischen als Polizeistation diente, liefen mehrere Uniformierte herbei und schoben sich durch die Gaffer zu den bereitstehenden Booten.

Sofia, Lina, Amalia, Helena und Rijke drängten sich, gefolgt von den Dienstmädchen, bis ganz ans Wasser vor. Von hier aus konnte man sehen, wie die Boote mit den Polizisten auf ein großes Schiff zuhielten, aus dem eine graue Rauchwolke aufstieg.

„Ist das nicht dieses deutsche Schiff?“, fragte Amalia.

Die Polizeiboote hatten ihr Ziel schon fast erreicht, doch die Entfernung war zu groß, um genau zu verfolgen, was dort vor sich ging.

Zwei Polizisten, die an Land geblieben waren, versuchten die Schaulustigen unter Kontrolle zu halten. „Treten Sie bitte etwas zurück!“

„Was passiert denn da auf dem Schiff?“, rief eine Männerstimme.

„Kein Grund zur Sorge, die chinesische Besatzung meutert. Unsere Männer sorgen jetzt für Ordnung.“

Rijke schaute wieder zu dem Schiff hinüber. Der Rauch wurde dichter. Eins der Polizeiboote kam bereits wieder zurück, und kurz darauf konnte man erkennen, dass mehrere Passagiere darin saßen, unter anderem ein Mann mit Kapitänsmütze.

„Wir haben zwei Verletzte, die Hilfe brauchen", rief einer der Beamten. „Es ist die deutsche Besatzung!" Sofort rannten ein paar Männer zum Anleger, um den Ankommenden unter die Arme zu greifen. Das Boot landete fast genau dort, wo die Mädchen in der Menge standen. Die beiden Polizisten sorgten für etwas Platz.

Rijke sah, wie man den Kapitän und den Matrosen an Land brachte. Die Gesichter der Männer waren rußgeschwärzt, einer blutete an der Stirn. Sie sah einen jungen blonden Matrosen, der unsicher um sich blickte. Er blutete ebenfalls, aus einer Wunde im Gesicht.

Von hinten trafen jetzt immer mehr Neugierige ein, und Rijke wurde ein paar Schritte nach vorne geschoben.

„Die Chinesen wollten die Besatzung überfallen, jetzt haben sie das Schiff gekapert", rief jemand.

Der blonde Matrose gelangte dank einiger helfender Hände sicher an Land, fast genau vor Rijke, die wie in Trance ein Taschentuch aus ihrem Rock zog und es ihm hinhielt. „Hier … Sie … Sie bluten." Sie deutete auf seine rechte Wange.

Seine blauen Augen fixierten sie einen kurzen Moment lang. „Danke!", sagte er auf Deutsch und nahm das Tuch. Die Polizisten nahmen ihn in ihre Mitte und führten ihn mit den anderen Männern davon.

16. Kapitel

Grandma Makebo ließ die letzte geschälte Süßkartoffel in den Eimer vor sich fallen. „Ja, so war das damals. Ich erinnere mich gerne an diese Zeit, auch wenn es einfach nicht mehr dasselbe gewesen ist wie in unserer gemeinsamen Kindheit." Sie seufzte leise. „Die junge Mevrouw Rijke musste ihren eigenen Weg gehen – ich, als schwarzes Mädchen, gehörte da irgendwann nicht mehr recht dazu."

Anna schaute verlegen auf ihre Hände. Sie hatte ja nicht die leiseste Ahnung von der ungewöhnlichen Vergangenheit ihrer Großmutter gehabt. Selbst wenn Oma Rijke es noch geschafft hätte, ihr davon zu erzählen, wäre es Anna schwergefallen, diese Geschichten zu glauben. Ihre Oma – das war für sie die alte Frau, die in ihre Strickjacke gewickelt auf dem Sofa in Appingedam saß. Dass sie früher einmal hier auf der Plantage und in Paramaribo so herrschaftlich gelebt hatte, mit Grandma Makebo als Dienstmädchen ... Was wohl Cornelia oder gar Rüdiger dazu sagen würden? Sie musste unwillkürlich lachen.

Grandma Makebo schaute sie verwirrt an.

„Entschuldigen Sie bitte", sagte Anna und lächelte. „Ich finde das bloß alles so unglaublich spannend – man kann sich ja kaum mehr vorstellen, wie es hier einst zugegangen sein muss."

„Oh, ja." Die alte Dame erhob sich etwas schwerfällig. „Und es wurde noch viel aufregender ... Aber jetzt muss ich erst mal meinem Sohn die Kartoffeln bringen, sonst kriegen die Gäste heute Mittag nichts zu essen."

„Warten Sie, ich helfe Ihnen." Anna sprang auf und nahm

Grandma Makebo den Eimer ab. Gemeinsam gingen sie zum Haupthaus. Durch einen Seiteneingang gelangten sie in den Wirtschaftstrakt des Hauses. Grandma Makebo hielt kurz inne und deutete hinter sich. „Das war mal die Sklaventür. Es war den Schwarzen lange Zeit untersagt, dieselben Türen wie die Weißen zu benutzten."

„Gott sei Dank sind die Zeiten vorbei." Anna schüttelte sich angewidert. Grandma Makebo lachte nur. „Na ja, heute gehen die Gäste vorne rein, die Angestellten hinten – im Grunde ist es also immer noch so." Dann ging sie weiter in Richtung Küche.

Braam stand an einem riesigen Herd. Auf seinem Kopf thronte eine hohe Kochmütze. Anna hatte ihn bislang nur von Weitem gesehen, wenn er den Gästen das Angebot am Buffet erläuterte. Jetzt schaute er verwundert zwischen ihr und seiner Grandma hin und her. Sein Blick blieb an dem Eimer in Annas Hand hängen, und er grinste.

„Jeder Gast soll das machen, wobei er sich am besten erholen kann. Danke." Er nahm ihr den Eimer ab. „Grandma, das hat die Dame aber freiwillig erledigt, oder?"

Die alte Dame reckte das Kinn und setzte eine hochmütige Miene auf. „Gezwungen habe ich sie nicht."

Anna musste lachen und hob beschwichtigend die Hände. „Keine Sorge, gern geschehen." Ihr fiel auf, wie ähnlich Braam seinem jüngeren Bruder sah. Nur dass bei dem sportlichen Tim eher der Abenteurer durchschlug und bei dem etwas fülligeren Braam der Koch.

„Sie sind doch Vrouw Reuter aus Deutschland, oder? Tim sagte heute früh, dass Sie sich in der Tourismusbranche auskennen." Er stellte den Eimer mit den geschälten Süßkartoffeln auf eine Arbeitsplatte und wischte sich die Hände an seiner weißen Schürze ab. „Nicht, dass ich Sie jetzt auch zum Arbeiten rekrutieren will.“ Er lachte. „Aber Danja würde sich sicher gerne einmal mit Ihnen unterhalten.“

„Klar doch, ich bin ja noch eine Weile hier. Ich weiß zwar nicht, ob ich helfen kann, aber ich tue, was ich kann.“

„Ich werde es Danja ausrichten. So, und jetzt muss ich mich mal ums Mittagessen kümmern, wenn Tims Wanderer wiederkommen, haben sie bestimmt Hunger.“

Die Wanderer waren nicht nur hungrig – sie waren auch noch schmutzig. Es war schon früher Nachmittag, als die jungen Leute lachend wieder auf der Plantage eintrudelten, die Wanderschuhe voller Erde, die Knie grün beschmiert, Schlammspritzer im Gesicht. Anna hatte es sich im Foyer unter dem großen Ventilator gemütlich gemacht, um auf ihre Tochter zu warten.

„Mensch, Mama, du hast echt was verpasst! Wir haben so einen – Tim, wie heißt das Tier noch mal? – gesehen.“

Tim war der Einzige, der wundersamerweise noch halbwegs sauber aussah. Wahrscheinlich wusste er inzwischen, wie man den gröbsten Dreck vermied. „Ein Tapir war das. Der kennt uns schon und weiß, dass die ungeschickten Touristen ihm nichts tun.“

„Jedenfalls ging’s ganz schön durch die Wildnis“, fuhr Jasmin fort. „War wohl wirklich besser, dass du nicht mit warst.“

Anna schnaubte entrüstet. „Du meinst also, deine alte Mutter hätte das nicht geschafft.“

Jasmin grinste frech. „Nein, hättest du bestimmt nicht – da waren ganz schön viele Krabbeltiere im Wald. Hat Papa sich mal gemeldet?“

Die Frage nach Rüdiger ließ Annas Stimmung sofort auf den Nullpunkt sinken. Krampfhaft suchte sie nach einer halbwegs annehmbaren Antwort. „Keine Ahnung, ich habe das Telefon in der Lodge liegen lassen.“

„Heute Abend rufen wir ihn aber mal an, ja?“

Anna spürte, dass ihre Tochter dem Vater einfach nur von ihren Erlebnissen vorschwärmen wollte. Doch dann würde er wissen, wo sie waren. Andererseits würde ihm diese Information wohl nicht besonders viel bringen. Sie seufzte ergeben.

Tim ließ sich neben sie fallen und streckte die langen Beine aus. „So, die werten Gäste sollten sich jetzt vielleicht erst mal umziehen und waschen.“ Er klatschte lachend in die Hände. „Und ich mache Feierabend für heute.“

Anna deutet auf Jasmins schlammige Schuhe. „Du auch! Du machst hier alles schmutzig. Geh dich umziehen, ich warte hier.“

Jasmin rollte entnervt mit den Augen – trollte sich dann aber widerspruchslos in Richtung Lodge.

„Warum ist Ihr Mann denn nicht mitgekommen?“ Tim winkte einigen Gästen, die ihn im Vorbeigehen grüßten.

Die freimütige Frage überrumpelte Anna ein bisschen. „Mein Mann ... Ach, der muss immer sehr viel arbeiten.“

„Hm“, machte Tim und schaute ihr direkt in die Augen.

Wieder spürte Anna dieses aufregende Prickeln, und es passte ihr überhaupt nicht, dass Tim nach Rüdiger fragte. Nicht, weil sie gerade Stress mit ihrem Mann hatte, sondern weil sie einem Typ wie Tim gegenüber lieber gar nicht davon gesprochen hätte, dass sie verheiratet war. Wenn sie nur ein bisschen jünger wäre ... Rasch rief sie sich innerlich zur Ordnung. Was sollten diese Anwandlungen eigentlich? War sie etwa ein bisschen verknallt? Oder lag es nur am ungewohnten Klima, dass sie plötzlich ins Schwitzen kam?

„Morgen fahren wir nach Paramaribo, da sollten Sie auf jeden Fall mitkommen, Anna. Und heute Abend gibt es eine kleine Show am Pool, ich hoffe, wir sehen uns dort?“ Er stand auf und zupfte an seiner Wanderhose. „Ich werde mich dann auch mal umziehen."

Anna sah ihm nach. Würde sie mitspielen, wenn er mit ihr flirtete? Irgendetwas in ihr rief ungestüm „Ja!" – es war die Sehnsucht, einmal wieder von einem Mann als Frau wahrgenommen zu werden. Sich lebendig und begehrenswert zu fühlen. Doch ein anderer, vernünftigerer Teil ihrer Persönlichkeit schüttelte bedauernd den Kopf und gab zu bedenken, dass sie schließlich eine Familie hatte, einen Mann.

Unwillkürlich stieß sie ein abfälliges Schnauben aus. Ja, klar, sie hatte einen Mann. Aber wann hatte der ihr das letzte Mal das Gefühl gegeben, eine lebendige, begehrenswerte Frau zu sein? Sie konnte sich nicht daran erinnern.

Auf dem Weg zur Lodge wurde Anna von einigen riesigen Schmetterlingen begleitet. Hin und wieder ließen sie sich auf einer üppigen Blüte nieder und schlugen ein paar Mal langsam mit den schillernden Flügeln, dann hoben sie wieder ab. Gelegentlich warf Anna einen argwöhnischen Blick auf die Büsche. Sie war nicht besonders erpicht auf eine Begegnung mit diesem aufdringlichen Tier namens Pingi. Doch das Wasserschwein hatte sich wohl gerade anderweitig auf die Lauer gelegt. Auf der Veranda blieb sie einen Augenblick stehen und sah zum Fluss hinab, dessen Wasser dunkel unter ihr dahinströmte. Baden konnte man hier nicht, obwohl es einen sandigen Uferbereich gab, an dem sie auch schon Gäste entdeckt hatte. Plötzlich musste sie daran denken, was dem jungen Rupert hier widerfahren war. Anna schluckte. Sie hatte hier einen Verwandten verloren, was ihr erst jetzt, beim Anblick der schlingernden, wirbelnden Wellen, richtig bewusst wurde. Grandma Makebos Erzählung war nicht einfach irgendeine Geschichte, es war auch Annas Geschichte.

Was wäre gewesen, wenn Rijke nie in Europa gelandet wäre, wie immer es auch dazu gekommen war? Vielleicht würde es Anna gar nicht geben. Oder wenn Rijkes Bruder nicht ertrunken wäre, es also noch lebende Verwandtschaft in Surinam gegeben hätte? Womöglich wäre Annas Leben oder das Leben ihrer Mutter ganz anders verlaufen. So unwirklich ihr dieses Gedankenspiel auch vorkam, sie konnte nicht leugnen, dass ihr Schicksal – sofern die Anna, die jetzt hier stand und philosophische Erwägungen anstellte, überhaupt existieren würde – sich auf komplett anderen Pfaden hätte bewegen können. Und nun hatte ihr eigener Weg sie doch wieder an diesen Ort geführt … Anna rieb sich mit beiden Händen übers Gesicht und ging langsam weiter.

Als sie die Lodge betrat, lag Jasmin bäuchlings auf ihrem Bett, ein Handtuch um die Haare gewickelt und das Telefon in der linken Hand. „Dennis ist mit Oma irgendwo in Südfrankreich, und es regnet, schreibt er. Ich soll dich grüßen."

„Danke. Schreib ihm, dass ich ihn lieb habe und er Oma einen Gruß ausrichten soll." Anna fühlte sich seltsam abwesend, fast als befände sie sich im falschen Film. Langsam ging sie zu ihrem Bett und ließ sich auf die Kante sinken.

Jasmin sah sie fragend an.

„Was ist denn?"

„Willst du nicht gucken, ob jemand …dein Telefon?" Jasmin deutete auf Anna Nachttisch, wo das ausgeschaltete Handy lag.

„Jasmin, man muss auch mal ohne diese Dinger auskommen können", gab Anna genervt zurück.

„Ich dachte ja nur …" Jasmin starrte wieder auf das Display ihres eigenen Telefons.

Anna seufzte und griff leise murrend zu ihrem Handy, um

es einzuschalten. Wie nicht anders zu erwarten, meldete es diverse Nachrichteneingänge.

Eine stammte von einem Netzanbieter, der auf erhöhte Gebühren für Telefonate und SMS hinwies. Zwei Nachrichten waren von Rüdiger.

„Wo seid ihr?“ und *„Anna, es tut mir leid, bitte melde dich.“*

Anna legte das Telefon wieder auf den Nachttisch. Sie musste sich bei ihm melden, es war nicht fair, ihn so im Ungewissen zu lassen. Aber war vielleicht fair, was er ihr angetan hatte? Schließlich war er derjenige, der sich eine Beziehungspause gewünscht hatte. Und jetzt tat es ihm leid? Sie schnaubte geringschätzig. Wahrscheinlich war nach sechs Anna-losen Tagen einfach nur sein Kontingent an sauberen Hemden aufgebraucht.

„Alles klar?“ Jasmins Stimme riss Anna aus ihren fruchtlosen Grübeleien. „Hat Papa sich gemeldet?“

„Wenn du was von deinem Vater willst, ruf ihn selbst an.“ Anna hörte selbst, wie barsch sie klang, und hob entschuldigend die Hände. Ihre Tochter konnte ja nichts dafür.

Sie hörte, wie Jasmin von ihrem Bett aufstand und zu ihr herüberkam. „Mama, was ist eigentlich los?“ Sie setzte sich neben ihre Mutter.

Anna wusste nicht, was den Damm brechen ließ, Jasmins einfühlsame Frage oder die Erkenntnis, dass sie für all ihre Probleme keine einzige Lösung parat hatte. Jedenfalls brannten ihr die Augen, und sie konnte die Tränenflut nicht mehr zurückhalten.

„Hey, Mama, was hast du denn?“ Jasmin legte einen Arm um Annas Schultern.

Wie erwachsen sie ihr auf einmal vorkam. Wo war bloß die Zeit geblieben? Anna weinte so heftig wie seit Jahren nicht mehr.

Mangels eines Taschentuches zog sich Jasmin irgendwann

das Handtuch vom Kopf und wischte ihrer Mutter damit fürsorglich über die Wangen. „Schon gut, schon gut. Du lieber Himmel, was ist denn los?“

Anna versuchte, sich zusammenzureißen. Jasmin klang so besorgt – kein Wunder, solche Ausbrüche kannte sie nicht von ihrer Mutter. Anna räusperte sich. Irgendwann würden die Kinder es ja doch erfahren, und Jasmin war nun wirklich alt genug für so was, da brauchte sie sich gar nichts vorzumachen. Ihr kleines Mädchen war jetzt eine junge Frau.

„Dein Vater hat … hatte … ein Verhältnis mit einer anderen.“ Jetzt war es raus. Anna sackte in sich zusammen. Sie spürte, wie Jasmin neben ihr erstarrte.

„Was?“

„Deswegen haben wir uns gestritten. Er sagte, er wolle eine Beziehungspause, und deswegen …“ Annas Stimme erstarb. Sie gestikulierte hilflos.

„Oh.“ Jasmin knete das Handtuch in ihren Händen. „Wollt … wollt ihr euch scheiden lassen?“, erkundigte sie sich zaghaft.

„Zu dieser Frage sind wir gar nicht gekommen. Wir haben uns gestritten und … Das war alles ein bisschen viel für mich … Deswegen sind wir ja hier.“

„Na ja, so schlecht ist es hier ja gar nicht. Und das andere … ich meine … was war das denn für eine Frau?“

Anna biss sich auf die Lippe und zuckte mit den Schultern. Die Information, dass es sich um Ramona handelte, mit der die Kinder neulich noch essen waren, wollte sie ihrer Tochter jetzt nicht zumuten.

„Ganz schön bescheuert von Papa.“

Jasmin sprach in einem derartigen Brustton der Überzeugung, dass Anna unwillkürlich lachen musste. „Ja, das stimmt wohl.“

Jasmin stand auf, warf sich das Handtuch über die Schultern und lächelte ihrer Mutter aufmunternd zu. „Na los, Mama, wir machen uns jetzt erst mal einen schönen Abend. Und morgen kommst du doch mit nach Paramaribo, oder?"

„Ja." Anna nahm Jasmins Hand und drückte sie kurz und dankbar. Sie spürte, dass ihre Tochter das heikle Thema vor allem aus Rücksicht auf sie fallen ließ. „Morgen komme ich mal mit, das bringt mich bestimmt auf andere Gedanken."

Jasmin grinste. „Wehe, dir wird schlecht im Boot – das wäre ziemlich peinlich. So, los jetzt, sonst verpassen wir die Show am Pool."

Überall zwischen den Büschen und unter den Palmen standen Fackeln, deren Flammen hin und her tanzten. Schon von Weitem hörte Anna leise Trommeln. Der Weg zur Poolanlage kam ihr vor wie eine Reise zurück in die Vergangenheit.

Die Belegschaft hatte keine Mühen gescheut: Hinter dem Plantagenhaus waren reichlich Sitzgelegenheiten und eine kleine Bühne aufgebaut worden. Alles beleuchtet von weiteren Fackeln.

Jasmin zog Anna zu ein paar freien Plätzen. „Ich glaube, von hier aus kann man ganz gut sehen."

Nach und nach füllte es sich an der Poolanlage. In dem Moment, in dem die Angestellten des Resorts, die an diesem Abend als Musiker und Künstler auftraten, ihre Stellung bezogen, tauchte Tim neben ihnen auf.

„Ist hier noch frei?" Er deutete auf den Liegestuhl an Annas Seite.

„Ja. Müssen Sie denn gar nicht mit auf die Bühne?"

„Ich – oh nein!" Er schüttelte lachend den Kopf. „Wenn ich anfange zu tanzen, verlangen die Gäste ihr Geld zurück." Er ließ sich in den Stuhl fallen.

Insgeheim freute sich Anna, doch gleichzeitig spürte sie einen Anflug von Unbehagen. Gerade weil sie ihn mochte, fiel es ihr nicht ganz leicht, sich in seiner Nähe völlig unbefangen zu geben. Plötzlich fühlte sie sich wieder wie ein schüchterner Teenager.

Sara eröffnete das Abendprogramm mit einer kurzen Ansprache. „Ich freue mich, alle Gäste heute Abend zu unserer kleinen Show begrüßen zu dürfen. Wir – das Team vom Zandwijk Nature Resort – möchten Sie auf eine kleine Reise mitnehmen. Eine Reise durch die Kultur unseres Landes und darüber hinaus." Sie klatschte in die Hände, und sogleich setzte Musik ein.

Es folgte eine bunte Mischung aus Tanz- und Musikeinlagen. Karibisch, asiatisch, aber auch niederländisch. Anna musste lachen, als drei junge Frauen tatsächlich in alter holländischer Tracht und sogar mit Holzschuhen auftraten und einen Reigen aufführten, den eine Fernsehwerbung für holländischen Käse nicht besser hätte inszenieren können. Das Ganze unter Palmen und beim Fackelschein aufgeführt zu sehen hatte etwas Surreales, brachte aber sehr gut auf den Punkt, welch unterschiedliche Welten hier einst aufeinandergestoßen waren.

Tim beugte sich zu Anna herüber. „Diese verdammten Schuhe musste *ich* mitbringen, die waren ganz schön schwer, und beim Zoll haben sie auch ziemlich komisch geguckt."

„Waren Sie schon oft in Europa?" Anna versuchte irgendwie, einen roten Gesprächsfaden zu finden. Sie wollte sich gerne mit ihm unterhalten, hatte aber Bedenken, herumzustammeln wie eine aufgeregte Elftklässlerin.

Er zuckte die Achseln. „In den letzten Jahren nicht mehr so oft. Ich muss gestehen – ich finde das Wetter da grauslig, und alles ist etwas … langweilig?"

„Langweilig?“ Anna sah ihn von der Seite her an. „Na ja hier … ist ja nun auch nicht gerade so besonders viel los, oder?“

Er grinste. „Wenn ich hier irgendwo hinwill, setze ich mich in ein Boot und fahre los. Irgendein kleines Abenteuer begegnet einem unterwegs immer. In Europa nehme ich das Auto, die Bahn oder den Bus und komme *sicher* an mein Ziel.“

„Da gibt's aber wenigstens selten Krokodile.“

„Das ist wohl wahr. Nein – ich mag auch einige Dinge an Europa. Das Essen ist gut, die ganze Infrastruktur sowieso. Trotzdem, dies hier ist mein Zuhause, und ich komme gerne wieder her. Paramaribo – ich hoffe, Sie werden es morgen selbst erleben – ist ja wie eine kleine Weltreise für sich. Bei uns braucht man eben nicht weit zu fahren, um weit rumzukommen …“ Er deutete auf die Tänzer, die nun etwas eindeutig Indisches vorführten. Die Klänge wurden etwas schriller, aber die Gäste klatschten begeistert mit.

„Gleich kommt Danja.“ Auch Tim begann im Takt der Musik in die Hände zu klatschen.

Wie ein Traum aus Tausendundeiner Nacht schwebte Danja von der Seite her zu den Musikern und Tänzern. Sie war nur leicht bekleidet – das, was sie trug, wirkte allerdings eher orientalisch als indisch – und legte im Rhythmus der Musik einen formvollendeten Bauchtanz hin.

„Wow, Mama, guck mal …“ Jasmin war aufgestanden und wiegte sich im Takt, während sie begeistert mitklatschte.

„So, und jetzt alle!“, rief Danja und kündigte damit wohl den Höhepunkt und Abschluss der Show an.

„So, Anna – wollen wir?“ Tim stand auf und bot ihr die Hand.

„Tanzen?“

„Ja klar!“

„Los, Mama.“ Jasmin verschwand bereits in der Gruppe der

Gäste, die sich nach und nach zusammenfanden und zu der nun etwas gemäßigter aufspielenden Musik bewegten.

Tim nahm Anna einfach bei der Hand, zog sie hoch und mit sich.

„Aber ich …"

„Tun wir wenigstens so, als ob wir das hinkriegen." Tim lachte. „Ich bin auch kein Tänzer."

Die Musik wechselte geschickt von der eben noch lauten und etwas schrillen Showmusik zu einem angenehmen modernen Stück.

Anna spürte, wie ihr Körper sich an diese Art der Bewegung erinnerte. Nach und nach wurde sie etwas lockerer. Tim, der sie eben noch höflich auf Armeslänge gehalten hatte, zog sie nun etwas näher an sich heran. „Geht doch."

„Geht *noch*!", gab Anna zurück. „Ich habe schon lange nicht mehr getanzt."

Er sah ihr einfach nur in die Augen. Um seine Lippen zuckte ein Lächeln.

Ein unmissverständliches Prickeln fuhr Anna durch sämtliche Glieder, und verlegen versuchte sie, seinem Blick zu entkommen. Dabei entdeckte sie Jasmin, die ebenfalls tanzte – mit einem jungen Mann.

Tim folgte ihrem Blick. „Keine Sorge, das ist Mark. Der arbeitet bei Braam in der Küche. Ist ein netter Kerl."

Anna fragte sich im Stillen, ob alle netten Kerle des Resorts an so einem Abend den Auftrag hatten, sich um die allein reisenden Damen zu kümmern, versuchte aber schnell, diese negativen Grübeleien wegzuschieben. Im Grunde war es doch egal, sie hatte Urlaub, und sie war hier, um auf andere Gedanken zu kommen. Und ein Tanz mit Tim war die denkbar beste Gelegenheit dazu. Der Mann war gut aussehend, charmant, und er … flirtete mit ihr, obwohl es an ansehnlichen Touristinnen nun wirklich nicht mangelte. Ob er sie wirklich nett … vielleicht sogar anziehend fand? Das gute Gefühl, sich selbst leben zu spüren, kam langsam zurück. Anna musste plötzlich grinsen und ließ sich von Tim beschwingt durch den nächsten Tanz führen.

Irgendwann spät in der Nacht liefen Mutter und Tochter zurück zu ihrer Lodge. Sie hatten getanzt, sie hatten Cocktails getrunken, und Anna musste zugeben, dass sie sich wirklich gut amüsiert hatte. Tim hatte die eine oder andere Anekdote aus seinem Alltag als Guide erzählt, und obwohl sich nach und nach andere Gäste zu ihnen gesellt hatten, war er stets auf seinem Platz neben Anna geblieben. Nach ein paar Drinks hatte er beim Reden auch immer mal wieder ihren Arm berührt oder seine Hand ganz beiläufig auf ihr Knie gelegt. Anna war dabei jedes Mal ein wohliger Schauder durch den Körper geschossen. Der erste war noch heftig mit ihrem schlechten Gewissen kollidiert. *Du bist eine verheiratetet Frau!* hatte ihre strenge innere Stimme gemahnt. Doch Anna fühlte sich weder bedrängt noch ungebührlich angemacht – ganz im Gegenteil, sie genoss Tims Aufmerksamkeit.

Jasmin hatte einen ganz schönen Schwips. Natürlich war es nicht das erste Mal, dass ihre Tochter Alkohol getrunken hatte. Anna hatte schon nach so mancher Partynacht einen Eimer in das Zimmer ihrer pubertierenden Tochter bringen müssen. Aber es war in der Tat das erste Mal, dass sie beide gemeinsam ein bisschen „abgestürzt" waren. Jasmin hatte zwar zunächst etwas abseits gestanden und sich angeregt mit den anderen jungen Gästen unterhalten. Doch nach und nach schrumpfte der Kreis auf den harten Party-Kern zusammen, und man rückte im Schein der Fackeln näher aneinander. Jetzt hatte sich Jasmin bei Anna eingehakt, und beide liefen den schmalen Weg zum Fluss hinunter.

Plötzlich sagte Jasmin: „Ich glaub, der Tim, der mag dich."

Anna war froh, dass es dunkel war und Jasmin wohl nicht bemerkte, wie ihre Wangen heiß wurden. „Ach was ... der ist doch zu allen Gästen immer nett."

„Nein!" Jasmin hob ihren freien Arm und reckte den Zeigefinger empor. Dabei schwankte sie etwas. „Ich glaube, der ist nicht nur nett-nett, der ist zu dir extra-nett. Und Mama – ich will dir mal was sagen: Papa ist ein Idiot, wirklich. Wie konnte er nur ... Du bist eine tolle Frau!"

Anna musste sich auf die Lippen beißen und spürte, wie es in ihren Augen brannte. Sie war auch etwas betrunken. Aber die Worte ihrer Tochter rührten sie sehr. Und bestärkten sie darin, sich nicht einfach noch weiter in ihr Schneckenhaus zu verkriechen. Sie begann sich sogar auf den morgigen Tag in Paramaribo zu freuen – auf den Tag mit Tim.

17. Kapitel

Das Boot – mit Tim am Steuer – war deutlich größer als das, mit dem David sie am ersten Tag zum Resort gebracht hatte. Die Gruppe war gleich nach dem Frühstück aufgebrochen. Außer den jüngeren Gästen, die in den letzten Tagen die Ausflüge in den Regenwald mitgemacht hatten, waren heute auch einige ältere Touristen dabei, was darauf hindeutete, dass der Ausflug in die Hauptstadt vermutlich nicht allzu abenteuerlich werden würde.

Jasmin saß mit den Australiern und einigen anderen ganz vorn im Boot, dessen Spitze sich bei voller Fahrt immer ein Stück aus dem Wasser hob. Bei jeder größeren Welle spritzte es, und die jungen Leute johlten und lachten. Anna hingegen, die weiter hinten unter einem schützenden Dachaufbau saß, klammerte sich dann jedes Mal mit beiden Händen an ihre Sitzbank. Ihr Blick wanderte immer mal wieder zu Tim, der ein Bein auf die niedrige Reling gestellt hatte und ohne Probleme die Hopser des Gefährts ausglich. Als er merkte, dass Anna ihn beobachtete, grinste er und tippte sich mit zwei Fingern grüßend an die Schirmmütze. Anna sah schnell wieder nach vorne zu ihrer Tochter.

Auf dem Surinam ging es zu wie auf einer Schnellstraße. Die kleineren Boote und auch langsamere größere Schiffe hängten sie ohne Mühe ab, doch hin und wieder schoss ein modernes Schnellboot in atemberaubender Geschwindigkeit an ihnen vorbei. Anna malte sich aus, wie es hier früher ausgesehen hatte, als sämtliche Transporte noch per Muskelkraft von Ruderern durchgeführt werden mussten.

Der dröhnende Dieselmotor gab dem Boot so viel Anschub, dass sie nach knapp drei Stunden die ersten Ausläufer von Paramaribo erblickten. Je näher sie der Stadt kamen, desto langsamer fuhren sie. Irgendwann war es auch wieder möglich, mit der Stimme gegen den Fahrtwind anzukommen. Tim konzentrierte sich auf den dichter werdenden Schiffsverkehr. „Wir kommen jetzt gleich nach Paramaribo. Die Stadt hat schon immer die große Bucht als natürlichen Hafen genutzt. Rechts sehen Sie bereits die ersten Vororte."

Man musste die Augen zusammenkneifen, um zwischen dem dichten Grün am Ufer etwas zu erkennen, zumal der Fluss an dieser Stelle fast einen Kilometer breit war.

Tim referierte weiter, während er etwas näher zum Ufer steuerte. „Der Surinam ist fast fünfhundert Kilometer lang. Hier, in der Nähe der Mündung, spürt man auch noch den Tidenhub. Früher nutzten die Menschen die Gezeiten, um schneller ins Hinterland zu kommen. Die Flut drückt das Wasser viele Kilometer das Flussbett hinauf." Er deutete nach vorn. „Wir kommen gleich unter der Wijdenboschbrücke durch. Die wurde erst im Jahr 2000 eingeweiht, vorher kam man nur mit der Fähre über den Fluss. Links lag einst eine große Plantage namens Meerzorg, heute ist das ein eigener Stadtteil."

Die besagte Brücke spannte sich in imposanter Höhe über den Fluss hinweg, der gleich dahinter eine leichte Biegung machte. Vor ihnen öffnete sich die breite Hafenbucht.

Tim drosselte die Geschwindigkeit noch weiter. „Da vorne sehen Sie jetzt das Wrack der Goslar. Ein deutsches Schiff, das zu Beginn des Zweiten Weltkriegs hier versenkt wurde." Er steuerte auf einen rostigen stählernen Schiffsrumpf zu, der aus dem Fluss ragte. Einige der Gäste zückten ihre Fotoapparate. Anna wurde plötzlich bitterkalt.

„Wurde es durch einen kriegerischen Angriff versenkt?", wollte eine Frau wissen.

Tim schüttelte den Kopf. „Nein, die Besatzung hat es selbst versenkt."

„Warum?", fragte ein anderer Teilnehmer.

Tim zuckte die Achseln. „Vielleicht damit sie nicht fortgeschickt wurden? Das Schiff lief hier zu Kriegsbeginn ein, weil Surinam als niederländischer Hafen neutral war. Zunächst schien das für die deutsche Besatzung wohl eine gute Idee zu sein. Doch dann überfiel die deutsche Wehrmacht die Niederlande, und alle Reichsdeutschen, die sich in Surinam aufhielten, wurden auf Anweisung der niederländischen Kolonialverwaltung für viele Jahre in ein Internierungslager gesteckt."

Anna starrte auf das stählerne Mahnmal im Wasser. War das das Schiff, das Rijke und ihre Freundinnen so spannend fanden? Sie ärgerte sich, dass Grandma Makebo ihre Erzählung gestern so abrupt abgebrochen hatte.

Jack aus Australien, der mit seiner Frau Claire und Jasmin vorne im Bug saß, drehte sich zu Tim um. „Warum hat man es nicht aus dem Fluss geholt? Steckt das hier seit über fünfundsiebzig Jahren fest?"

„Ja, tut es. Erst war es zu teuer – jetzt ist es eine der Attraktionen von Paramaribo. Keine Sorge, damals ist kein Mensch zu Schaden gekommen."

Anna fand das nicht wirklich beruhigend. Sie wurde das dumpfe Gefühl nicht los, dass es eine Verbindung zwischen ihrer Großmutter und diesem Schiff geben musste. Plötzlich schoss ihr durch den Kopf, dass ihr Großvater ja zur See gefahren war …

Tim brachte den Motor noch einmal auf Touren und schwenkte nach links zu den langen Anlegebohlen. Als das

Boot festmachte und der kühle Fahrtwind, der sie die ganze Zeit über begleitet hatte, abflaute, stöhnten die meisten Gäste auf.

Tim verzurrte das Boot mit einem dicken Tau, ging dann zur Mitte und half den Gästen beim Aussteigen. Man musste vier eingelassene Leiterstufen erklimmen, um nach oben auf den Anleger zu gelangen.

Anna schwankte etwas, als sie oben ankam.

„Alles in Ordnung?“ Tim stand direkt neben ihr.

„Ja, alles gut, ich bin es nur nicht gewohnt, mit dem Schiff zu fahren.“ Sie streckte sich kurz und lachte, um ihre Unsicherheit zu überspielen.

„Okay, Leute!“ Tim klatschte in die Hände, um die Aufmerksamkeit der Gruppe auf sich zu ziehen. „Wir besuchen erst die Markthallen, dann den alten Gouverneurspalast am Onafhankelijkheidsplein, dann die Synagoge und die Moschee, und wer dann noch Lust hat, kann mit mir das alte Fort Zeelandia besichtigen – oder alternativ auf eigene Faust durch die Stadt bummeln. Wir treffen uns auf jeden Fall hier um vier Uhr wieder, damit wir vor Einbruch der Dunkelheit wieder am Resort sind.“ Dann winkte er, ihm zu folgen, und marschierte mit flotten Schritten die Hafenpromenade entlang.

Anna staunte, wie niederländisch Paramaribo noch wirkte. Sie hatte eher karibisches Flair erwartet. Doch die dicht an dicht stehenden bunten Holzhäuser mit ihren typischen Fensterläden, dem Giebelschmuck und den Ornamenten über den Eingangstüren wären auch in einer historischen Stadt in den Niederlanden nicht fehl am Platze gewesen. Vielleicht waren die Farben hier etwas kräftiger; es gab leuchtend gelbe und blaue Fassaden. Die Straßen trugen niederländische Namen: Swalmbergstraat, Kaizerstraat,

Watermolenweg. Wäre da nicht das schwüle Klima gewesen und die überwiegend dunkelhäutige Bevölkerung, hätte man glauben können, gerade durch die Altstadt von Amsterdam zu spazieren.

Anna schloss zu Tim auf. „Sie sagten doch neulich, dass die Plantage hier auch ein Haus hat …"

„Ja, das sogenannte Stadthaus. Wie erwähnt wohnen jetzt meine Eltern dort und halten es instand. Eigentlich wollen wir dort auch ein paar Gästezimmer einrichten, bisher fehlte allerdings das Geld dafür." Er deutet auf eins der offensichtlich erst kürzlich renovierten Häuser am Straßenrand. „Es ist auch so ein klassischer Bau mit umlaufendem Balkon vor der ersten Etage, und es liegt auch ganz nett in einem ruhigen Stadtteil, mit einer breiten Gracht in der Nähe. Aber wie gesagt – man müsste einiges dran machen, um Touristen einquartieren zu können. Vielleicht eines Tages … "

Anna musterte die Häuser längs der Straße nachdenklich. Ob die Stadtvilla der Plantage jetzt auch ihr gehörte?

In der Markthalle herrschte lebhaftes Treiben. Zwischen den zahllosen Ständen, an denen Fisch, Gemüse und Unmengen von Obst feilgeboten wurden, standen kleine Buden, an denen man fertig gegarte Gerichte bekam, die ein appetitliches süß-scharfes Aroma verströmten.

Tim kaufte eine riesige Staude Bananen und verteilte die Früchte unter den Gästen. „Probieren Sie mal, ich wette, die schmecken anders als Bananen, die Sie aus dem Supermarkt kennen."

Er hatte recht, sie waren deutlich süßer und gehaltvoller und brachten Annas Geschmacksknospen regelrecht zum Kribbeln.

An einem anderen Stand hob Tim eine große, melonenartige Frucht mit auffällig genoppter Schale hoch. „Das ist eine Jackfrucht. Vorsicht – die wächst hier auf einigen Bäumen, und wenn man sie auf den Kopf bekommt ... Eine Kokosnuss ist nichts dagegen. Diese Früchte schmecken gebraten sehr gut, vielleicht kriegen Sie ja an irgendeinem Straßenstand welche angeboten. Sie können hier übrigens alles bedenkenlos probieren. Die Surinamer sind sehr auf Sauberkeit und westliche Standards bedacht."

Er legte die Jackfrucht wieder zurück, wechselte einige fröhliche Worte in einer Anna unbekannten Sprache mit der Frau hinter dem Stand und führte seine Schutzbefohlenen dann weiter. Nach einer guten Stunde ließen sie die Markhalle, in der man außer Lebensmitteln auch alles andere bekam, was man zum Leben brauchte, hinter sich und wanderten stadteinwärts. Anna gab es schnell auf, sich nach Jasmin umzusehen. Ihre Tochter hatte sich den jungen Australiern angeschlossen und lief mit ihnen immer ein paar Schritte hinter den älteren Gästen her, die sich näher bei Tim hielten. Vor allem eine Amerikanerin belegte den Führer mit Beschlag und stellte zahllose Fragen über die Stadt und ihre Geschichte. Auf diese Weise bekam Anna viele Informationen, ohne selbst Erkundigungen anstellen zu müssen. Nächster Anlaufpunkt der Gruppe war die Kathedrale St. Petrus und Paulus – angeblich die größte gotische Holzkirche der Welt. Anna verstand nicht viel von Architektur, doch das hoch aufragende, in heiterem Gelb und Blau gestrichene Gotteshaus beeindruckte sie schon von Weitem. Auf dem Weg in das Gebäude kam Jasmin kurz an Annas Seite.

„Kirchen ... wie langweilig." Sie seufzte und lachte dann. „Ist es okay, wenn ich nachher mit Jack und Claire losziehe? Oder soll ich lieber mir dir ...?"

„Nein, ist schon gut." Anna winkte ab und legte den Kopf

in den Nacken, um die aufwendige Holzkonstruktion des Kirchenschiffes zu bewundern. „Aber seid pünktlich wieder am Boot."

Inzwischen starrten alle fasziniert nach oben. „Beeindruckend, nicht wahr?" Tim freute sich sichtlich über die Begeisterung seiner Gäste. „Aber Sie werden heute noch so einiges zu sehen bekommen. Die Unesco hat nicht umsonst den alten Teil unserer Hauptstadt unter besonderen Schutz gestellt."

18. Kapitel

Er hatte nicht zu viel versprochen. Wie in einem Zeitrafferfilm durchwanderten sie in den nächsten Stunden zig Kulturen und Religionen. Paramaribo kam Anna vor wie ein Miniaturmodell der ganzen Welt. Es gab eine prachtvolle Moschee, einen farbenfrohen Hindutempel, die Synagoge ... Schon bald schwirrte ihr von all den Eindrücken der Kopf. Zumal jeder Teil der Stadt seine eigene Bevölkerung und Sprache zu haben schien. Aber wie Sara schon bei ihrer ersten Führung gesagt hatte: Ein Lächeln verstand hier jeder. Anna hatte noch nie so viele fröhliche und freundliche Menschen auf einem Haufen getroffen.

Als sie gegen Mittag den Park des Gouverneurspalastes durchquerten, lächelte Anna still vor sich hin. Die Amerikanerin hatte derweil Tim aus ihren Fängen entlassen, und er ließ sich von der Spitze der Gruppe, deren Teilnehmer sich nach und nach dankbar auf ein paar schattige Bänke unter den hohen Palmen verteilten, zu Anna zurückfallen.

„Warum lächeln Sie denn so versonnen?" Er lächelte ebenfalls.

„Ich glaube, ich habe mich verliebt." Anna lachte, sie fühlte sich wirklich wie frisch verliebt. Trotz der Hitze und trotz des anstrengenden Fußmarschs, der hinter ihr lag, hatte Paramaribo sich in ihr Herz geschlichen.

„Oh – war meine Führung heute so beeindruckend?" Er richtete mit gespieltem Stolz seinen Hemdkragen.

„Ja, das auch. Aber die Stadt war noch beeindruckender." Anna grinste.

„Ja, ich weiß. Sie stiehlt mir regelmäßig die Show." Er setzte eine übertrieben verzweifelte Miene auf. „Aber vielleicht haben Sie ja so viel Herz, mich darüber hinwegzutrösten. Nehmen Sie heute Abend am Pool noch einen Drink mit mir?"

Flirtete der Mann gerade mit ihr? Anna zögerte kurz, nickte dann aber, entwaffnet von seinem Charme. „Gern, wenn Sie es schaffen, mich wieder sicher den Fluss hinaufzubringen." Keine Frage, diese Stadt hatte irgendetwas mit ihr angestellt. Zwar hatte sie ihre Probleme nicht völlig vergessen, aber Rüdiger schien plötzlich so weit entfernt, und sie fühlte sich merkwürdig befreit und losgelöst.

„Fein." Er grinste. „Und jetzt jage ich die Gruppe noch einmal durch das alte Fort, danach sind alle ohnehin zu müde, um noch weiter durch die Stadt laufen zu wollen. Ich muss aber nachher noch einmal kurz zu dem erwähnten Stadthaus, um meinen Eltern etwas vorbeizubringen. Die Gäste können währenddessen etwas trinken gehen, bevor wir wieder zurückfahren."

Anna durchfuhr ein Kribbeln, das jedoch nichts mit den überschwänglichen Gefühlen zu tun hatte, die Paramaribo in ihn weckte. Eher war es wieder die Neugier, die sie ursprünglich hergetrieben hatte. „Oh – könnte ich vielleicht … Also, wenn es Sie nicht stört, meine ich … Dürfte ich Sie eventuell begleiten?" Hoffentlich deutet er mein Interesse nicht falsch, schoss es ihr durch den Kopf. *Vor allem nach dieser Einladung zum Drink* … Aber jetzt war es zu spät, ihre Bitte zurückzunehmen.

Er zuckte mit den Schultern. „Warum nicht, kommen Sie gern mit."

Das Fort war ein eher düsterer Bau. Hohe Mauern umschlossen einen engen Innenhof, und Tim erzählte von Soldaten, die

die Kolonie beschützten, und Sklaven, die man hier gefangen gesetzt hatte. Später wurde das Gemäuer schlicht zum Gefängnis umgewidmet. Anna war froh, als sie diesen unglückseligen Ort wieder verließen, auch wenn man von dort eine großartige Aussicht über den Fluss hatte.

Nach dieser letzten Besichtigung des Tages zerstreuten sich die anderen Gäste Richtung Hafen, wo hübsche Cafés mit süßem Kuchen und kalten Getränken lockten. Auch Jasmin setzte sich mit ihren Australiern ans Wasser ab. „Wir sehen uns dann nachher, okay Mama?" Sie winkte Anna noch einmal zu, dann entschwand sie ihren Blicken.

„So, die sind geschafft für heute", sagte Tim zufrieden. „Und Sie? Wollen Sie immer noch mit?" Er stemmte die Hände in die Seite und sah Anna fragend an.

„Klar, gehen wir."

Diesmal führte Tim sie nicht über die breiten Hauptstraßen, sondern durch schmale und enge Gassen, die sich zwischen den Häusern entlangwanden.

„Früher hatten die alle Stadthäuser Hinterhöfe, in denen die Sklaven und später dann die Bediensteten lebten. Die haben sich ihre eigenen Wege geschaffen, weil ihnen zu manchen Zeiten auch das Benutzen der Straßen untersagt war", erklärte er, während sie immer tiefer in die Stadt hineinliefen. „Heute sind das einfach nur noch praktische Abkürzungen."

Nach einer guten halben Stunde brachte einer der Pfade sie wieder auf eine Hauptstraße. Hier sah es wohl noch genauso aus wie vor hundert Jahren: weißer Muschelsand statt grauem Asphalt, breite, durch Baumreihen abgetrennte Flanierwege vor den Häusern, nostalgische Straßenlaternen, auf denen hier und da ein bunter Vogel saß.

„Voilà, die Velbendamstraat", sagte Tim. „Wir müssen zur Nummer dreißig." Auf der Straße war weder ein Auto noch sonst irgendein motorisiertes Fahrzeug zu sehen. Ein alter schwarzer Mann, dessen graues Haar von einem großen Strohhut fast verdeckt wurde, fuhr wie in Zeitlupe auf einem klapprigen Fahrrad an ihnen vorbei. Dabei lachte er die beiden Fußgänger freundlich an und winkte kurz, was ihn beinahe aus dem Gleichgewicht gebracht hätte.

„Das ist eine schöne Straße. Unglaublich ruhig." Anna schritt andächtig über die Schatten der Bäume. Es war so still, dass man die Blätter im leichten Wind in den Kronen rascheln hörte.

„Ja, es ist ein ruhiges und nettes Viertel, deshalb träumen Danja und Braam ja auch davon, hier ein kleines Gästehaus aufzubauen, quasi als Gegenstück zum Resort. Nicht jeder will in der Wildnis Urlaub machen."

„Und Sie? Halten Sie das für keine gute Idee?" Anna war etwas verwundert, dass er nicht einfach gesagt hatte „wir träumen davon".

Tim vergrub seine Hände in den Hosentaschen und senkte im Gehen den Blick. „Na ja – eigentlich schon. Aber wir wissen momentan ohnehin nicht, wie es mit Zandwijk weitergeht." Er klang plötzlich bedrückt.

„Warum denn das? Das Resort scheint doch gut zu laufen."

„Ja, das stimmt schon, wir sind zufrieden. Aber ..." Er seufzte. „Wissen Sie, Anna, es ist nun mal nicht unser Land und unser Haus. Wir haben vor einiger Zeit die Nachricht erhalten, dass die alte Besitzerin gestorben ist. Ob es Erben gibt, wissen wir nicht. Aber selbst, wenn ... Wir können nicht mehr Pacht erübrigen als bisher, und ich schätze mal, die Erben werden versuchen, so viel Geld wie möglich aus dem Stück Land herauszuholen; sie werden es vermutlich verkaufen, und dann sind wir erledigt. Da können wir nicht mehr kostendeckend arbeiten."

Anna verschluckte sich und musste husten. „Oh. Das hört sich ja nicht so gut an. Aber vielleicht wollen die Erben ja gar nicht verkaufen."

„Wir wissen es einfach noch nicht. Im Moment kümmert sich unser Anwalt darum, er wollte schauen, was er in Erfahrung bringen kann. Aber die bürokratischen Mühlen mahlen hier sehr langsam. Und offenbar kam schon eine Nachricht aus den Niederlanden, dass der dortige Nachlassverwalter selbst erst einmal prüfen muss, wer als Erbe infrage kommt. Aber …" Er hob hilflos die Schultern. „… Ich glaube, es wird zum Verkauf kommen. Wir wissen, dass es hier Leute gibt, die scharf auf das Land sind – wir haben ja gute Vorarbeit geleistet." Er lachte freudlos. „Und wer sollte sich noch für den alten Plantagengrund interessieren und ihn erhalten wollen? Meine Grandma hat schließlich über sechzig Jahre nichts von der Besitzerin gehört. Nein, ich bin ziemlich sicher, dass dem Zandwijk Nature Resort keine rosige Zukunft beschieden ist."

Anna biss sich so stark auf die Unterlippe, dass es schmerzte. Er klang so traurig. Am liebsten hätte sie gerufen *Nein! – Nun warte doch ab! Ich bin die Erbin, und ich werde sicherlich niemandem etwas wegnehmen*! Aber dazu war es nun wahrlich noch zu früh. „Das wird sich bestimmt alles finden", murmelte sie stattdessen.

„Das hoffe ich sehr." Er klang nicht besonders überzeugt. „Lange halten wir diesen Nervenkrieg nämlich nicht mehr aus. So gar nicht zu wissen, wie es weitergeht, ist ein schreckliches Gefühl."

„Das kann ich mir lebhaft vorstellen", versicherte Anna und musste nicht mal lügen.

„Wir sind da." Tim deutet auf ein Haus mit breiter Vorderfront und einem verschnörkelten Balkon, der sich rund um die erste Etage zog.

Die Mutter von Braam und Tim war eine füllige Dame in den Siebzigern, die ein quietschgelbes Kleid trug und Anna so herzlich begrüßte, als wäre es ganz normal, dass Tim Gäste mitbrachte, und als würde sie Anna schon ewig kennen. „Oh Mevrouw, der Tag war bestimmt anstrengend, ich kenne meinen Sohn. Kommen Sie, setzen Sie sich bitte." Sie lachte so fröhlich, dass ihr üppiger Busen auf und ab hüpfte. Ehe sich's Anna versah, saß sie in einer großen Küche an einem Tisch, vor einem Teller mit Kuchen und einer dampfenden Tasse Kaffee.

„Vielen Dank." Anna war von so viel Gastfreundschaft überwältigt. Und sie hatte in der Tat Hunger. Während Tim mit seiner Mutter über irgendwelche Bestellungen sprach, die in der Stadt aufgegeben werden sollte, schaute sie sich verstohlen um. Die Küche war nicht sehr modern, vielleicht stammte sie sogar noch aus Rijkes Zeit. Ob ihre Großmutter auch hier gesessen hatte? Umsorgt von der Haushälterin Jualina und dem Dienstmädchen Makebo? Was war passiert, dass sie schließlich in dem kleinen Haus in Appingedam landete? Warum war sie nie zurückgekehrt? Anna musste unbedingt noch mal zu Grandma Makebo, vielleicht würde sie dann erfahren, wie die Geschichte weiterging.

„Das ist wirklich ein schönes Haus", sagte sie, als Tim seine Instruktionen losgeworden war. „Hat es viele Zimmer?"

„Ganze zehn", antwortete er. „Meine Eltern bewohnen nur zwei davon hier unten."

„Dann würde es sich ja wirklich anbieten, hier Gäste aufzunehmen." Sie wandte sich an Tims Mutter. „Danke für den Kuchen, Mevrouw Breek, der war köstlich."

Die alte Dame strahlte Anna beglückt an. „Ach, seit meine Kinder alle da draußen im Regenwald sind, bin ich immer hocherfreut, wenn ich Besuch bekomme."

„Wir sollten jetzt aber trotzdem los, sonst verpassen wir noch unsere eigene Abfahrt." Tim klatschte in die Hände, vermutlich aus Gewohnheit, weil er so immer seine Truppen zusammenrief. „Grüß bitte Vater." Er küsste seine Mutter auf beide Wangen.

„Grüße Danja und Braam. Danja soll mir die Einkaufslisten für nächste Woche schicken."

„Richte ich ihr aus."

Kurz darauf waren sie schon wieder im Gassengewirr hinter den Häusern und bewegten sich auf den Fluss zu.

„Ihre Mutter ist eine sehr nette Frau."

„Die allerbeste, dicht gefolgt von Grandma."

„Gibt es auch eine Frau auf Platz drei?" Anna, wie kannst du nur! dachte sie erschrocken. Die neugierige Frage war ihr einfach so rausgerutscht.

Doch er lachte nur. „An die beiden muss erst mal eine herankommen. Und gut, dass Sie die Frage nicht in Gegenwart meiner Mutter gestellt haben, sonst hätte ich Sie da in drei Wochen abholen können – so lange dauert nämlich für gewöhnlich ihr Vortrag darüber, warum ich keine Frau habe."

„Autsch. Sind Sie denn so ein schwieriger Mensch?"

„Hm – nein, aber vielleicht zu anspruchsvoll." Er grinste leicht, mied aber Annas Blick.

Als sie das Resort abends wieder erreichten, war die Sonne bereits hinter dem Wald versunken. Das Zirpen der Grillen am Ufer hallte lauter als die Geräusche der Stadt, die Anna noch vor wenigen Stunden umgeben hatten, aber es war ein ganz anderer, irgendwie friedlicherer Lärm.

Die Gäste waren froh, wieder festen Boden unter die Füße zu bekommen. Mit steifen Gliedern erklommen sie den Anlegesteg. Als Anna an der Reihe war, hielt Tim ihre Hand einen

Augenblick länger fest, als er es bei den anderen getan hatte. „Sehen wir uns dann gleich noch am Pool?"

Anna musste ihn wohl etwas zu verwundert angeschaut haben, denn in seinen Augen flackerte eine kurze Unsicherheit auf. „Der Drink ... Sie hatten mir noch einen Drink versprochen."

Anna zögerte eine Millisekunde. Dann – bevor womöglich irgendeine vernünftige Stimme in ihr dagegen argumentieren würde – nickte sie hastig. „Klar, gerne. Ich gehe mich nur kurz etwas frisch machen und dann ... So in einer Stunde?"

„In einer Stunde." Er lächelte.

Jasmin schien in diesem Urlaub überhaupt nicht müde zu werden. Kaum waren Mutter und Tochter wieder in der Lodge, kramte sie schon wieder in ihrem Koffer. „Bist du böse, wenn ich mich gleich noch mit Mark am Pool treffe, Mama?"

„Mark?" Anna zog die Augenbrauen hoch.

„Maaamaaa." Jasmin rollte mit den Augen.

„Ja, ist ja schon gut – hab mal etwas Verständnis für deine alte Mutter – ich meine ... du bist ..."

„Ich bin erwachsen." Jasmin lachte.

„Ja – eben. Das ist ganz schön komisch."

„Zu Hause ist dir das nicht zufällig aufgefallen?"

Anna hob beschwichtigend die Hände. „Doch, schon, aber ... nicht so deutlich." Was die reine Wahrheit war. Natürlich ging Jasmin in Köln auch auf Partys, hatte Freunde, aber das hier jetzt so direkt mitzuerleben war seltsam. Immerhin gingen sie daheim ja nicht zusammen aus.

Jasmin huschte an ihrer Mutter vorbei und drückte ihr dabei einen Kuss auf die Wange. „Keine Sorge, ich bin aufgeklärt, weiß mit Alkohol umzugehen und schwöre, nicht mit dem nächstbesten Küchenjungen durchzubrennen. Er ist nett – und überlegt, in Europa zu studieren. Wir wollen uns nur unterhalten."

„Unterhalten …"

„Ja – und soweit ich weiß, hast du ja auch noch eine Verabredung!" Jasmin warf Anna einen verschwörerischen Blick zu.

Anna fühlte sich ertappt. „Ach, ich weiß nicht – eigentlich bin ich ja müde …"

„Mama! Tim ist supernett, und wenn er nicht dreißig Jahre älter wäre als ich … also ich würde mir einen Drink mit ihm nicht entgehen lassen."

„Jasmin!" Doch ihre Tochter war schon im Bad verschwunden.

Hatte ihre Tochter ihr gerade gesagt, sie sollte sich dieses *Date* – oder was immer auch das war, was sie gleich hatte – nicht entgehen lassen?

Als Jasmin zehn Minuten später frisch geduscht ins Schlafzimmer zurückkam, stand Anna immer noch unschlüssig neben ihrem Bett.

„Was ist? Willst du dich nicht fertig machen?" Jasmin ließ das Handtuch sinken, mit dem sie sich gerade die Haare abgetrocknet hatte, und sah ihre Mutter ein paar Sekunden lang schweigend an. „Mama, es ist okay. Ich habe kein Problem damit, wenn du mit Tim einen Drink nimmst. Und … und wenn es wahr ist, dass Papa … du weißt schon … dann erst recht. *Du* bist nämlich nicht schuld."

Aus dem Mund ihrer Tochter hörte sich das so entschieden an. Nein, sie war nicht schuld. Sie war es nie gewesen.

Am Pool brannten schummrige Lichter zwischen den Büschen. Es waren nicht sehr viele Gäste an der Bar. Leise Musik vermischte sich mit den Nachtgeräuschen, die aus dem nahen Regenwald drangen.

„Hey." Tim saß bereits an der Seite der Bar in einer gemütlichen Ecke.

„Hey", erwiderte Anna.

„Viel Spaß", raunte Jasmin und ging ein Stück weiter, wo Mark ebenfalls bereits wartete.

„Kommen Sie, setzen Sie sich. Möchten Sie was trinken, Anna?" Tim winkte dem Barkeeper.

Anna nahm neben ihm Platz, in sittsamer Distanz.

„Und? Haben Sie sich von unserem Ausflug gut erholt?" Tim nahm einen bunten Cocktail in Empfang und reichte ihn an Anna weiter. „Hier – der ist gut, vertrauen Sie mir."

„Danke."

Tim sah sie einen langen Moment prüfend an. „Also, Anna, warum sind Sie eigentlich hier?"

Anna verschluckte sich fast an ihrem Getränk. „Warum? Ich mache Urlaub."

Er lächelte. „Das tun alle – aber es gibt hier drei Arten von Urlaubern: Die erste will Abenteuer. Das sind die Leute, die ich den ganzen Tag durch die Wildnis jage. Die zweite besteht vor allem aus Rentnern, die vor ihrem Lebensende noch jeden Winkel der Welt sehen wollen. Die kommen her, machen einen weiteren Haken auf ihrer Weltkarte und sind glücklich. Nun … und dann gibt es noch eine dritte, eher seltene Art. Das sind die Menschen, die herkommen, um sich am Ende der Welt zu verstecken." Tim lehnte sich auf seinem Platz etwas zurück, ohne Anna dabei aus den Augen zu lassen. „Abenteuer sind nicht so Ihr Ding, Rentnerin sind Sie auch noch nicht …"

Anna starrte in ihr Glas. Nicht nur, dass ihre Tochter neuerdings in ihr lesen konnte wie in einem offenen Buch, jetzt durchschaute Tim sie auch noch mühelos. Sie machte eine fahrige Geste mit den Händen, ohne etwas zu sagen.

„Also Versteck am Ende der Welt." Er nickte wie ein Arzt, der gerade eine Diagnose gestellt hatte. „Wollen Sie drüber reden?"

Anna schwieg. Wollte sie? Eine gefühlte Ewigkeit verging, bis irgendetwas in ihr *klack* machte. „Ich glaube, mein Mann betrügt mich."

„Dann ist er ein Hornochse!", antwortete Tim bitterernst.

Anna musste traurig lachen. „Ja."

„Und Sie verstecken sich nun hier vor ihm? Er ist doch nicht ... ich meine ... hat er Ihnen wehgetan?"

„Nein, nein – also nicht körperlich. So einer ist Rüdiger nicht. Aber es hat schon wehgetan, es herauszufinden, und dann wollte er eine Pause. Deswegen bin ich hier."

Tim atmete zischend aus. „Pause also ..." Dann lehnte er sich nach vorne und stützte die Ellbogen auf den Tisch. „Also – meine Mutter behauptet zwar, ich sei der letzte Mensch, der Ahnung von Beziehungen hat – aber Pause machen? Ich weiß ja nicht, was ich täte, wenn mir eine Frau sagen würde, sie bräuchte mal eine Pause. Ich meine ... was heißt das denn? Eine Beziehung ist doch keine Lampe, die man ein- und ausschalten kann."

Anna lächelte bedrückt. „Ja, so ähnlich denke ich eigentlich auch."

„Anna, Sie haben sicher schwere Entscheidungen zu treffen. Aber Sie sollten unbedingt auch an sich denken."

„Ich werde mir Mühe geben", versprach Anna. Sie sah ihn an und hoffte, dass er in ihren Augen lesen konnte, wie dankbar sie für sein Verständnis war. Plötzlich, ohne dass sie es sich richtig erklären konnte, fühlte sie sich so zuversichtlich wie seit vielen Wochen nicht mehr.

„So, und jetzt trinken wir noch ein paar von diesen leckeren bunten Drinks." Tim klopfte auf den Tisch, nahm sein Glas und prostete Anna zu.

Am nächsten Morgen schmerzten Anna die Beine. Die lange Stadtbegehung hatte ihre Spuren hinterlassen. Auch Jasmin wirkte etwas müde und lümmelte so lange im Bett herum, bis es fast zu spät war, um noch Frühstück zu bekommen.

„Nun mach schon, irgendwas möchte ich noch essen, bis zum Lunch dauert es dann wieder ein paar Stunden. Gibt es heute keine Tour?" Anna stand schon in der Tür, während Jasmin sich im Bad noch schnell die Haare machte.

„Nein, heute ist frei. Ich wollte mal in den Pool."

„Okay." Eigentlich war das nicht die Antwort, auf die Anna gehofft hatte. Sie wollte nach dem Frühstück zu Grandma Makebo gehen, von der sie Jasmin bislang aber noch nichts erzählt hatte.

Doch Annas Sorge, dass Jasmin eventuell auf ihre Gesellschaft zählte, erwies sich als unbegründet. Da heute kein Ausflug auf dem Programm stand, versammelten sich die meisten jungen Gäste um den Pool, und Jasmin hatte ihre Mutter schnell vergessen. Anna richtete sich zwar zunächst pflichtschuldig auf einer Sonnenliege in der Nähe der Bar ein, aber als Jasmin mit den anderen ins Wasser sprang, winkte Anna ihr kurz zu und verabschiedete sich mit der Ausrede, einen kurzen Spaziergang machen zu wollen.

Grandma Makebo saß wieder auf der Bank vor ihrer kleinen Hütte. „Ah, Mevrouw Reuter!" Sie winkte fröhlich und klopfte neben sich auf die Bank. „Wie hat es Ihnen in Paramaribo gefallen?"

Anna setzte sich dankbar, ihr Muskelkater hatte auf dem kurzen Weg hierher doch ziemlich gegen die neuerliche Beanspruchung protestiert. „Sehr gut, die Stadt ist wirklich wunderschön. Aber anstrengend war es."

Grandma Makebo kicherte. „Ja – mein Enkel muss ja auch immer alles zeigen. Ich mag die Stadt ja ebenfalls, aber leben tue ich dann doch lieber hier."

„Dabei ist das Stadthaus doch so schön", murmelte Anna gedankenverloren.

„Ach, Sie waren im Stadthaus? Bei meiner Tochter?"

„Ja", antwortete Anna etwas verlegen. „Tim hatte gefragt, ob ich mitgehen wollte." Sie zuckte entschuldigend die Achseln.

„Alsia und ihr Mann kümmern sich gut um das Stadthaus."

Ann nickte nur. Sie musste Alsia – Tims Mutter – erst einmal als Tochter von Makebo einordnen. Die füllige Frohnatur hatte so gar keine Ähnlichkeiten mit der alten Dame an ihrer Seite, obwohl … sie hatten alle die gleichen Augen, Tim, Makebo und Alsia. Und diese waren alle unglaublich herzlich. Es fühlte sich seltsam an, dass sie inzwischen fast die ganze Familie Breek kannte und sie dennoch im Ungewissen darüber ließ, wer sie selbst war. Anna bewegte unbehaglich die Schultern. Es war noch nicht so weit. Vielleicht würde es auch nie so weit sein. Ohne Grund hatte Rijke dies alles sicher nicht aufgegeben. Anna versuchte, sich zu konzentrieren und Makebo einen Ansatzpunkt zu liefern, ihre Geschichte weiterzuerzählen. „Sie waren früher doch so oft im Stadthaus mit der jungen Mevrouw Rijke, nicht wahr?"

Grandma Makebo nickte. „Oh ja, dabei gefiel es mir dort gar nicht so gut. Die Stadt war mir zu groß, und ich habe immer meine Mutter vermisst, die blieb ja hier. Die Haushälterin in der Stadt, Jualina, passte immer auf wie ein Schießhund, vor allem als Rijke und ich in das Alter kamen, in dem man sich für junge Männer interessierte. Die Einladungen für die junge Mevrouw häuften sich in jenem Jahr, als das deutsche Schiff in den Hafen kam. Schließlich war sie jung und hübsch und durchaus eine gute Partie.“

19. Kapitel

Paramaribo, Oktober 1939

Rijke hatte keine Lust, sich für den Abend zurechtzumachen. So langsam nahmen ihre gesellschaftlichen Verpflichtungen überhand. Es war ja nicht so, dass sie nicht gerne in angenehmer Runde weilte, aber die meisten dieser Dinnerveranstaltungen waren eher steif, die Mehrzahl der Gäste schon älter. Sie kam sich manchmal vor wie ein Blumenbukett, das man bestellte, damit der Tisch hübscher aussah. Rijke hatte Jualina schon mehrfach gebeten, den einen oder anderen Termin absagen zu dürfen. Doch die Haushälterin ermahnte sie streng, sich an die Gepflogenheiten zu halten, an ihre Eltern zu denken und einen guten Eindruck zu machen.

„Und wenn ich einfach mal krank bin?“, fragte sie jetzt verzagt.

„Sie sind aber nicht krank, Mevrouw. Beeilen Sie sich, die Grevenbecks werden nicht warten.“ Jualina scheuchte Rijke auf ihr Zimmer. Makebo hatte ihr bereits ein Kleid herausgelegt und machte sich nun an ihrer Frisur zu schaffen.

„Nein, nur oben zusammenstecken, hinten bleibt mein Haar heute offen.“ Rijke zupfte ungeduldig an ihren Locken. Sie hasste es, dass ihre Kleidung und Haartracht eher an eine Zwölfjährige erinnerten als an eine fast Achtzehnjährige. Wenn sie sich doch bloß ein einziges Mal solche Kleider kaufen könnte wie Lina. Doch ihre Garderobe wurde von Jualina und der Schneiderin der Leewards mit Argusaugen überwacht.

Bei den Grevenbecks war es meist besonders langweilig. Die Tochter Katarina besuchte zwar dieselbe Klasse wie Rijke, doch sie war ein dickliches, schwerfälliges Mädchen, das überdies bereits mit seinem Großcousin verlobt war. Katarina sah ihre Bestimmung darin, eine gute Ehefrau zu werden, die ihrem Gatten den Haushalt auf der Plantage am Fluss Para führte und der Familie möglichst zahlreichen Nachwuchs schenkte. Alles Themen, die Rijke nicht interessierten – sie konnte Katarinas fast schon euphorische Erwartung dieser öden Zukunft absolut nicht nachvollziehen und legte auch keinen Wert darauf, sich darüber zu unterhalten.

Auf dem Weg zum Haus der Grevenbecks ließ sie sich so viel Zeit wie möglich. Makebo trödelte verdrossen hinter ihr her, denn auch ihr stand ein langweiliger Abend bevor. Die Grevenbecks hatten nur indisches Personal, das mit den schwarzen Dienstboten der anderen Familien keinen Kontakt pflegte.

Umso verblüffter waren beide, als sie sahen, dass an diesem Abend offenbar sehr viel mehr Gäste geladen waren als sonst. Vor dem Haus stand sogar ein Automobil. Vor der Tür hatte man mehrere Öllampen aufgestellt, die den Eingang beleuchteten. Pflichtschuldig zupfte Rijke nun doch noch mal an ihrem Haar, um der Frisur den letzten Pfiff zu geben.

Katarina begrüßte Rijke überschwänglich, was vermutlich vor allem dem Umstand geschuldet war, dass die Schulkameradin ihr einziger persönlicher Gast war. Die anderen Gäste schüttelten eifrig die Hände von Katarinas Eltern.

„Gibt es einen besonderen Anlass?“, fragte Rijke verlegen, während sie fieberhaft überlegte, ob sie wohl ein Ereignis vergessen hatte.

Katarina winkte ab. „Nein, nein, mein Vater hat nur Kapitän von Stacken mit seiner Mannschaft eingeladen.“

„Stacken?“ Rijke sagte der Name nichts.

Katarina riss ungläubig die Augen auf und wackelte hektisch mit dem Kopf, wobei ihr üppiges Doppelkinn vibrierte. „Weißt du das denn nicht? Der Gouverneur hat den Deutschen freigestellt, fürs Erste hierzubleiben. Man will abwarten, wie sich die Dinge auf dem anderen Kontinent entwickeln."

„Aha." Nein, davon hatte Rijke noch nichts gehört. Ihre Laune besserte sich spontan. Vielleicht würde der Abend doch nicht so langweilig werden wie befürchtet.

Im geräumigen Salon der Grevenbecks waren mehrere Tische aufgebaut statt wie sonst nur eine Tafel. Immer neue Gäste kamen herein. Die Gesellschaft der deutschen Schiffsbesatzung schien ziemlich begehrt zu sein.

Rijke hörte, wie Katarinas Vater einem Neuankömmling die Sachlage erklärte: „Der Gouverneur hat die Anweisung erteilt, die Deutschen neutral zu behandeln. Die Niederlande haben keinen Konflikt mit Deutschland. Also sind wir ihnen gute Gastgeber."

Während Rijke sich mit Katarina zu ihrem Tisch begab, beobachtete sie verstohlen die Männer in Uniform. Die meisten waren schon älter, doch jetzt tauchten direkt neben dem Kapitän und seinem Ersten Offizier zwei junge Burschen auf.

Rijke stockte der Atem. Einer der beiden war der blonde Matrose, dem sie am Hafen ihr Taschentuch gegeben hatte.

Genau in diesem Moment drehte sich der junge Mann etwas, sodass sie ihn besser in Augenschein nehmen konnte. Er war schlank und hochgewachsen, aber nicht schlaksig, sondern gekräftigt von der Seefahrt. Sein Haar war akkurat kurz geschnitten. Vor zwei Wochen am Hafen hatte es noch länger und zerzaust gewirkt. Seine Züge waren fein geschnitten, mit hohen Wangenknochen und wohlgeformten Lippen.

„Auf den Pudding freue ich mich besonders …", beendete Katarina ihre Auflistung der Speisenfolge und blieb so abrupt vor dem Tisch stehen, dass Rijke fast mit ihr zusammengestoßen wäre.

„Was?“, fragte sie verwirrt.

„Mutter hat die Köchin angewiesen, heute Pudding zum Dessert zu kochen.“ Katarina setzte sich und sah Rijke dann auffordernd an.

Rijke besann sich auf ihre Rolle als Katarinas Gast und folgte ihrem Beispiel. „Hört sich gut an“, erwiderte sie höflich. Tatsächlich gab es nur selten Pudding, denn bei der tropischen Hitze war es eine schwierige Herausforderung, die Süßspeise in Form zu halten. Doch Rijkes Aufmerksamkeit war geteilt; mit einem Auge behielt sie unauffällig den Tisch im Blick, an dem sich nun die Schiffbesatzung niederließ.

Die Dame des Hauses und einige Frauen aus der Nachbarschaft gesellten sich zu Katarina und ihr. Die Gespräche am Tisch drehten sich kurz um die Deutschen, die ja „ganz anständige Männer zu sein scheinen“ und für die es sicher schrecklich war, „von hier aus in den Krieg ziehen zu müssen“. Doch dann landete man wieder bei den üblichen Frauenthemen, und Rijkes Gedanken blendeten die Stimmen der anderen nach und nach aus.

Es dauerte geschlagene drei Gänge, bis der junge Matrose wagte, seinen Blick zu heben und sich im Speisesalon umzusehen. Er schien sich in so vornehmer Gesellschaft nicht recht wohlzufühlen, obwohl seine Uniform perfekt gestärkt war und der Kragen blütenweiß. Vielleicht traf man sich in Deutschland nicht sehr oft zum Dinner. Und vermutlich verbrachte er ohnehin viel Zeit auf See. Rijke vergaß fast das Essen vor sich, während sie ihn heimlich anstarrte.

Plötzlich schaute er sie direkt an. Unter dem Blick seiner blauen Augen setzte Rijkes Herz einen Schlag aus. Erkannte er sie wieder? Einen Moment lang war sie nicht sicher. Doch dann griff er sich mit einer Hand an die Wange, wo noch ein roter Streifen von der mittlerweile verheilten Verletzung zeugte. Ein kurzes Lächeln huschte über sein Gesicht, und er nickte kurz, wobei sich seine Wangen leicht röteten.

Rijkes Herz pochte wie wild. Er erkannte sie wieder! Hatte sie etwa zurückgelächelt? Rasch schaute sie auf ihren Teller hinab. Schaute er sie immer noch an? Sollte sie ihn noch einmal ansehen? In ihrem Kopf tanzten die Gedanken nur so hin und her.

Nach dem Pudding machten die Männer Anstalten, sich zurückzuziehen. Sie würden den Abend im Herrenzimmer bei Cognac und Zigarren ausklingen lassen. Damit war es eigentlich Zeit für Rijke, aufzubrechen; sie war noch zu jung, um länger auszugehen, und Katarinas Mutter war in dieser Hinsicht sehr wachsam. Außerdem war die Frauenrunde im Damensalon normalerweise noch langweiliger als bei Tisch; die Unterhaltungen drehten sich nur um Männer, Kinder oder Bedienstete. Rijke seufzte leise.

„Hat es dir nicht geschmeckt?“ Katarina sah sie aus ihren großen Kulleraugen besorgt an.

„Doch, doch, das Essen war vorzüglich.“

Die Männer kamen direkt an ihrem Tisch vorbei.

Der junge blonde Matrose schien sich innerlich einen Ruck zu geben. Dann straffte er die Schultern und blieb neben Rijkes Platz stehen. Er sprach sie auf Deutsch an.

„M’am, ich habe noch Ihr Taschentuch. Ich würde es Ihnen gerne zurückgeben. Wo kann ich Sie finden?“

Rijke schoss das Blut in die Wangen, und sie spürte, wie sich der spitze Blick von Katarinas Mutter auf sie richtete. Sie räusperte sich, wusste aber, dass ihre Stimme trotzdem belegt klingen würde.

„Velbendamstraat, Nummer dreißig. Ich heiße Rijke Leeward."

Der junge Matrose lächelte. „Ich werde es Ihnen zurückbringen. Danke." Dann folgte er mit eiligen Schritten den anderen Männern aus dem Salon.

„Rijke!" Katarinas Mutter war der kurze Wortwechsel nicht entgangen. „Kennst du diesen Mann?" Ihr Ton war scharf und wachsam.

„Nein, Mevrouw, ich war nur zufällig am Hafen, als man die Männer neulich von ihrem Schiff rettete."

„Als der Rest der Mannschaft meuterte? Kinder, wo treibt ihr euch nachmittags bloß immer herum?"

„Ich war nicht dabei." Katarina hob gleich abwehrend die Hände.

„Nun ja, die Chinesen sind ja nun längst wieder weg, man hat sie mit einem anderen Schiff fortgeschickt", sagte Mevrouw Grevenbeck nun wieder im lockeren Plauderton, mehr an die anderen Frauen als an Rijke gerichtet. „Die Deutschen haben wieder Ruhe an Bord." Offenbar hatte sie den Fauxpas ihres jungen Gasts vergessen. „Man hat ihnen angeboten, an Land Quartier zu beziehen. Aber der Kapitän möchte das Schiff nicht verlassen. Sind schon sehr korrekte Leute, diese Deutschen. Immer pflichtbewusst."

Rijke sah dem blonden Matrosen nach. Ob er sein Versprechen wahr machen würde?

20. Kapitel

„Ich habe ihn dann einige Tage später kennengelernt, als er plötzlich vor der Tür des Stadthauses stand." Grandma Makebo sah versonnen auf einen der blühenden Büsche. „Er war wirklich ein netter Mann, ich konnte die junge Mevrouw Rijke schon verstehen. Aber für mich, als schwarzes Mädchen, wäre so jemand unerreichbar gewesen. Heute interessiert das ja keinen mehr, aber damals, da hatte man unter seinesgleichen zu bleiben."

Anna brannte darauf zu erfahren, wie die Geschichte weiterging. „Er hat das Taschentuch also wirklich zurückgebracht?"

„Ja, das hat er. Doch zunächst musste er an Jualina vorbeikommen." Grandma Makebo lachte. „Der jungen Mevrouw war es ganz schön unangenehm, dass ihre Haushälterin den jungen Mann zunächst einer peinlichen Befragung unterzog und ihn dann anwies, gebührend Abstand zu halten. Oh, was hat sie auf Jualina geschimpft!"

„Das kann ich mir nur allzu gut vorstellen. Meine Tochter wäre auch nicht begeistert, wenn ich einen ihrer Verehrer ins Kreuzverhör nehmen würde."

Der junge Mann war aber gut erzogen. Er stellte sich Jualina sehr förmlich vor, wahrscheinlich brachte ihm das schon ein paar Pluspunkte bei ihr, denn sie mochte es, wenn man sie respektvoll behandelte. Er sagte, sein Name sei Walter Nelis, er käme vom Schiff Goslar, dessen Heimathafen Bremen war. Eine missliche Situation hätte ihn in Paramaribo stranden lassen. Dann erkundigte er sich höflich, ob es wohl möglich wäre, die junge Misses Leeward zu sehen, um sich für ihre Hilfe zu bedanken.

Nelis! Grundgütiger. Anna schnappte nach Luft. Walter war ihr Großvater gewesen. Und er hatte ihre Großmutter hier in Surinam kennengelernt.

„Geht es Ihnen gut? Sie sind plötzlich so blass." Die alte Dame schaute Anna besorgt an.

„Alles okay, es ist bloß etwas schwül heute."

„Ja, es wird wohl noch Regen geben." Grandma Makebo sah prüfend in den noch wolkenlosen Himmel. „Ich muss jetzt rüber zum Haupthaus. Mein Sohn wollte mich sprechen. Wahrscheinlich braucht er wieder Hilfe in der Küche."

Anna schluckte ihre Enttäuschung herunter. „Ja, ich sollte wohl auch mal nach meiner Tochter sehen. Heute finden keine Ausflüge statt, da wollte sie den Tag am Pool verbringen."

Grandma Makebo erhob sich. „Na dann kommen Sie mal mit."

Anna brauchte nicht lange nach Jasmin Ausschau zu halten. Schon von Weitem entdeckte sie ihre Tochter in einer Gruppe junger Leute, die sich inzwischen mit kalten Getränken auf die Sonnenliegen am Pool zurückgezogen hatten. Anna fühlte sich einen kurzen Augenblick allein. Sie wollte aber nicht die überfürsorgliche Mutter spielen und ging an der Poolanlage vorbei zum Plantagenhaus. Hier trennten sich ihre und Makebos Wege. Grandma marschierte mit für ihr Alter bemerkenswert strammen Schritten zum Seiteneingang, Anna betrat über die hintere Veranda das Foyer, wo man es unter den Ventilatoren gut aushalten und gleichzeitig das Geschehen rund ums Haus im Blick behalten konnte. Anna bezog Stellung in einer der Sitzecken in der Nähe der Rezeption und hoffte insgeheim, dass Tim sich blicken lassen würde. Sie empfand seit dem gestrigen Abend sehr viel mehr und auch sehr viel tiefer für ihn – sie hatte das Gefühl, einen echten Freund gefunden zu haben. In all den Jahren ihrer Ehe hatte Rüdiger sich nicht ein einziges Mal so ernsthaft nach ihrem Befinden erkundigt wie Tim gestern am Pool. Dass seine einfühlsame Art den charmanten Guide für Anna als Mann noch attraktiver machte, war allerdings eine ganz andere Sache … Wieder spürte sie dieses wunderbare, beängstigende Kribbeln im Bauch.

Doch statt Tim tauchte plötzlich Danja hinter dem hölzernen Empfangstresen auf. „Hallo, wie geht Ihnen?“, begrüßte sie Anna fröhlich.

„Alles gut.“ Anna winkte ihr zu.

„Ich wollte ja so gerne noch mit Ihnen sprechen. Braam hat es Ihnen sicher schon angekündigt. Wenn nachher die neuen Gäste eingecheckt haben, hätte ich Zeit.“

„Gerne, ich freue mich.“

„Prima.“

Danja setzte sich vor den Computer und fing an zu arbeiten. Das Geklapper der Tastatur hatte auf Anna eine beruhigende Wirkung und dämpfte den vagen Anflug von Einsamkeit, der sie verfolgte, seit sie gesehen hatte, wie gut Jasmin ohne sie zurechtkam. Sie musste sich wohl langsam daran gewöhnen, dass ihre Kinder flügge wurden. Klar, bei Dennis war es noch nicht ganz so weit, aber Jasmin … So wie Anna ihre Tochter jetzt gerade hier aufblühen sah, würde es zu Hause in Köln sicher nicht mehr lange dauern, bis sie eigene Wege ging.

Anna seufzte. Sie konnte sich des Gefühls nicht erwehren, einen wichtigen Teil von Jasmins Erwachsenwerden verpasst zu haben. War sie eine schlechte Mutter? Klar, sie war immer da gewesen, immer zur Stelle, wenn es um Fahrdienste oder dergleichen ging. Aber wann war sie ihrer Tochter in der jüngeren Vergangenheit wirklich nahegekommen? Jasmins Reaktion vor zwei Tagen, als das ganze Elend aus Anna herausgebrochen war, hatte etwas in ihr aufgerührt. Ihr war klar geworden, dass sie in den letzten Jahren zu Hause mehr oder weniger aneinander vorbeigelebt hatten. War sie womöglich zu sehr mit sich selbst und ihrem Frust beschäftigt gewesen? Nachdenklich nahm sie eine der Illustrierten vom Beistelltischchen neben der Sitzecke und schlug sie auf, ohne wirklich lesen zu wollen.

Der letzte Moment echter körperlicher Nähe war, als Jasmin vom Fahrrad gefallen war und Anna sie tröstete. Damals war ihre Tochter zwölf Jahre alt gewesen. Sie hatte weinend auf Annas Schoß gesessen und ängstlich auf ihr blutendes Schienbein gestarrt. Was danach kam – Liebeskummer, Mädchenprobleme – war nie wirklich Thema zwischen ihnen gewesen, jedenfalls soweit Anna sich erinnern konnte. Woran lag das? Woher rührte diese Distanz, die ihr erst jetzt bewusst wurde? War das mit Dennis etwa auch so? Hatte sie bei ihm ebenfalls den Zug verpasst, wie man so schön sagte? In ihrer Kehle brannte es. Sie war wohl immer davon ausgegangen, dass Rüdiger als Vater eher der Ansprechpartner für seinen Sohn war. Aber rückblickend musste sie einräumen, dass ihr Mann sich bestimmt nicht intensiver um Dennis gekümmert hatte als sie. Verdammt! Anna legte die Zeitschrift wieder hin und wischte sich mit den Händen über die Augen. Und für diese Erkenntnis, die sie gerade überrollte wie eine Lawine, musste sie Tausende von Kilometern reisen. Sie fühlte sich miserabel.

Vom Fluss her näherten sich Stimmen. Anna konzentrierte sich verbissen auf die Tür, um ihrer Gefühlsduselei Herr zu werden und nicht gleich wieder loszuheulen. Sie erkannte David, der auch sie mit dem Boot hergebrachte hatte und nun eine kleine Gruppe neuer Gäste zum Haus führte.

Danja kam hinter ihrer Rezeption hervor, um die Ankömmlinge zu begrüßen. Es waren Niederländer, und sie schienen nicht zum ersten Mal hier zu sein. Eine der Frauen begrüßte Danja mit einer herzlichen Umarmung, und alle sprachen fröhlich durcheinander. Während Danja bei den Gästen stand, trug David das Gepäck in die Eingangshalle und setzte es hinter der Gruppe ab. Anna dachte noch: Nein, stell die Sachen nicht dahin, aber da war es schon zu spät. Danja machte einen Schritt rückwärts, stieß an einen der Koffer, stolperte, konnte sich nicht mehr abfangen und stürzte. Eine Schrecksekunde lang standen alle wie erstarrt, dann gab Danja einen kläglichen Schmerzenslaut von sich und griff an ihr linkes Knie. Anna sprang auf, und auch David und die Gäste eilten sofort zu Hilfe.

„Oh … das … das tut mir leid.“ David schlug sich eine Hand vor den Mund, während er seiner gefallenen Chefin die andere hinstreckte. Danja krümmte sich aber noch am Boden.

„Mist!“, schimpfte sie leise. „Augenblick noch.“ Sie versuchte, sich aufzusetzen. „Autsch – oh!“ Wieder fasste sie an das Knie.

„Bleib sitzen.“ Anna hockte sich neben sie. „Bleib erst mal ruhig sitzen. David, hol etwas zum Kühlen. Schnell!“

Nachdem sie ein paar Jahre lang zwei lebhafte Kinder versorgt hatte, konnte Anna auch ohne medizinische Kenntnisse die sich rapide ausbreitende Schwellung und den leichten blauen Schimmer rund um Danjas Kniescheibe einordnen. „Bist du draufgefallen, oder hast du dich verdreht?“ Sie tastete das Knie vorsichtig ab. Die Schwellung war weich, das war gut, es schien nichts gebrochen. Danja kullerte eine Träne über die Wange. „Verdreht, ich glaube, es ist etwas kaputtgegangen.“

David kam wieder zurück, gefolgt von Braam und Grandma Makebo.

„Was ist passiert?“ Braam beugte sich zu seiner Frau herunter.

„Ich bin über einen blöden Koffer gestolpert.“

„David, hol Tim, schnell.“

David eilte wieder davon.

„Komm, ich helfe dir auf.“

Zwischen Braam und Anna kam Danja schwankend auf die Beine.

„Die Gäste, oh, es tut mir leid. Sie haben ihre Zimmer noch gar nicht.“ Danja versuchte aufzutreten, zuckte aber vor Schmerz zusammen.

Anna schaute von der verletzten Frau zur Rezeption. „Ist das alles im Computer?“

„Ja … die Schlüssel liegen schon bereit.“

„Ich kümmere mich darum“, erklärte Anna energisch. „Braam, bringen Sie Ihre Frau irgendwohin, wo sie ihr Bein hochlegen kann.“

In diesem Moment kam Tim durch die Eingangstür gestürmt. „Was machst du denn für Sachen?“ Er löste Anna an Danjas Seite ab und stützte sie gemeinsam mit seinem Bruder. „Los, wie gehen nach hinten, das Knie muss ich mir genauer ansehen, das wird ja schon richtig dick.“

Plötzlich stand Anna mit den verdatterten Gästen alleine vor der Rezeption. „So … äh ja … dann wollen wir mal sehen.“ Sie ging zum Computer und versuchte, sich zu konzentrieren. „Familie Nihove, Mijnheer Troven und Mevrouw Koening.“ Sie prüfte die Buchungsdaten. Es war nicht schwer, sie hatte früher mit ähnlichen Programmen gearbeitet und konnte nach ein paar Tagen im Nature Resort zumindest erahnen, was die Abkürzungen hinter den Unterkünften bedeuten sollten.

„Familie Nihove, einmal die Familienlodge, das ist unten am Fluss. David wird Sie hinbringen.“ Anna überreichte dem Mann den Schlüssel. „Mijnheer Troven, ein Zimmer mit Ausblick zum Fluss hier im Haupthaus. Einmal die Treppe hoch und dann den Flur entlang. Das Gepäck bringt David so schnell wie möglich. Mevrouw Koening ... Zimmer Nummer fünf."

Die Frau, die vorhin Danja so überschwänglich begrüßt hatte, stand immer noch etwas verdattert da, erwachte nun aber aus ihrer Trance. „Ich war schon ein paar Mal hier, ich weiß, wo das ist, es tut mir so leid. Meinen Koffer nehme ich jetzt lieber selbst, bevor noch mehr passiert."

„Wird schon nicht so schlimm sein. Ich wünsche Ihnen allen einen schönen Aufenthalt im Zandwijk Nature Resort. Ab morgen finden Sie das jeweilige Tagesprogramm hier im Aushang im Foyer. Und wenn Sie Fragen haben ...", sie hob mit einer um Nachsicht bittenden Geste die Hände, „... wird schon jemand da sein."

In etwas getrübter Stimmung trollten sich die Gäste zu ihren jeweiligen Unterkünften. Anna lief den Flur entlang, in dem eben die Männer mit Danja verschwunden waren.

„Hallo? ..."

„Wir sind hier!", erklang es hinter einer angelehnten Tür.

Anna schob den Kopf durch den Spalt. „Wie sieht es aus?"

„Was ist mit den Gästen?" Danja machte Anstalten, sich von dem Sofa hochzuhieven, auf das man sie gebettet hatte.

„Alles okay. Sie haben ihre Schlüssel und sind erst mal versorgt."

Danjas seufzte erleichtert. „Vielen Dank."

„Danke." Braam nickte Anna freundlich zu.

Tim stemmte die Hände in die Hüften. „Trotzdem, das Knie sieht nicht gut aus, Danja, damit solltest du morgen dringend nach Paramaribo zum Arzt. Wenn da ein Band gerissen ist oder der Meniskus ..."

„Ich kann doch nicht einfach ausfallen …“ Danja sackte mutlos in sich zusammen. „Es kommen noch mehr Gäste in den nächsten Tagen.“

„So kannst du dich nicht an die Rezeption stellen und auch sonst nichts machen.“ Tim hob warnend einen Zeigefinger.

„Aber …“

Anna schob sich nun ganz in den Raum. „Ich könnte doch aushelfen.“

Braam lachte kurz und verzweifelt auf. „Nein, das geht schon mal gar nicht. Sie sind Gast. Schlimm genug, dass Sie Kartoffeln geschält haben.“

Tim warf Anna einen fragenden Blick zu.

„Ich würde das aber wirklich gerne machen. Das Computerprogramm ist mir vertraut, und, wie gesagt, in der Branche kenne ich mich auch ein bisschen aus. Wenn … wenn Tim mir vielleicht die einzelnen Unterkünfte noch einmal erklärt, dann kriege ich die Gäste bestimmt problemlos eingecheckt und untergebracht.“

Braam und Danja schauten zu Tim.

Der zuckte die Achseln. „Warum nicht, wenn Sie das doch so freundlich anbietet.“

„Neben dem Computer liegen die Buchungslisten, im PC ist so weit schon alles vorbereitet. Es müssen nur noch die Bestätigungen eingegeben werden.“ Danja sah Anna hoffnungsvoll an.

„Kein Problem, das schaffe ich schon.“

„Prima.“ Tim deutet auf Danjas Bein. „Und das wird jetzt schön gekühlt bis morgen, und dann fahren wir in die Stadt zur Untersuchung. Vielleicht bist du ja schnell wieder auf den Beinen.“ Er drehte sich zu Anna um. „Kommen Sie mal mit, ich erkläre Ihnen gleich, wo Sie die Gäste ab morgen hinschicken müssen.“

„Tausend Dank!“, rief Danja ihnen noch hinterher, als sie den Raum verließen.

„Das ist wirklich sehr nett von Ihnen, Anna.“ Tim lächelte sie an.

„Ist doch selbstverständlich.“

„Ich befürchte allerdings, dass Danja einige Zeit ausfällt. Ich mochte es ihr eben nicht so direkt sagen, aber sie hat sich das Knie ganz schön verdreht. Ich befürchte, dass das Außenband gerissen ist.“

„Sind Sie etwa auch noch Mediziner?“ Anna zog fragend die Brauen hoch.

Er lachte. „Nein, aber ganz so unfallfrei, wie ich gern behaupte, verlaufen meine Regenwaldtouren dann doch nicht immer.“

Anna funkelte ihn gespielt böse an. „Und das sagen Sie mir jetzt, wo meine Tochter sicher in den nächsten Tagen wieder mit losziehen will.“

„Ich werde besonders gut auf deine Tochter aufpassen, versprochen. Wir sollten uns duzen, jetzt, wo du ja quasi zum Team gehörst.“ Sie waren inzwischen bei der Rezeption angekommen.

„Okay … Tim.“

„Anna.“ Er grinste kurz, wurde dann aber wieder ernst. „Hier, schau, das ist ein Lageplan des ganzen Resorts, da sind auch die Lodges mit den jeweiligen Nummern genau eingezeichnet. Wenn ich mich recht erinnere, reisen diese Woche ungefähr sieben Personen ab, wie viele neu ankommen, musst du dem Computer entnehmen. Schade eigentlich, ich hatte gehofft, dich nach unserer Paramaribo-Tour doch noch für einen Ausflug in den Wald zu gewinnen. Aber jetzt hast du ja was Wichtigeres zu tun.“ Als er ihr den Plan des Resorts reichte, streiften seine Finger ihre Hand.

Die leichte Berührung wirkte auf Anna wie ein schwacher Stromschlag. Unmerklich zuckte sie zusammen, und ein verheißungsvolles Prickeln jagte ihr über den Rücken. „Ich bin ja noch fast zwei Wochen hier, die Chance besteht also weiterhin."

„Ich würde mich auf jeden Fall sehr freuen, wenn du dich *mir* anvertrauen würdest." Er zwinkerte ihr zu.

Anna entging nicht die leichte Doppeldeutigkeit dieses Satzes. „Vielleicht tut mir in ein paar Tagen eine Tour im Wald mit *dir* ja ganz gut", konterte sie. Und wunderte sich selbst über ihren ungewohnten Wagemut – denn ihre Antwort hatte sich ja nun eindeutig zweideutig auch nicht nur auf den Ausflug bezogen.

21. Kapitel

Am nächsten Morgen war Anna als Erste auf den Beinen.

Jasmin sah verwundert zu ihrer Mutter auf. „Was hast du vor?“

„Ich habe dir doch gesagt, dass ich einige Tage an der Rezeption aushelfe.“

„Ich denke, wir sind hier, um Urlaub zu machen und weil … du nachdenken musst, wie es zwischen dir und Papa weitergeht.“

Anna erinnerte sich an den Anfall von schlechtem Gewissen, der sie gestern im Foyer so aus der Bahn geworfen hatte, und setzte sich zu Jasmin aufs Bett. „Weißt du, wie es weitergeht, kann ich nicht allein entscheiden, das hängt auch davon ab, was Papa nun will“, gab sie zu bedenken. „Und bis dahin tut es mir ganz gut, wenn ich mich ein bisschen anderweitig ablenke. Außerdem helfe ich wirklich gern für ein paar Tage aus, in so eine Notsituation.“

„Aus reiner Selbstlosigkeit oder um vor der unausweichlichen Konfrontation noch ein bisschen Zeit zu schinden?“

Unwillkürlich zuckte Anna zusammen. So viel ungeschminkte Offenheit kannte sie nicht im Umgang mit ihrer großen Tochter. Erstaunlicherweise fühlte es sich gar nicht so schlecht an. „Ich weiß es nicht, Jasmin“, gab sie zu. „Ich muss gestehen, dass ich vor der Situation tatsächlich erst mal weggelaufen bin. Es war alles ein bisschen viel.“

„Hm“, machte Jasmin nachdenklich.

Anna strich ihr liebevoll über den Arm. Anders als noch

vor ein paar Tagen, fühlte sie sich jetzt dazu in der Lage, einigermaßen sachlich über die Angelegenheit zu reden, auch wenn der Stachel immer noch tief in ihrem Herzen saß. „Wir werden einfach etwas Zeit brauchen, um mit der Situation klarzukommen, aber das ändert ja nichts an der Sache, dass wir weiterhin eure Eltern sind. Wir werden für euch da sein, egal, wie wir uns arrangieren. Wir werden in Ruhe darüber sprechen, wenn wir alle wieder zu Hause sind. Und bitte … Jasmin … Dennis soll noch nichts davon wissen. Ich möchte gerne selbst mit ihm darüber reden."

„Der denkt sich doch auch seinen Teil. Weiß Oma es denn?"

„Oma weiß, dass Rüdiger und ich Streit haben, ja. Aber ich habe sie gebeten, Dennis mit dem Thema nicht die Ferien zu versauen."

Jasmin seufzte und stand auf. „Manchmal ist es echt doof, erwachsen und vernünftig zu sein." Dann lächelte sie. „Aber es hat natürlich auch Vorteile. Dann geh du mal hinter die Rezeption. Ich verziehe mich an den Pool, der Ausflug heute fällt ja wohl aus, wenn Tim mit seiner Schwägerin zum Arzt fährt." Sie ging ins Bad und zog die Tür hinter sich zu.

Anna schaute ihrer Tochter stirnrunzelnd nach. Vielleicht hatte Jasmin recht. Vielleicht wurde es wirklich langsam Zeit, die Fronten mit Rüdiger zu klären und ihn endlich anzurufen …

Sie freute sich geradezu auf die Ablenkung an der Rezeption – wenn sie sich auf die ungewohnte Arbeit konzentrieren musste, kam sie wenigstens nicht ins Grübeln. Zum Glück war ihr halb vergessenes Niederländisch durch die Gespräche mit Grandma Makebo, Braam und einigen niederländischen Gästen so aufgefrischt worden, dass sie sich schon wieder ganz flüssig unterhalten konnte. Die Sprachbarriere brauchte sie also nicht zu fürchten, und notfalls konnten sie und die Neuankömmlinge immer noch auf Englisch umschalten.

Im Foyer traf sie auf Tim und Danja. Letztere trug einen dicken Verband um ihr Knie, konnte aber schon ohne Hilfe langsam vorwärtshumpeln. „Oh Anna, gut, dass ich Sie noch treffe. Eins der Zimmermädchen soll in der Vier ein neues Fliegennetz über dem Bett anbringen. Und Tim verschiebt seine nächste Tour auf morgen, das müsste noch im Aushang geändert werden."

„Ich kümmere mich gleich darum." Anna lächelte Danja aufmunternd an. Der armen Frau stand die Sorge um ihre liegen bleibende Arbeit deutlich ins Gesicht geschrieben, vermutlich bereitete ihr das mehr Unbehagen als das schmerzende Knie.

„Ach, warum musste mir das auch gerade zum ungünstigsten Zeitpunkt passieren?", jammerte sie.

„Ist doch gut, dass es gerade jetzt passiert ist, wo Anna da ist", widersprach Tim. „Stell dir vor, *ich* hätte deinen Job übernehmen müssen."

„Schreckliche Vorstellung. Alle Gäste wären in Windeseile in irgendwelchen Zelten im Urwald untergekommen." Danja konnte schon wieder ein bisschen lachen.

„So, los jetzt", rief Tim. „Das Boot steht bereit. Anna – du hältst hier die Stellung, und wenn irgendwas sein sollte – Braam versteckt sich in der Küche."

„Ich komme schon klar", beteuerte Anna, und Danja humpelte am Arm ihres Schwagers davon.

Anna ging hinter die Rezeption und machte sich mit allem vertraut. Es war wirklich nicht schwer. Die Schlüssel der freien Zimmer und Lodges hingen geordnet und nummeriert an einem Brett. Das Buchungsheft war ordentlich und tagesaktuell ausgefüllt, mit drei sauberen Spalten für untergebrachte, anreisende und abreisende Gäste. Mit dem Computer kam sie ebenfalls gut klar; sie hatte schließlich viele Jahre lang mit solchen Programmen gearbeitet, außerdem ging es ja vorerst nur darum, Bestätigungen zu übertragen. Sie nahm den Aushang mit dem Tagesprogramm, auf dem schon ein dickes „Verschoben" prangte, von der Pinnwand, rief die alte Vorlage im Textverarbeitungsprogramm auf und änderte das Datum. Zufrieden schaute sie zu, wie der Drucker das Schriftstück ausspuckte, und pinnte die korrigierte Notiz wieder ordentlich fest. Laut Buchungsliste würde heute Vormittag noch ein Gast auschecken, aber auch das würde sie hinkriegen.

Anna setzte sich in den Bürostuhl hinter der Rezeption und wippte damit leicht nach hinten. Gar nicht so schlecht, der Platz, dachte sie. Vielleicht war diese alte Plantage ja doch eine neue Chance für sie. Natürlich würde sie die Breeks nicht vertreiben. Aber vielleicht …? Nein, das war eine verrückte Idee. Aber warum eigentlich nicht? Womöglich konnte sie hier wirklich mit einsteigen. Davon würden alle profitieren. Ja, Anna, schon möglich, kommentierte ihre innere Stimme trocken. *Aber bevor du großartige Pläne schmiedest, solltest du wohl erst mal dein altes Leben in den Griff bekommen, nicht wahr?* Anna seufzte ergeben. Ihre innere Stimme hatte natürlich recht. Einen Schritt nach dem anderen …

„Oh, heute kriege ich wohl keine Hilfe beim Kartoffelschälen?" Grandma Makebo kam gerade aus dem Wirtschaftstrakt und stand nun vor der Rezeption. Wie immer sah sie aus wie das blühende Leben – man hätte ihr allerhöchstens siebzig ihrer gut neunzig Jahre zugetraut.

Anna setzte sich rasch wieder aufrecht hin. „Nein, leider nicht. Heute habe ich einen anderen Job."

„Sie machen sich ganz gut hier." Die alte Dame lächelte ihr ermutigend zu. „Danke, dass Sie meinen Enkeln so nett helfen."

„Keine Ursache."

„Mit tut nur leid, dass ich dadurch heute auf Ihre Gesellschaft verzichten muss." Der Gedanke schien sie wirklich zu betrüben.

„Hier ist momentan nicht sehr viel zu tun", erwiderte Anna. „Vielleicht könnten Sie ja heute einfach mir Gesellschaft leisten." Sie deutete auf die Sitzgruppe im Foyer. „Ich würde nämlich zu gern wissen, wie die Geschichte weiterging."

„Na schön, dann bleibe ich einfach ein bisschen bei Ihnen. Braams Kartoffeln können warten. Aber erwarten Sie nicht zu viel, denn die Liebesgeschichte ging, zumindest aus meiner Sicht, ziemlich langweilig weiter."

„Das kann ich gar nicht glauben. Es fing doch so spannend an mit dem jungen Matrosen." Anna stand auf und folgte der alten Dame zu den Sesseln.

Mit einem Seufzer ließ Grandma Makebo sich in die Polster sinken. „Ja, schon, aber damals lief eine Bekanntschaft nicht wie heute. Wenn ich manchmal so beobachte, wie schnell hier manche Gäste miteinander anbandeln ... Damals dauerte so was Monate, wenn nicht sogar Jahre. Und im Fall der jungen Mevrouw Rijke war es doppelt schwierig, denn der Matrose entsprach weder Jualinas Vorstellungen von einem passenden Verehrer noch denen ihrer Eltern. Und zu allem Überfluss gab es um die Deutschen dann auch noch einige Aufregungen. Kurz, der Boden, auf dem diese zarte Liebe keimte, war alles andere als günstig."

Sie lehnte sich bequem zurück und schaute in die Ferne. „Erst mal knallte es gewaltig ... und zwar im wahrsten Sinne des Wortes."

22. Kapitel

Sieben Monate waren vergangen, seit Walter Rijke das Taschentuch zurückgebracht hatte. Er hatte es gewaschen, geplättet und gestärkt, aber es roch noch immer nach ihm, und jedes Mal, wenn die Sehnsucht Rijke übermannte, nahm sie es heimlich zur Hand und hielt es sich unter die Nase. Wenn sie dann die Augen schloss, hatte sie das Gefühl, er stünde direkt neben ihr.

Walter hatte sich von Jualina nicht abschrecken lassen. Mehrmals hatte er das Stadthaus in der Velbendamstraat besucht. Beim ersten Mal durfte er Rijke das Taschentuch überreichen. Beim zweiten Mal ein kleines Blumenbukett, das inzwischen sorgsam getrocknet und gut versteckt in ihrem Nachtschränkchen ruhte, und beim dritten Mal erlaubte Jualina sogar eine kleine Teestunde, blieb jedoch, wie ein Torwächter im Fort Zeelandia, an der Tür stehen, sodass die beiden jungen Leute sich nur steif und oberflächlich unterhalten konnten. An zwei Tagen im Dezember 1939 und im Januar 1940 – Rijke hatte das jeweilige Datum mit einem dicken Kreuz in ihrem Kalender markiert – spielte der Zufall ihnen in die Hände und sorgte dafür, dass sie beide zu demselben Dinner eingeladen wurden. Zwar konnten sie auch dort nicht frei miteinander sprechen, aber immerhin gab es zwei gehauchte Handküsse zur Begrüßung und die Möglichkeit, sich lange über die Tische hinweg anzusehen.

Derweil hatte die Haushälterin Erkundigungen eingeholt. Wie sich herausstellte, genossen die Deutschen, und mit ihnen Walter, überall einen guten Leumund und waren inzwischen gern gesehene Gäste in den Häusern von Paramaribo. Daher ließ die gestrenge Jualina sich nach mehrmonatigem Drängen endlich erweichen und gestattete Rijke, sich mit Walter zu einem Spaziergang an der Uferpromenade zu treffen, selbstverständlich am hellen Tage. Rijke kam es vor, als hätte sie für diese Gelegenheit einen Berg versetzen müssen.

Natürlich hatte Jualina Makebo mitgeschickt.

„Was hat sie zu dir gesagt?", erkundigte Rijke sich auf dem Weg zum Fluss neugierig.

„Dass ihr genau zwei Stunden Zeit habt und die Uferpromenade nicht verlassen dürft. Falls er dir ungebührlich nahekommt, soll ich mich dazwischenwerfen." Makebo machte eine theatralische Geste. Die Beförderung zur Sittenwächterin gefiel ihr gar nicht.

„Das hat sie nicht so gesagt, oder?"

„Na ja, nicht ganz, aber sie ließ deutlich durchblicken, dass sie mir den Kopf abreißt, wenn ihr irgendetwas Unschickliches zu Ohren kommen sollte. Also benimm dich, Rijke."

Es gab nur noch wenige Momente, in denen die jungen Frauen derart schwesterlich miteinander umgingen. Sie waren nun schon wieder so lange in Paramaribo, und wie in den Vorjahren entfernten ihre Wege in der Stadt sich immer weiter voneinander. Rijke hatte deswegen manchmal ein schlechtes Gewissen. Aber sie wusste, dass Makebo und sie nicht auf ewig so eng zusammenbleiben konnten. Auch Makebo würde eines Tages einen Mann finden und Kinder bekommen. Und wer wusste schon, wo sie selbst dann sein würde. Es war inzwischen Anfang Mai, Rijke war im Januar achtzehn Jahre alt geworden. In vier Wochen würde sie wieder auf die Plantage zu ihren Eltern zurückkehren. In diesem Jahr fiel ihr das doppelt schwer. Zum einen, weil sie Walter in Paramaribo zurücklassen musste, zum anderen, weil sie sich sicher war, dass ihr Vater ihr diesmal einen Heiratskandidaten vorschlagen würde. Sie war wild entschlossen, Nein zu sagen, egal, um wen es sich handelte, was zu Hause gewiss nicht auf Begeisterung stoßen würde.

Die Aussicht auf den bevorstehenden Ärger trübte ihre Stimmung, obwohl sie sich seit Monaten nichts sehnlicher herbeiwünschte, als mit Walter einige Augenblicke allein zu sein. Sie kannte ihn, kannte seine Mimik, seine Augen, seine Bewegungen. Sie wusste, wie er roch, wie er lachte und wie er aussah, wenn er ungehalten war. Doch von seiner Persönlichkeit und seinem Leben wusste sie nichts außer den paar unverfänglichen Dingen, die man sich in Gesellschaft anderer erzählte. Er war dreiundzwanzig Jahre alt, Matrose auf der Goslar, stammte aus Bremen ... und das war es schon. Seine Persönlichkeit, sein eigentliches Wesen hatte sich Rijke bisher nicht erschlossen. Im Grunde hatte sie keine Ahnung, wer und wie er wirklich war. Manchmal bekam sie Kopfschmerzen, weil sie so viel darüber nachgrübelte.

„Du gehst aber gleich schön weit hinter uns", trug sie Makebo noch rasch auf, bevor die Mädchen um die Straßenecke zur Uferpromenade bogen.

„Keine Sorge, ich störe die Mevrouw schon nicht."

Rijke erspähte Walter sofort. Er stand in seinem adretten Matrosenanzug unter einem blühenden Orangenbaum, von dem er, in Ermangelung eines Blumenstraußes, wohl einige Zweige gebrochen hatte, die er nun fest in der Hand hielt. Er sah Rijke nicht sofort, sodass sie einen kurzen Moment Zeit hatte, ihn unbemerkt zu betrachten. Er wirkte nervös, eine Beobachtung, die sofort einen Schwarm Schmetterlinge in ihrem Bauch aufsteigen ließ.

„Wie sehe ich aus?" Sie zupfte fahrig an ihren Locken.

Makebo grinste. „Genauso wie vor fünf Minuten."

Als Walter sie entdeckte, strahlte er über das ganze Gesicht und eilte auf die Mädchen zu. „Miss Leeward, ich freue mich so sehr, dass es uns jetzt endlich einmal vergönnt ist ... Miss Makebo, schön, Sie wiederzusehen."

Makebo machte einen leichten Knicks, und wenn ihr Teint nicht so dunkel gewesen wäre, hätte man gesehen, wie ihr die Röte ins Gesicht schoss.

Man merkte, dass Walter nicht aus diesem Land stammte. Kein Weißer aus Surinam hätte eine schwarze Bedienstete persönlich begrüßt. Makebo fühlte sich geschmeichelt, das wusste Rijke, und sie war froh, dass Walter nun bei ihrem Dienstmädchen einen Stein im Brett hatte.

Sie schlenderten langsam flussabwärts. Makebo blieb, wie befohlen, so weit zurück, dass sie außer Hörweite war. Rijke wollte das Alleinsein mit Walter auskosten, doch ihre Kehle war wie zugeschnürt. Walter schien es nicht anders zu gehen, auch er sagte zunächst nichts, räusperte sich dann aber und brach als Erster das Schweigen.

„Es freut mich wirklich, dass wir die Gelegenheit haben, einmal in Ruhe miteinander zu sprechen. Ich muss gestehen, ich brenne schon seit Wochen darauf." Mittlerweile sprach er recht fließend Niederländisch, er war ja auch schon über ein halbes Jahr in Surinam. Und wenn es hakte, konnte er jederzeit ins Deutsche wechseln, das Rijke dank ihrer Schulbildung ziemlich gut verstand. „Ich weiß ja auch nicht, wie lange ich noch hier bin ... Momentan sieht es zwar so aus, als würden wir noch einige Zeit festsitzen, aber es kann auch eines Tages ganz schnell gehen."

Rijke fand ihre Stimme wieder. „Sie meinen, dass man Sie nach Deutschland zurückruft?"

„Ja, solange Krieg herrscht, will unser Kapitän die Überfahrt allerdings nicht wagen. Und … er will seine Leute auch vor der Front bewahren."

„Müssten Sie denn kämpfen, wenn Sie wieder nach Deutschland kämen?"

Er nickte. „Das wäre zu erwarten."

„Dann bleiben Sie mal lieber hier!"

„Ja, das sagt unser Kapitän auch, und der hat den Krieg 1914 bis 1918 mitgemacht."

Er verlangsamte seinen Schritt etwas. „Es ist ja auch schön hier, immer warm, oft Sonne, gutes Essen und gastfreundliche Menschen."

„Aber Sie vermissen Ihre Heimat schon …" Das war keine Frage, sondern eine Feststellung. Denn obwohl sie ihn nicht besonders gut kannte, spürte Rijke förmlich, was in ihm vorging. Unwillkürlich klopfte ihr Herz schneller, denn das war genau das, was sie sich erhofft hatte: dass sie einander verstehen würden, auch ohne viele Worte. Das lange Warten hatte sich gelohnt.

„Ich vermisse meine Eltern", gestand er. „Ich habe seit unserer Ankunft hier nichts von ihnen gehört. Wir wissen kaum, wie es gerade in Deutschland zugeht." Er zuckte hilflos mit den Schultern. „Natürlich wissen wir, wo die Fronten stehen, aber wie es den Menschen daheim ergeht, das erfahren wir nicht."

„Das ist sicher nicht einfach für Sie." Kaum hatte sie das gesagt, fiel ihr auf, dass sie nicht von sich behaupten konnte, dieselben Gefühle für ihre Familie zu hegen. Sie hatte ebenfalls seit Monaten nichts von ihren Eltern gehört, was ihr aber völlig normal vorkam. Wenn auf der Plantage irgendetwas vorfiel, würde man sie schon informieren.

„Wie ist es denn so in Deutschland?"

Er lachte. „Ganz anders als hier. Wirklich ganz anders."

„Erzählen Sie mir davon. Bitte."

„Na gut, ich versuche es mal. Also, ich komme aus der Nähe von Bremen. Das ist eine Stadt, die an einem Fluss liegt, ähnlich wie Paramaribo am Surinam. Mit dem Schiff kommt man schnell in die Nordsee, aber die ist viel rauer als die Gewässer hier vor Südamerika." Er machte eine wellenartige Bewegung mit den Armen. „Meine Eltern haben einen kleinen Bauernhof; sie besitzen etwas Land, auf dem sie Hafer und Gerste anbauen, fünf Kühe im Stall und ein paar Schweine. Aber selbst die Tiere sehen bei uns anders aus als hier. Die Kühe sind größer, haben helleres Fell und nicht so lange Hörner. Bei uns gibt es ganz andere Jahreszeiten. Bei uns fängt jetzt ungefähr der Sommer an."

„Während hier die große Regenzeit vor der Tür steht", warf Rijke ein.

„Ja, so etwas gibt es bei uns nicht. Es regnet das ganze Jahr über, im Frühjahr und Herbst mehr, und im Winter fällt oft Schnee."

Rijke lachte. „Ja, vom Schnee habe ich schon gelesen, das muss toll sein, ich würde so gerne mal welchen sehen."

„Schnee – oder besser gesagt, der Winter – kann aber auch sehr kalt sein, so kalt, wie es hier nie werden würde. Man muss dann zwei Jacken anziehen und manchmal drei paar Strümpfe. In der Stube brennt der Ofen wochenlang durch, und an den Fensterscheiben bilden sich innen Eisblumen."

„Eisblumen?"

„Ja, das sagt man, wenn das Eis zu feinen Mustern gefriert. Und wenn es richtig kalt ist, friert sogar der Fluss zu, dann kann man darauf laufen."

Rijke sah auf den Surinam hinaus. Sie konnte sich nicht vorstellen, darauf herumzulaufen.

„Im Herbst verlieren unsere Bäume ihre Blätter, aber im Frühjahr kommen dann neue." In seiner Stimme schwang

Wehmut mit. Und aus unerklärlichen Gründen lief Rijke bei diesen Worten ein Schauer über den Rücken.

Die ihnen zugestandene Zeit verging viel zu schnell. Es war nur ein kurzer Spaziergang gewesen, sie hatten viel zu wenig reden können. Doch irgendwann fing Makebo an, sich hinter ihnen auffallend laut zu räuspern. Sie fürchtete Jualinas Zorn, falls sie sich verspäten würden. Und Rijke war klar, dass sie durch Ungehorsam ihre nächste Chance auf ein Treffen mit Walter verspielen würde.

„Ich muss jetzt langsam wieder zurück", sagte sie bedrückt.

„Es war sehr schön, einmal mit Ihnen allein zu sein." Er errötete leicht. „Ich hoffe, wir können das bald einmal wiederholen?"

„Das hoffe ich auch. Bitte tragen Sie diesen Wunsch bei Jualina vor. Ihr Wohlwollen ist die zwingende Voraussetzung. Sonst würde ich Ärger bekommen."

„Warum ist das bloß so kompliziert in diesem Land. Warum können wir uns nicht einfach einmal so … sagen wir: zufällig … treffen?" Er klang fast ein bisschen verzweifelt.

Rijke musste lachen. „Das könnten wir schon. Aber in dieser Stadt kennt jeder jeden, und man würde uns garantiert sehen. Dann lieber mit Erlaubnis und offiziell, ansonsten …"

„Gibt es Ärger?"

„Ja, genau." Und dann, fügte Rijke im Stillen hinzu, würden wir jegliche Chance verspielen, vielleicht doch noch zueinanderzufinden. Natürlich hatte sie selbst auch schon mit dem Gedanken gespielt, sich einfach davonzuschleichen. Doch bei Walter wollte sie kein Risiko eingehen. Ihr Verhältnis musste den hiesigen Gepflogenheiten entsprechen, nur dann könnte sie ihn vielleicht, eines fernen Tages, ihren Eltern vorstellen.

Obwohl ein Matrose für ihren Vater wahrscheinlich genauso inakzeptabel war wie ein Landarbeiter, aber darüber wollte sie jetzt nicht nachdenken.

„Dann muss ich Sie wohl für heute ziehen lassen." Spontan ergriff er Rijkes Hand.

Rijke warf Makebo einen scharfen Blick zu, und die wandte sich sofort ab und entfernte sich ein paar Schritte. Was das Dienstmädchen nicht sah und hörte … konnte sie nicht wissen.

Walter bekam ganz rote Ohren, während er Rijkes Hand hielt. „Glauben Sie mir, Miss Leeward … Rijke … ich würde es nicht sagen, wenn es mir kein dringliches Anliegen wäre. Trotz aller Widrigkeiten, die uns erwarten werden, möchte ich Sie unbedingt wiedersehen. Ich glaube – nein, ich weiß, dass ich noch nie eine Frau getroffen habe, die mich so fühlen lässt … Bitte, Fräulein Rijke, verstehen Sie das nicht falsch, ich möchte nicht aufdringlich sein, aber mit Ihnen … könnte ich mir eine gemeinsame Zukunft vorstellen." Nun drückte er Rijkes Hand so fest, dass es fast wehtat. „Wir müssen uns einfach wiedersehen!"

Zwei Tage lang fühlte sich Rijke wie auf Wolken. Dann erreichte der Krieg Surinam und zerschlug fürs Erste alle Zukunftspläne, soweit sie Walter betrafen.

23. Kapitel

„Ach Himmel, war das eine Aufregung damals. Wohl nichts im Vergleich zu dem, was sich in Europa abspielte, aber für unsere Verhältnisse …“ Grandma Makebo nickte ein paar Mal, um ihre Worte zu bekräftigen. „Und die arme Mevrouw Rijke, ihr kleines Glück zerplatzte erst mal wie eine Schaumblase auf einer Flusswelle.“

„Was genau ist denn passiert? Ich habe das Schiffswrack im Fluss gesehen – haben die Surinamer die Goslar versenkt?“

„Wir? Nein … das waren die Deutschen selbst.“

„Die haben wirklich ihr eigenes Schiff versenkt?“ Anna schüttelte ungläubig den Kopf. Sie konnte es noch immer nicht richtig fassen.

„Ja. Drei Tage lang sahen die Menschen vom Ufer aus zu, wie es tiefer und tiefer im Wasser und im Schlick des Flusses versank.“

Anna schauderte. Der verrostete Bug der Goslar tauchte vor ihrem inneren Auge auf. Als sie daran vorbeigefahren war, hatte sie gespürt, dass dieses Schiff ein Teil der Geschichte werden würde.

David kam in die Eingangshalle, was bedeutete, dass wohl gleich jemand auschecken würde.

„Ich muss Sie jetzt leider verlassen.“ Anna stand widerstrebend auf.

„Schon gut – ich sollte mich auch langsam mal mit den Kartoffeln beschäftigen.“

Während Anna auf den Gast wartete, schwirrten in ihrem Kopf immer mehr unbeantwortete Fragen herum. Warum versenkte man sein eigenes Schiff? Wie groß musste die Not oder die Angst gewesen sein, oder was auch immer die Mannschaft dazu getrieben hatte? *Damit man sie nicht zurückschickt,* hatte Tim neulich auf dem Ausflug gesagt. Zurück nach Deutschland, zurück in den Krieg ... Anna schüttelte den Kopf, um die trüben Gedanken zu vertreiben. Schon bald würde sie die ganze Geschichte kennen. Und spätestens dann musste sie eine Entscheidung treffen, was sie mit ihrer Plantage anfangen wollte. Immerhin ging es um Rijkes Erbe ... Und nicht nur um ihre eigene Zukunft, dachte Anna verzagt, sondern auch um die der Breeks. Sie seufzte. War es klug, dass sie anfing, sich hier wie zu Hause zu fühlen? Machte sie sich etwas vor? Das Leben war schließlich kein ewiger Urlaub, irgendwann würde der Alltag sie auch in Surinam einholen, spätestens dann, wenn sie den Breeks beichtete, warum sie wirklich hier war ...

Die Abreise des Gastes verlief problemlos. Er hatte sich sehr wohlgefühlt und wunderbar erholt. Und trotz ihrer Grübeleien und obwohl Anna offiziell noch nichts mit dem Resort zu tun hatte, erfüllte diese Tatsache sie insgeheim mit Stolz, auch wenn sie selbst gar nichts dazu beigetragen hatte, dies alles hier entstehen zu lassen. Aber immerhin hatte Rijke sich in all den Jahrzehnten nicht von ihrem Besitz getrennt, und Anna würde es auch nicht tun, dessen war sie sich plötzlich sicher. Es war ihr, als ob ein kleines Stück von ihr bereits hier im Regenwald Wurzeln geschlagen hätte.

Am Nachmittag kehrte Tim aus Paramaribo zurück.

Anna fing ihn gleich ab. „Wo ist Danja? Ist es doch schlimmer, als wir dachten?“

„Nein, aber der Arzt will das Ganze noch ein paar Tage lang beobachten, daher ist sie bei meinen Eltern geblieben. Von dort ist der Weg zur Praxis nicht so weit. Ist hier alles in Ordnung?“

„Ja, hat alles gut geklappt.“

Tim sah Anna von der Seite her an. „Wäre es denn für dich okay, Danja ein paar Tage zu vertreten? Ich meine, nur bis sie wieder hier ist. Sitzen kann sie ja.“ Er deutete auf den Stuhl an der Rezeption.

„Klar, kein Problem, hab ich doch schon angeboten.“

„Braam und Danja wollten dich ohnehin noch mal ansprechen. Die beiden möchten ja, wie gesagt, unbedingt unser Angebot noch erweitern und künftig auch auf dem deutschen Markt werben.“

„Da kann ich bestimmt helfen.“

Tim sah sie skeptisch an. „Du hast zu Hause doch sicher genug zu tun. Hals dir das nur auf, wenn du wirklich Zeit übrig hast.“

„Ich mache mir mal ein paar Gedanken, und wenn Danja wieder da ist, spreche ich das Ganze mit ihr durch. Da ist garantiert noch Potenzial.“

„Sofern sich das Ganze hier überhaupt noch lohnt.“

Anna wusste sofort, worauf er anspielte. „Wartet doch erst mal ab, vielleicht wendet das alles sich ja zum Guten.“

In den nächsten beiden Tagen hatte Anna gut zu tun, aber das störte sie nicht, im Gegenteil: Sie hatte sich schon lange nicht mehr so zufrieden gefühlt. Die alte Routine war überraschend schnell wieder da; bald fühlte sie sich, als stünde sie wieder in ihrem früheren Reisebüro und betreute dort die Kunden. Sie spürte, wie sich in ihrem Kopf etwas veränderte. Sie grübelte nicht mehr so viel und fühlte sich seltsam befreit.

„Na – du strahlst ja so?“

Anna schreckte hoch und bemerkte, dass Tim sie beobachtet hatte. Sie spürte, wie sie rot wurde.

„Ja, macht mir auch Spaß, die Arbeit hier.“

„Besser als Urlaub?“ Er lachte.

Anna spreizte kurz entwaffnet die Hände. „Das ist wie Urlaub.“

Er kam näher und stützte sich mit den Ellenbogen auf den Tresen. „Also Anna, wie wäre es denn jetzt, da du so hart arbeiten musst, mit ein bisschen Erholung? Du hattest mir da so was wie eine Waldtour in Aussicht gestellt …“

„Na ja, aber ich kann hier tagsüber schlecht weg, das siehst du doch wohl ein, Tim.“

„Ja, so was habe ich geahnt.“ Er seufzte gespielt betrübt auf. „Und auch schon die passende Lösung parat. Komm heute Abend um neun zum Anlegesteg.“

„Um neun?“

Er stieß sich vom Tresen ab, lachte und schien es plötzlich eilig zu haben. „Ja, um neun – nach Feierabend!“

„Aber … ich …“

„Um neun!“, rief er noch einmal und war weg.

Es fiel Anna schwer, sich für den Rest des Nachmittags auf ihre Arbeit zu konzentrieren. Zu ihrer eigenen Überraschung fand sie es überhaupt nicht beunruhigend, dass Tim irgendetwas ausgeheckt hatte, auf das sie jetzt vermutlich keinen Einfluss mehr hatte. Im Gegenteil, sie empfand eine kribbelige Vorfreude und musste sich beherrschen, um nicht andauernd still vor sich hin zu grinsen. Sie konnte es kaum erwarten.

Um kurz vor neun verließ Anna die Lodge, mit der Ausrede, etwas an der Rezeption vergessen zu haben. Dass sie heimlich nach einem Pullover griff und sich die festen Schuhe schnappte, bemerkte Jasmin hoffentlich nicht. Kurz hatte Anna ein schlechtes Gewissen. Aber ihre Tochter musste vielleicht nicht alles wissen, auch wenn ihr Verhältnis gerade so gut war wie noch nie.

Anna bog vom Hauptweg ab und lief hinab zum Anleger am Fluss. Es war stockfinster, und sie musste aufpassen, um nicht zu stolpern.

Sie hörte Tims Stimme. „Anna – bist du es?"

„Ja!"

Eine kleine Fackel leuchte auf. Tim stand am Anleger.

„Komm hierher."

„Was hast du vor?"

„Komm einfach her ... Ich möchte dich mit auf eine sehr besondere Tour nehmen."

„Wir beide – ganz alleine?" Sie gab der Frage einen etwas scherzhaften Unterton.

„Ja, nur du und ich."

Als sie auf dem Steg angekommen war, fasste er sie bei der Hand. „Vorsicht. Heute nehmen wir ein kleineres Boot."

Kleiner? Der Schatten unter ihnen auf dem Wasser war nicht größer als eine Nussschale. Anna zögerte kurz.

„Keine Angst, komm." Er half ihr, in das wackelige Ding einzusteigen. „Das ist ein Korjal, das hat keinen Motor."

„Keinen Motor ...?" Jetzt zweifelte Anna doch kurz, ob es eine gute Idee gewesen war, herzukommen. Doch bevor sie es sich anders überlegen konnte, saß Tim schon hinter ihr, löschte die Fackel, stieß das winzige Holzboot vom Anleger ab und lenkte es mit einem Paddel über das Wasser.

„Keine Sorge – wir fahren nicht weit."

Auf dem Fluss war es überraschend hell. Der Mond hing groß und tief über dem Wald und leuchtete ihnen den Weg. Es war seltsam still ohne das dröhnende Motorengeräusch. Der Fluss nahm sie sanft mit.

Es war wirklich nur eine kurze Fahrt, Tim steuerte das Korjal schon bald wieder Richtung Ufer. Hier war der Wald lichter als um das Resort herum, wie Anna im Mondlicht erkannte.

„Wir sind schon da." Tim ließ das Boot einfach auflaufen, mit so viel Schwung, dass sie sicher auf festem Boden landeten. Er stieg aus, legte das Paddel weg und half Anna beim Aussteigen.

„Was haben wir hier vor?" Anna folgte ihm, und er ließ ihre Hand nicht los.

„Ich möchte dir etwas zeigen."

„Es ist ziemlich dunkel!" Anna fühlte sich etwas unsicher. Sie hatte keine Ahnung, wo sie waren und ob es nicht doch vielleicht gefährlich war, hier in der Finsternis herumzustreifen.

„Ja, aber für das, was ich dir zeigen will, muss es dunkel sein."

Sie hörte an seiner Stimme, dass er lächelte, und ließ sich einige Minuten schweigend von ihm führen. Er kannte offenbar den Weg und bewegte sich ganz selbstverständlich über das Gelände. Anna spürte, dass sie ihm vertraute, eine ungewohnte Empfindung für sie: tiefes, absolutes Vertrauen. Es hatte in ihrem Leben bisher nur wenige Momente gegeben, in denen sie sich so blind auf andere hatte verlassen müssen.

„Da sind wir." Er blieb abrupt stehen.

Anna trat, immer noch seine Hand haltend, neben ihn. Vor ihnen stand auf einer Lichtung eine größere Holzplattform.

„Wir müssen da hoch, das ist aber nicht schwer, da vorne ist eine stabile Leiter."

Anna nahm ihren ganzen Mut zusammen und kletterte hinter ihm her. Es waren nur wenige Stufen. Die Plattform war mit Blättern weich gepolstert.

„Willkommen im Dschungelkino. Mach's dir bequem." Er setzte sich einfach irgendwo hin.

Anna folgte seinem Beispiel. „Und was tun wir jetzt hier?"

Er blickte zum Mond, der inzwischen noch tiefer stand. „Wir müssen noch einen Moment warten, dann wirst du es gleich selbst sehen."

„Okay." Anna wartete.

Das Schweigen zwischen ihnen war seltsam. Es hatte nichts mit dem Schweigen zu tun, das entsteht, wenn zwei Menschen nebeneinandersitzen und jeder seinen eigenen Gedanken nachhängt. Dieses Schweigen war etwas Gemeinsames, fast Inniges. Es löste in Anna eine leichte Erregung aus.

Als das Mondlicht fast gänzlich verschwunden war, legte sich Tim einfach auf den Rücken. Er klopfte nur neben sich, um Anna zu bedeuten, es ihm gleichzutun.

„Du musst jetzt einen Moment die Augen schließen."

Anna schloss die Augen. Sie hörte nur die Geräusche des Waldes.

„Jetzt kannst du gucken."

Anna öffnete die Augen. Über ihr stand der Sternenhimmel – aber so hatte sie ihn noch nie gesehen. Milliarden von klar leuchtenden Punkten, dazwischen hier und da etwas Nebelartiges, unendlich weit weg, aber doch plötzlich so nah, als wäre sie mittendrin.

„Das ist wunderschön, Tim."

Sie spürte, wie er nach ihrer Hand griff. „Anna, weißt du, ich habe in meinem Leben auch schon so manche Ecke und Kante gehabt, und eins habe ich gelernt: Bevor man Entscheidungen trifft, muss man mit sich selbst im Reinen sein. Ich habe ebenfalls einige Umwege genommen, bis ich herausfand, was das Richtige für mich ist. Ich meine … vielleicht hilft dir dieser Ort ja auch weiter."

Anna verstand, was er meinte. Sie musste aufhören, ständig sämtliche Eventualitäten mit zu bedenken, und stattdessen anfangen, aus dem riesigen Durcheinander herauszufiltern, was gut für sie war. In ihrem Kopf wurde es angesichts des unendlichen Sternenhimmels plötzlich sehr klar. Als würden sich auch dort Nebel lichten und ihre echten Gefühle wie die Sterne über ihr aufblitzen. Ein Stern war die neu erwachte Leidenschaft zu arbeiten. Sie musste wieder arbeiten, egal wie und egal was, aber sie würde nie wieder in ihr Leben als Hausfrau und Mutter zurückkehren. Der zweite Stern war Tim. Noch nicht er direkt, aber die Gefühle, die er in ihr weckte, wenn sie zusammen waren. Diese Vertrautheit und Nähe, die so mühelos zwischen ihnen entstand, obwohl sie einander noch gar nicht wirklich kannten – das waren genau die Empfindungen, die sie in einer Beziehung haben wollte.

Sie wusste nicht mehr, wie lange sie dort lagen. Irgendwann führte Tim sie zurück zum Boot und brachte sie wieder sicher zurück an das Ufer von Zandwijk. Anna fühlte sich wie in Trance.

Bis zum Aufgang zur Lodge hielt er ihre Hand. An der Treppe verharrten sie einen Moment. Anna wollte nicht gehen, wollte ihn nicht loslassen oder gar diese Sterne wieder verlieren.

Tim zog sie an sich heran. Er nahm sie in den Arm. Sie spürte seinen Atem an ihrem Haar.

„Du wirst dich richtig entscheiden, Anna", flüsterte er in ihr Ohr.

Und sie spürte, dass er sich zurückhielt, dass ein leichtes Beben durch seinen Körper ging, als er sich von ihr löste und sie sanft in Richtung Lodge schob. „Schlaf gut, und nun geh."

Nach viertägiger Abwesenheit kehrte Danja, auf zwei Krücken gestützt, aus Paramaribo zurück. Sie schaute sich erfreut an ihrer Rezeption um. „Als wäre ich gar nicht fort gewesen. Vielen, vielen Dank, Vrouw Reuter."

Anna war es fast schon unangenehm, ständig mit Dank überschüttet zu werden. Zumal sie allmählich das schlechte Gewissen drückte, weil sie den Breeks schon so lange etwas vormachte. Andererseits wusste sie nicht so recht, wie sie ihnen erklären sollte, dass sie der unbekannte Erbe war. Vor allem in Bezug auf Tim quälte sie dieser Gedanke inzwischen sehr. Trotzdem konnte sie sich nicht dazu durchringen, es ihm zu sagen. Er würde bestimmt böse auf sie sein, vielleicht enttäuscht, und sie fürchtete, dass er sich sogar von ihr hintergangen fühlen könnte. Dieses kleine fragile Band, das sich gerade zwischen ihnen entwickelte, würde zerspringen wie ein Glashaus, das mit Steinen beworfen wurde. *Bevor man Entscheidungen trifft, muss man mit sich selbst im Reinen sein.* Dieser Satz ging Anna nicht mehr aus dem Kopf. Ja, sie wusste, mehr denn je, was sie sich wünschte, was ihr bislang gefehlt hatte – aber es hatten sich hier in Surinam auch ganz neue Hürden in ihrem Leben aufgetan.

„Keine Ursache, hat Spaß gemacht", erwiderte sie daher etwas verhalten. „Nur die Online-Buchungen habe ich nicht einsehen können." Sie deutet auf den Computer. „Dazu braucht man ein Passwort."

Danja ließ sich mühsam auf ihren Stuhl sinken und lehnte die Krücken an den Tresen. „Dann schaue ich gleich mal nach." Ein paar Klicks später schüttelte Danja den Kopf. „Nicht viele neue Buchungen, aber haben Sie an den Daten im PC etwas verändert oder Ihren eigenen Aufenthalt verlängert?" Sie sah fragend zu Anna auf.

„Ich? Nein! Wie kommen Sie darauf?"

„Hier ist vorgestern eine Last Minute-Buchung auf den Namen Reuter eingegangen."

„Was? Nein, das war ich nicht.“

„Ach ja … Hier steht Rüdiger Reuter.“ Danja tippte auf den Bildschirm vor sich.

„Das kann doch nicht wahr sein …“ Anna wurde plötzlich ganz flau im Magen.

24. Kapitel

„Papa kommt hierher? Echt?“ Jasmin setzte sich ruckartig in ihrem Bett auf und starrte Anna ungläubig an.

„Zumindest hat ein Rüdiger Reuter vorgestern hier ein Zimmer gebucht.“

„Hast du ihm erzählt, wo wir sind?“

„Nein.“

„Woher weiß er es dann?“

Das fragte sich Anna auch schon die ganze Zeit, seit sie an der Rezeption von dieser überraschenden – und komplizierten – Entwicklung erfahren hatte. Plötzlich fiel es ihr ein. „Der Laptop. Ich habe unseren Aufenthalt hier online gebucht.“

„Wann kommt er denn?“

„In seiner Mitteilung ans Resort stand, dass er morgen Nachmittag landet.“

„Darf ich mit David hinfahren und ihn abholen?“

Anna zuckte die Achseln. „Von mir aus.“ Sie nahm ihr Handy vom Nachttisch und schaltete es ein. Keine neuen Nachrichten von Rüdiger. Nur Dennis berichtete über einen Museumsbesuch, den er sterbenslangweilig fand. Anna hatte sich in den letzten Tagen des Öfteren ausgemalt, wie ihr erstes Zusammentreffen mit Rüdiger verlaufen würde und welche Themen dabei auf den Tisch kommen müssten, aber dass er sich höchstpersönlich herbemühte, war in keiner dieser Szenarien vorgekommen. Und es fühlte sich auch falsch an. Warum tat er das? Konnte er nicht akzeptieren, dass sie jetzt Zeit für sich brauchte? Er hat sich doch eine Pause gewünscht, dachte sie grollend. Ihre Gedanken überschlugen sich. Reiste er ihr etwa nach, um sich zu entschuldigen? Um ihr mitzuteilen, dass er die Scheidung wollte, würde er ihr wohl kaum um den halben Globus folgen.

„Ach, scheiße“, rutschte ihr es heraus. Sie warf wütend das Telefon auf ihr Bett.

„Was hast du denn, Mama? Findest du es nicht gut, dass er herkommt? Das ist doch cool. Und vielleicht …“ Die Stimme ihrer Tochter wurde zaghafter. „… vielleicht vertragt ihr euch ja wieder.“

Anna hob abwehrend die Hände. „Ich weiß nicht, wie ich das finde. Jasmin, das ist alles nicht so einfach.“

„Willst du dich von ihm trennen?“ Jasmins Stimme klang plötzlich sehr erwachsen.

Anna musste ein knappes Ja herunterschlucken. „So was … das kann man nicht von jetzt auf gleich entscheiden. Ich brauche Zeit … und deswegen finde ich es auch nicht gut, dass er herkommt.“

Anna widerstand dem Drang, ihre Tochter in die Arme zu nehmen, ihr übers Haar zu streicheln und ihr zu versichern, dass alles wieder gut werden würde. Das hier war kein Kratzer am Knie, und Jasmin war auch keine zwölf mehr, und außerdem wäre es schlicht gelogen.

Jasmin sah geknickt aus. Nachdenklich spielte sie mit ihren Fingern. Dann nickte sie ernst und sah Anna direkt ins Gesicht. „Wenn du ihn nicht mehr liebst, dann …“

Dann lohnt es sich wohl auch nicht mehr, um diese Ehe zu kämpfen …, vollendete Anna den Satz in Gedanken. Es tat weh, es tat so unsäglich weh nach all den Jahren, aber sie musste sich selbst eingestehen, dass die Liebe weg war. Natürlich gab es noch Gefühle, Gewohnheit, gemeinsame Erinnerungen – aber nichts mehr, was eine Beziehung im Inneren zusammenhielt. Anna wusste nicht, wann und wo sie diese Liebe verloren hatten, aber sie war verschwunden, zumindest aus ihrer Sicht. Und ob sie danach suchen wollte … Himmel – warum war es so schwer, eine Antwort auf diese Frage zu finden? Sie seufzte. „Jetzt ist er nun mal unterwegs, und wir müssen … oder vielmehr ich muss sehen, was passiert. Ich kann dir nichts versprechen, Jasmin, aber eins steht fest: Diese ganze Angelegenheit hat wirklich nichts mit dir und deinem Bruder zu tun, und ihr sollt da möglichst auch nicht reingezogen werden. Das ist eine Sache zwischen eurem Vater und mir, und die müssen wir irgendwie klären."

Am nächsten Morgen war Anna noch immer zu keinem klaren Gedanken fähig. In der Nacht hatten wilde Träume sie immer wieder hochschrecken lassen. Sinkende Schiffe, ihre Großmutter, wie sie als alte Frau in Paramaribo am Ufer stand und auf das Wrack der Goslar blickte, Tims Augen, die sie eindringlich ansahen – und Rüdiger, der in jeder Szene wie ein dunkler Schatten auftauchte. Anna spritzte sich mehrere Hände voll kaltem Wasser ins Gesicht, um die Geister der Nacht zu verscheuchen.

Während Jasmin sich auf die Suche nach David machte, um zu fragen, ob sie am Nachmittag mitfahren dürfe, ging Anna zum Haupthaus, wo Danja bereits wieder an der Rezeption saß.

„Guten Morgen. Wie geht es Ihrem Bein?"

Danja lächelte gequält. „Geht so, aber lange sitzen kann ich damit noch nicht."

„Ich kann gerne wieder für ein paar Stunden einspringen."

„Aber wenn Ihr Mann doch heute kommt? Das ist sicher eine schöne Überraschung, oder?"

„Oh ja." Dass sie gern darauf verzichtet hätte, verschwieg sie lieber.

„Also, wenn es Ihnen wirklich nichts ausmacht, Vrouw Reuter, wäre es toll, wenn Sie gegen Mittag ein bisschen übernehmen könnten. Nur bis Ihr Mann ankommt, dann haben Sie ja bestimmt etwas anderes vor."

„Ich komme nachher wieder. Tim hat mir übrigens von Ihrer Idee erzählt, in Deutschland mehr Werbung zu machen. Darüber können wir uns in den nächsten Tagen gerne ausführlicher unterhalten."

Danja lächelte. „Ich sage das ja nicht oft zu Gästen, aber Sie hat wirklich der Himmel geschickt. Es ist so nett von Ihnen, dass Sie uns helfen."

Anna lachte. „Bis heute hatte ich hier ja auch einen sehr angenehmen Aufenthalt."

Danja verstand das als Scherz und lachte ebenfalls. „Dann bis nachher."

Anna nahm sich vom Frühstücksbuffet nur einen Kaffee mit auf die Terrasse. Noch war alles taunass. Unten am Pool bereiteten zwei junge Männer die Sonnenliegen vor. Mit der Tasse in der Hand schlenderte sie über den Palmenweg Richtung Dorf. Dabei fragte sie sich, ob sie hier tatsächlich mehr Zeit im Jahr verbringen könnte als nur einen Urlaub. Immerhin hätte sie die Möglichkeit, wenn sie das wollte. Sofern Braam, Tim und Danja ihr nicht übel nahmen, dass sie sich nicht zu erkennen gegeben hatte. Davor graute ihr mehr als nur ein bisschen. Hoffentlich würden sie ihr wochenlanges Versteckspiel nicht falsch verstehen.

„Gooden Morgen", rief Grandma Makebo aus ihrem kleinen Vorgarten.

„Guten Morgen."

„Hat man heute noch keine Arbeit für Sie gefunden?"

„Doch, aber ich muss heute erst gegen Mittag ran." Anna lächelte verschwörerisch.

„Dann habe ich ja Glück und kann Sie noch etwas mit Beschlag belegen.“ Grandma Makebo winkte sie zu sich.

„Gibt es schon wieder Kartoffeln zu schälen?“

Die alte Dame lachte. „Nein, keine Sorge. Bram war heute gnädig mit seiner alten Grandma.“ Sie grinste spitzbübisch. „Man könnte ja annehmen, dass er mich das nur machen lässt, damit ich das Gefühl habe, gebraucht zu werden.“ Sie zuckte die Achseln und zwinkerte. „Aber die bittere Wahrheit ist, dass seine Küchenleute immer stiften gehen, sobald er mit den Kartoffeln um die Ecke kommt. Ohne mich würde es keine Süßkartoffeln für die Gäste geben – glauben Sie es mir.“ Sie deutete auf die Bank vor ihrer Hütte. „Aber nun setzen Sie sich mal – vor ein paar Tagen mussten wir unsere Sitzung ja unterbrechen, und ich denke mir, dass Sie schon noch wissen wollen, wie es weiterging. Es tut mir ganz gut, diese alten Geschichten noch einmal zu erzählen. Vieles hatte ich schon fast vergessen.“

„Sehr gerne.“

Anna versuchte, den Faden der Erzählung wieder aufzunehmen. „Also, wie war das damals? Warum haben die Deutschen ihr eigenes Schiff versenkt?“

25. Kapitel

Paramaribo, 9. Mai 1940

Mitten in der Nacht wurde Paramaribo von einem dumpfen Knall erschüttern. Es folgte ein kurzer Moment der Stille. Dann erklang die Glocke der Feuerwache.

Rijke wurde, wie alle anderen Einwohner der Stadt, von diesem Spektakel geweckt. Sie tappte zum Fenster, spähte auf die Straße und sah einige Fackeln, die sich eilig in Richtung Hafen bewegten.

Nervöse Unruhe stieg in ihr auf. Sie verließ ihr Zimmer und huschte über die Treppe nach unten in den Flur, von wo sie Geräusche hörte.

„Jualina?“

„Gehen Sie wieder ins Bett, Mevrouw Rijke!“, hallte die energische Stimme der schwarzen Haushälterin durch den Flur.

Rijke dachte gar nicht daran. „Was ist denn passiert?“

Jualina stand neben der Eingangstür und schaute aus dem Fenster. „Es ist wohl irgendwo im Hafen ein Feuer ausgebrochen.“

Rijke schluckte. Walter war im Hafen. Die Besatzung der Goslar nächtigte nach wie vor auf dem Schiff.

Makebo kam nun ebenfalls verschlafen nach unten. „Was ist denn los?“

Rijke drehte sich zu ihr um. „Es brennt am Hafen ... Wir ... ich ... es sollte jemand nachgucken gehen, was passiert ist.“

„Niemand geht irgendwohin!“ Jualina sah die beiden Mädchen streng an. „Das ist viel zu gefährlich.“

Rijke drehte Jualina den Rücken zu, sodass Makebo sie sehen konnte, der Haushälterin aber der stumme Dialog der Freundinnen verborgen blieb. Rijke deutete mit einem Zeigefinger nach hinten auf das Haus, dann nach oben und nickte kurz.

Makebos Augen weiteten sich in stillem Protest, dann aber nickte auch sie.

Draußen auf der Straße war es inzwischen wieder ruhig.

„Dann bin ich mal gespannt, was wir morgen zu hören kriegen. Ich gehe jetzt wieder zu Bett.“ Rijke gähnte einmal laut und undamenhaft.

„Es hat bestimmt nur in einem Lagerhaus gebrannt.“ Jualina wandte sich vom Fenster ab. „Ja, gehen wir alle wieder schlafen.“

Rijke lief zurück in ihr Zimmer. Doch statt sich wieder ins Bett zu legen, zog sie geschwind ihr Nachthemd aus und schlüpfte in ein unauffälliges Straßenkleid. Sie wartete ungeduldig, bis sie sicher sein konnte, das Jualina sich wieder zur Ruhe gelegt hatte, dann schlich sie nach draußen.

Makebo wartete bereits im dunklen Schatten der Hausecke auf sie.

„Bist du sicher, dass du da hi willst? Es ist doch wieder alles ruhig.“ Makebo schien keine besondere Lust zu haben, heimlich durch die Stadt zu streifen.

„Makebo, das war am Hafen. Ich will nur kurz nachsehen …“, *ob auf der Goslar alles ruhig ist* musste sie gar nicht laut aussprechen. Makebo konnte es sich ohnehin zusammenreimen, und Rijke wusste, dass ihr schwarzes Dienstmädchen alles andere als glücklich über die Entwicklungen der letzten Wochen war. Es war nicht bei dem einen Treffen mit Walter geblieben, und jedes Mal musste Rijke sich Jualina gegenüber eine andere Ausrede einfallen lassen. Denn Jualina stand natürlich mit allen anderen Haushälterinnen und Dienstmädchen der Stadt in Kontakt und würde schnell mitkriegen, dass Rijke keineswegs ständig bei denselben Freundinnen zum Tee eingeladen war. Also musste sie immer neue Verabredungen erfinden, und Makebo musste stets mit, um als Wache zu fungieren.

„Wenn Jualina dich erwischt, wird sie es deinem Vater erzählen, und dann gibt es Ärger. Für dich, aber auch für mich und Jualina." Makebo scheute sich nicht, Rijke ihren Unmut wissen zu lassen. Rijke hörte aber auch die unterschwellige Eifersucht in Makebos Stimme.

Rijke war hin- und hergerissen. Sie wollte natürlich niemanden in Schwierigkeiten bringen. Aber sich nur bei offiziellen Anlässen mit Walter zu treffen, zufällig bei irgendwelchen Dinnereinladungen, war ihr mittlerweile zu wenig. Bei diesen Gelegenheiten konnten sie nie frei miteinander reden und mussten stets so tun, als würden sie sich gar nicht kennen. Dabei war das doch längst anders. Ihre Treffen verliefen zwar immer hastig und heimlich, doch hatte Rijke noch nie jemanden – oder besser gesagt: einen jungen Mann – getroffen, mit dem sie sich so gut verstand. Wann immer sie sich sahen, unterhielten sie sich, als wäre ihr letztes Treffen erst wenige Stunden her, obwohl oft viele Tage dazwischenlagen. Walter erzählte ihr von seinem Leben in Deutschland, Rijke von ihrem Leben in Paramaribo und auf der Plantage.

Sie überlegte fieberhaft, wie sie es bewerkstelligen könnte, dass er legitim um mehr Zeit mit ihr bitten könnte, doch ihr wollte einfach nichts einfallen. Es wäre ungehörig und auch unpassend, wenn der junge Matrose ihr offiziell seine Aufwartung machen würde, auch wenn die Deutschen willkommene

Gäste in den Häusern von Paramaribo waren. So musste es vorerst bei ihren heimlichen Treffen bleiben.

„Hey, pass auf." Makebo riss Rijke nicht nur aus ihren Gedanken, sondern auch unsanft von der Straße. Im Schatten einiger Büsche warteten sie, bis eine Gruppe Polizisten an ihnen vorbeigelaufen war.

„Warum sind die denn mitten in der Nacht unterwegs?" Rijke sah ihnen verwundert nach. Die Polizei in Paramaribo ging eigentlich eher repräsentativen Aufgaben nach. Die Stadt war ruhig, für die Gesetzeshüter gab es nur selten etwas zu tun.

Die Mädchen schlichen weiter in Richtung Hafen. Schon von Weitem sahen sie einen Feuerschein auf dem Wasser.

„Da brennt wirklich etwas!" Rijke ging schneller und achtete nicht mehr darauf, ob man sie sah oder nicht.

Es lagen so viele Schiffe vor Anker, dass sie nicht gleich erkennen konnte, welches brannte – aber man sah vom Kai aus viele kleine Boote mit Laternen zwischen Ufer und Feuersbrunst hin- und herfahren. Offenbar war eine größere Rettungsaktion im Gange.

Makebo und Rijke versuchten, so dicht wie möglich an das Geschehen heranzukommen. Sie waren nicht die Einzigen, die das Spektakel aus den Betten getrieben hatte. An der Waterkant hatte sich eine kleinere Gruppe Gaffer versammelt. Rijke schob sich ohne Scheu zwischen die Leute.

„Was ist passiert? Welches Schiff ist das?"

Ein alter, dunkelhäutiger Mann stand neben ihr und sah sie kurz verwundert an. „Was machst du hier, Mädchen? Geh nach Hause."

Rijke ließ sich aber nicht beirren. „Nun sagen Sie schon, welches Schiff ist das?"

Der Mann schaute wieder hinaus auf den Fluss, und der Feuerschein spiegelte sich auf seinem Gesicht wider.

„Das deutsche. Man munkelt, die Mannschaft hätte es selbst in Brand gesetzt."

„Die sind doch nicht verrückt!", entfuhr es Rijke, doch gleichzeitig durchfuhr sie ein eisiger Schauder. Walter sprach freimütig über fast alles mit ihr – einzig die Goslar, der Grund ihres Aufenthalts und die Vorgänge auf dem Schiff waren Themen, die er nach Möglichkeit vermied. Rijke hatte vermutet, dass es ihm einfach unangenehm war, weil er dort nur den Rang eines einfachen Matrosen innehatte. Aber vielleicht gab es ja ganz andere Gründe ... Sie schauderte erneut.

„Makebo, komm, wir müssen da dichter ran."

„Nein, wir sollten da nicht hingehen." Makebo blieb wie angewurzelt stehen. Dort, wo es Rijke hinzog, waren deutlich mehr Lampen und Menschen.

„Dann warte hier." Rijke hatte jetzt keine Zeit für Diskussionen, das ungute Gefühl hatte sich zu einer drängenden Ahnung gesteigert.

Eilig hastete sie zu dem Anleger, auf dem inzwischen auch laute Stimmen zu hören waren. Sie sah etliche Soldaten des Gouverneurs, viele Schaulustige und ... die Besatzung der Goslar, die gerade in den Booten anlandete. Die Atmosphäre war angespannt, und niemand achtete auf das weiße Mädchen, das sich hinter den anderen Menschen reckte, um besser sehen zu können. Rijke versuchte, Walters Gesicht im Boot auszumachen. Im Schein der Laternen war es schwer, die Männer zu unterscheiden. Dann aber entdeckte sie ihn. Er saß zwischen den anderen und machte ein bitterernstes Gesicht. Fast wäre ihr ein Ruf über die Lippen gerutscht, sie konnte sich aber gerade noch zurückhalten.

Als die Männer aus dem kleinen Tenderboot stiegen, atmete Rijke im ersten Moment auf. Niemand schien verletzt. Doch dann stockte ihr der Atem. Die Soldaten näherten sich den Männern, aber nicht hilfreich, wie beim ersten Mal, als die Chinesen meuterten und Rijke Walter das Taschentuch gab, sondern forsch und beinahe drohend. Und die Matrosen trugen allesamt Handschellen. Diesmal waren sie Gefangene, die von den Soldaten sofort in ihre Mitte genommen wurden. Unter ihnen Walter. Rijke sah noch seinen blonden Haarschopf im Gedränge verschwinden, dann war er fort.

Noch ganz starr vor Schreck, kehrte Rijke zu Makebo zurück. „Sie … sie haben sie gefangen genommen. Warum nur?“

„Das erfahren wir sicherlich morgen, aber nun müssen wir zurück. Es … ist sehr unruhig in der Stadt.“ Makebo drängte Rijke hastig zum Gehen.

Ihr Rückweg gestaltete sich ungeahnt schwierig. Inzwischen waren auf fast allen Straßen Polizisten und Soldaten unterwegs. In manchen Häusern brannte Licht, und aus vielen Fenstern drangen empörte Stimmen. Es dauerte eine Weile, bis Rijke begriff, was vor sich ging: Man verhaftete alle Deutschen. Selbst der nette Kaufmann Schmitz, ein langjähriger Nachbar, der nur wenige Häuser entfernt von ihr wohnte, wurde in Handschellen abgeführt.

An Schlaf war nicht mehr zu denken. Rijke schlich sich zwar wieder auf ihr Zimmer, blieb aber bis zum Morgengrauen am Fenster stehen und starrte hinaus. Irgendwann wurde es wieder still auf der Straße. Zu still, als hätte ein schwerer Gewittersturm das Land heimgesucht.

26. Kapitel

Dass der Krieg nun aus dem fernen Europa nach Surinam geschwappt war, daran erinnerte noch einige Tage lang das langsam sinkende Wrack der Goslar. Wie ein Mahnmal erhob sich die Rauchsäule hoch über dem Hafen, und so dunkel wie dieser Rauch, der mit seinem Gestank nach brennendem Öl tagelang die Luft verpestete, war auch die Stimmung, die auf einmal über der Stadt lag. Alle Fröhlichkeit und Wärme schienen wie weggeblasen. Freunde wurden plötzlich zu Feinden.

Rijke verstand das alles nicht recht. Die Niederlande und Deutschland waren so weit weg, und die Deutschen lebten hier doch schon seit vielen Jahrzehnten zusammen mit allen anderen, zum Teil sogar noch länger. Jeder hatte beim deutschen Schuhmacher seine Sohlen reparieren lassen, jeder in Paramaribo kaufte beim Mijnheer Schmitz oder ließ sich beim Schneider Rosemann die Kleider ändern. Plötzlich waren diese Leute einfach fort, ihre Geschäfte geschlossen, und alle vermieden es, sie auch nur mit einem Wort zu erwähnen.

Die Deutschen wären in die Niederlande eingefallen, hieß es in der Zeitung. Rijke hatte immer noch keine richtige Vorstellung davon, was der Krieg auf dem anderen Kontinent eigentlich bedeutete. Die Nachrichten waren spärlich, die Auswirkungen auf die kleine heile Welt von Surinam aber gewaltig.

Rijke scherte sich nicht mehr darum, ob Jualina es guthieß, dass sie sich auf die Suche nach dem Verbleib der Deutschen machte. Sie musste wissen, wohin man Walter gebracht hatte. Makebo folgte ihr widerwillig.

Ihr erster Weg führte zum Fort Zeelandia, wo sich das Gefängnis befand. Sie war nicht die einzige Bittstellerin am Tor. Etliche deutschstämmige Frauen warteten hier auf Nachricht von ihren Männern. Als Rijke dazukam, erntete sie viele bittere Blicke. Sie merkte schnell, dass es keinen Zweck hatte, irgendwelche Fragen zu stellen. Die Wachen standen wie versteinert hinter dem eisernen Gitter und schwiegen. Das Flehen der Frauen, sie mit ihren Männern und Söhnen sprechen zu lassen, rief keinerlei Regung hervor, und es gab auch keine Auskunft darüber, wie lange man die Männer festsetzen würde.

Rijke wusste keinen Rat. Einzig Lina fiel ihr ein, die vielleicht helfen könnte, da ihr Vater, Mijnheer Steven, eng mit der Gouverneursverwaltung zusammenarbeitete.

Also eilte sie noch am selben Nachmittag zu ihrer Freundin. Doch Lina sah sie zunächst nur verständnislos an. „Die Deutschen? Komm, nimm erst mal einen Tee, du siehst ja ganz aufgelöst aus."

„Man hat sie einfach verhaftet und ... ich weiß nicht."

„Nun beruhige dich erst mal."

Doch Linas Gleichgültigkeit vergrößerte Rijkes Unruhe nur noch.

„Ist es wegen dieses Matrosen? Ich habe doch gesehen, wie du ihn vor einigen Wochen angehimmelt hast."

„Ich?" Rijke wurde stocksteif. War es also doch so offensichtlich gewesen?

Lina lachte. „Ja, du – und jetzt kommst du her und interessierst dich so brennend dafür, warum man die Deutschen eingesperrt hat." Sie schüttelte den Kopf. „Du magst diesen Matrosen, hm?"

Rijke spürte, wie sie rot wurde.

„Oh, oh … Rijke.“ Doch jetzt hatte Rijke wenigstens die Aufmerksamkeit von Lina, denn egal, ob es um zu kurze Röcke ging, zu gewagte Frisuren oder eben ungehörige Beziehungen, bei solchen Themen war ihre Freundin immer sofort Feuer und Flamme. Sie hatte es sich ja zur Aufgabe gemacht, an den starren und eingestaubten Regeln der Kolonie zu rütteln.

„Lina, das darf niemand wissen. Außer Makebo … Walter und ich waren immer ganz vorsichtig.“

„Wie? Ihr habt euch heimlich getroffen?“ Lina lehnte sich verschwörerisch vor. „Das ist ja aufregend.“

Rijke zuckte mit den Schultern. „Wichtig ist, was jetzt mit ihm passiert. Also – hast du etwas gehört?“

Lina lehnte sich zurück und überlegte. „Also, mein Vater hat heute Morgen nur gesagt, dass der Befehl, die Deutschen zu verhaften, von ganz oben kam. Mehr weiß ich auch nicht. Die haben sogar den Meister Rosemann mitgenommen, der hatte noch ein Kleid von mir zu ändern.“

„Lina, wenn du etwas hörst, musst du es mich unbedingt wissen lassen. Bitte!“

„Na, ich hoffe, dass ich von meinem Kleid bald etwas höre.“

Rijke warf Lina einen strafenden Blick zu. Ihrer Freundin war der Ernst der Lage wohl immer noch nicht bewusst.

Doch auf Lina war Verlass, und gut eine Woche später klopfte das Hausmädchen der Stevens an der Tür des Stadthauses der Leewards und überbrachte eine Nachricht für Rijke.

Sie verlegen die Deutschen heute Nachmittag fort aus Paramaribo!

„Ich muss noch mal weg. Makebo, komm mit!" Rijke ließ Jualina gar keine Zeit zu protestieren und hastete mit ihrem Dienstmädchen beinahe im Laufschritt quer durch die Stadt. Erst vor wenigen Tagen hatte man das überfüllte Fort geräumt und die deutschen Männer in ein leer stehendes Gebäude am Stadtrand gebracht, wovon Rijke aber erst gar nichts mitbekommen hatte. Entsprechend schockiert hatte sie vor dem leeren Gefängnis gestanden und erst nach einigem Herumfragen herausgefunden, wo man die Gefangenen nun festhielt. Doch auch vor der neuen Unterkunft wurden die deutschen Frauen von Soldaten auf Abstand gehalten, und es war Rijke nicht gelungen, Walter ausfindig zu machen.

Sie hoffte, dass sie diesmal nicht wieder zu spät kommen würde. Und tatsächlich, gerade als sie ihr Ziel atemlos erreichte, wurden die Männer herausgebracht – in Zweierreihen, aneinandergekettet wie Schwerverbrecher. Polizisten drängten die Frauen zurück. Ein Kind schaffte es, ihnen zu entwischen, es rannte zu einem Mann und klammerte sich an dessen Bein. Ein Soldat zog den kleinen Jungen weg und herrschte ihn an, wieder zu seiner Mutter zu gehen.

„Wo bringen sie sie jetzt hin?", fragte Rijke. Die deutschen Frauen schienen sich über ihre Anwesenheit inzwischen nicht mehr zu wundern.

Die Frau des Kaufmannes Schmitz stand völlig aufgelöst neben ihr. „Ich weiß es nicht genau. Angeblich in ein Lager draußen bei Lelydorp", sagte sie. „Warum lassen sie sie nicht einfach gehen? Sie haben doch nichts getan."

Rijke entdeckte endlich Walter unter den Männern. Sie versuchte, näher an ihn heranzukommen. „Walter – wie geht es dir?", rief sie an den Soldaten vorbei.

„Keine Gespräche!", befahl einer der Bewacher in scharfem Ton.

Walter sah sie an, und seine Augen leuchteten kurz auf, als er sie erkannte. Doch in seinen Augen las Rijke auch Angst und Unruhe. Wie um ihr zu versichern, dass alles gut war, hob Walter kurz die Hand. Dann war er fort.

Verzweifelt schaute Rijke zu, wie die Soldaten Walter wegbrachten. Bislang hatte sie zumindest etwas Trost in dem Gedanken gefunden, dass er in ihrer Nähe war, dass nur dicke Mauern sie von ihm trennten. Doch Lelydorp lag gut zwanzig Kilometer außerhalb von Paramaribo. Dort konnte Rijke nicht so einfach hinlaufen. Für einen solchen Ausflug brauchte ein junges Mädchen gute offizielle Gründe. Die sie nicht hatte. Schon jetzt merkte sie, das Jualina ihr immer öfter argwöhnische Blicke zuwarf, und es war nur eine Frage der Zeit, bis durchsickerte, dass sie so oft Kontakt zu den deutschen Gefangenen suchte. Wenn doch dieser verdammte Krieg nur bald vorbei wäre … Rijke wischte sich mit dem Handrücken über ihre brennenden Augen. Dann atmete sie tief durch und straffte die Schultern. Sie wusste nur eins ganz sicher: Auch wenn die ganze Welt sich gegen sie verschworen zu haben schien – sie würde Walter niemals aufgeben.

27. Kapitel

Grandma Makebo faltete einen Augenblick nachdenklich die Hände im Schoß. „Später wurde der Verhaftungsbefehl für die Deutschen auch auf die Frauen und Kinder ausgeweitet. Sie kamen alle in das eigens errichtete Lager da unten bei Lelydorp am Copieweg. Das war schlimm, denn die Leute wussten nicht einmal so recht, wofür sie eingesperrt wurden. Deutschland war doch so weit weg, und die meisten von ihnen hatten es noch nie mit eigenen Augen gesehen."

Anna schwieg. Sie hatte nicht geahnt, dass der Krieg damals bis hierher seine Kreise gezogen hatte.

Plötzlich fiel ihr siedend heiß ein, dass sie Danja versprochen hatte, sie mittags an der Rezeption abzulösen. Es wurde höchste Zeit, so schwer es ihr auch fiel, sich aus der Vergangenheit zu lösen, aber sie sah von Weitem, wie die ersten Gäste zum Lunch gingen.

Danja erwartete sie bereits. „Ich denke, es wird nicht viel los sein, bis auf die eine Anreise nachher." Sie grinste, verzog beim Aufstehen aber kurz vor Schmerz das Gesicht. „Dieses verdammte Knie, warum musste mir das ausgerechnet jetzt passieren?"

„Legen Sie das Bein hoch und schonen Sie sich. Ich bin ja noch ein paar Tage hier." Anna nahm wie selbstverständlich hinter dem Empfangstresen Platz. „Haben Sie eigentlich so etwas wie ein Marketing-Portfolio oder irgendwelche Unterlagen über Ihre bisherigen Werbemaßnahmen?"

„Ja – dort im Schrank ist eine Mappe, da steht alles drin. Auf welchen Onlineplattformen wir vertreten sind, welche Reisebüros unsere Unterlagen haben und so weiter. Schauen Sie sich das gerne an.“

„Mach ich. Und jetzt hopp, weg mit Ihnen. Ich übernehme hier.“ Anna holte sich die Mappe und schlug sie auf.

Wenig später hatte sie einen ganz guten Überblick, was das Resort bisher an Werbemöglichkeiten genutzt hatte. Da gab es wirklich noch große Lücken, gerade im Naturerlebnis-Bereich und auch beim Individualurlaub. Anna machte sich fleißig Notizen. Wenn sie schon nicht hierbleiben konnte, wäre es doch bestimmt möglich, sich von zu Hause aus einzubringen. Eine deutsche Website gestalten, Flyer und Prospekte entwerfen, und am besten stellte sie sich auch gleich als deutschsprachigen Kontakt zur Verfügung. Außerdem könnte sie die Flugbuchungen für die Gäste übernehmen, denn nicht jeder fand sich in dem riesigen Angebot gut zurecht. Und wenn sie dann vielleicht zwei, drei Mal im Jahr selbst hierherkam … Trotz allem sollte sie die Breeks darum bitten, einmal die Bücher des Resorts einsehen zu dürfen. Braam und Tim machten zwar einen anständigen Eindruck, aber sie musste wissen, ob sich das ganze Unternehmen auch finanziell lohnte. Wahrscheinlich waren die Unterhaltungskosten und Steuern in Surinam so gering, dass es sich durchaus auszahlen konnte … In Annas Kopf ratterte es. Es machte ihr Spaß, sich wieder mit solchen Dingen zu beschäftigen.

„Anna?“

„Hey Mama, wir sind da.“

Anna schaute vom Computer auf, direkt in Jasmins gerötetes Gesicht.

„Anna, was machst du denn da?“ Rüdiger sah sie verblüfft an.

Er war blass und verschwitzt. Hoffentlich hat er schön gelitten im Flieger und dann in Davids Boot, dachte Anna, tadelte sich dann aber sofort selbst für ihre bösen Wünsche.

„Herr Reuter, herzlich willkommen im Zandwijk Nature Resort. Mein Name ist Anna. Ich hoffe, Sie hatten eine angenehme Anreise. Wir haben für Sie das Zimmer Nummer drei reserviert. David wird Ihren Koffer dorthin bringen."

„Also wirklich, Anna, ich bitte dich ..."

Anna hob die Hand, um ihn zu unterbrechen. „*Ich* bin mit Jasmin hier im Urlaub. *Du* bist uns ungefragt hinterhergereist. Wenn du gerne Zeit mit deiner Tochter verbringen möchtest, dann nur zu. Ich hingegen erbitte mir etwas räumlichen Abstand. Den *du* übrigens vor vierzehn Tagen noch eingefordert hast. Und jetzt stehst du schon wieder hier, nachdem ich gerade mehrere Tausend Kilometer zwischen uns gebracht habe."

„Mensch, Mama, Papa, streitet doch nicht gleich wieder." Jasmin sah ihre Eltern genervt an.

„Wir streiten nicht", versicherte Anna ihrer Tochter. „Und wenn Herr Reuter sich an die Regeln hält, wird es auch keinen Streit geben."

„Anna, ich habe jetzt nicht fast elf Stunden in einem Flieger gesessen, um ..."

„Um was?"

„Um zu streiten. Ich habe mir Sorgen gemacht."

„Sorgen?" Anna musste sich schwer beherrschen, ruhig zu bleiben. Zumal gerade noch andere Gäste die Eingangshalle durchquerten, denen sie keine Show bieten wollte. „Sie werden hier einen sorgenfreien Aufenthalt haben, und jetzt entschuldigen Sie mich bitte, ich habe noch zu tun."

Jasmin schüttelte den Kopf über das Verhalten ihrer Mutter.

„Komm, Papa, ich zeige dir, wo dein Zimmer ist und dann, wo es zum Pool geht." Sie schob Rüdiger an der Rezeption vorbei zur Treppe. Anna grinste in sich hinein.

Zum Dinner steuerte Rüdiger zielstrebig den Tisch von Anna und Jasmin an.

„Darf ich?"

„Setz dich, Papa." Jasmin rollte mit den Augen. „Also – wie hast du uns eigentlich gefunden?"

„Deine Mutter hat über unseren Laptop online gebucht."

„Ist doch ganz cool hier, oder?" Jasmin gab sich wirklich alle Mühe, eine einigermaßen normale Unterhaltung in Gang zu bringen. „Die haben hier ein ziemlich gutes Ausflugsprogramm. Kommst du da mal mit? Mama will immer nicht."

„Mal gucken. Eigentlich wollte ich ja mit deiner Mutter reden ..."

Jetzt ergriff Anna zum ersten Mal das Wort. „Stopp. Nicht hier und nicht jetzt."

„Aber wir müssen uns unterhalten. Über *das hier*!"

Anna wurde hellhörig. Sie kannte Rüdiger lange genug, um zu wissen, dass er mit dieser Bemerkung eben nicht ihren Urlaub gemeint hatte. „Ja, aber jetzt essen wir erst mal." Anna wunderte sich selbst über ihre bestimmte Art, aber es war einfach an der Zeit, dass Rüdiger von ihr ein klares Kontra bekam.

Nach dem Essen stand sie auf.

„Wo willst du hin?" Er sah sie fragend an.

„Hier geht man für gewöhnlich nach dem Dinner noch an die Poolbar, trinkt etwas, redet mit netten Leuten und genießt die Abendstimmung."

Jasmin warf Anna einen schiefen Blick zu.

Nicht, dass Anna die letzten Abende so idyllisch verbracht hätte, aber ... „Kommt jemand mit?"

Jasmin erhob sich, Rüdiger zögerte kurz, schob dann aber ebenfalls seinen Stuhl zurück.

Am Pool hatte sich bereits die vertraute Gästeschar versammelt. Durch ihren Einsatz an der Rezeption kannte Anna die meisten inzwischen persönlich und wurde freundlich begrüßt. Der Barkeeper stellte ihr sofort einen fruchtigen Cocktail hin. Rüdiger machte große Augen. Dass das hier das Standardgetränk war, das jede Frau zur Begrüßung bekam, musste er ja nicht wissen.

Jasmin nahm ebenfalls ihren Drink entgegen, was ihr einen strafenden Blick ihres Vaters einbrachte.

„Mensch, Papa, mach dich mal locker, der ist alkoholfrei, und selbst wenn … Ich bin fast achtzehn und im Urlaub. Schaut mal, da kommt Tim."

Tim steuerte direkt auf sie zu. Erst musterte er Rüdiger mit einem kurzen, abschätzenden Blick, dann streckte er ihm die rechte Hand hin. „Hallo, Sie müssen Annas Mann sein."

„Ja." Rüdiger nahm die angebotene Hand und zuckte gleich darauf zusammen.

Während Tim wohl etwas zu fest zudrückte, wanderte sein Blick zu Anna. „Guten Abend, Anna, wie geht es dir?"

„Gut, danke." Anna nickte und nippte dann rasch an ihrem Getränk, um ihr Grinsen zu verbergen.

„Fein. Rüdiger, Jasmin hat mir erzählt, dass Sie auch ein sportlicher Typ sind. Dann kommen Sie doch morgen bestimmt mit auf meine Tour?" Tim drückte ihm immer noch die Hand.

Rüdigers Blick sprang misstrauisch zwischen Anna und Tim hin und her. „Ja, wenn meine Tochter das meint, dann muss ich wohl."

„Was machen wir denn morgen, Tim?" Jasmin strahlte den Guide erwartungsvoll an.

„Morgen steht eine Klettertour am Fluss auf dem Programm." Er grinste und lockerte langsam seinen Griff um Rüdigers Hand. „Ich sehe dich dann morgen. Anna …" Tim nickte ihr zu und verschwand.

„Na, ihr seid ja schon alle richtig gute Freunde hier", murmelte Rüdiger. Und massierte sich die Finger.

Jasmin fiel ihrem Vater kurz um den Hals. „Das wird bestimmt super."

„Ja, klar, super. In welchem Zimmer wohnt ihr eigentlich?"

Anna lehnte sich lässig zurück. „Wir haben eine Lodge unten am Fluss."

„Ach, eine ganze Lodge gleich."

„Da kommen Jack und Claire, ich geh mal zu ihnen." Jasmin prostete ihren Eltern zu und drehte sich um.

Rüdiger schaute ihr kurz nach, dann fixierte er Anna mit bitterernster Miene. „Warum hast du nichts gesagt?"

„Was – von dem Urlaub? Du hättest uns wohl kaum fliegen lassen."

„Nein – von deinem Erbe."

Anna musste schlucken. „Woher …?"

„Anna, ich bin Anwalt, schon vergessen? Dieser holländische Notar hat mir – als deinem Mann und deinem rechtlichen Vertreter – bereitwillig Auskunft gegeben."

Anna zuckte die Achseln. „Ich fand, dass ich mir selbst erst mal ein Bild machen sollte, bevor …"

„Bevor du dann mit dem Geld, das das Ganze hier bringt, abhauen kannst?" Er lachte höhnisch auf.

„Jetzt, wo du es sagst, hört sich das nach einem ziemlich guten Plan an, Rüdiger. Bist du deswegen hier? Wegen dem vermeintlichen Geld? Hast du Angst, dass ich durchbrennen könnte?"

„Wenn ich so sehe, dass du mit diesem Guide schon per Du bist, muss ich wohl auf alles gefasst sein."

„Bist du etwa eifersüchtig?" Anna hätte fast laut losgelacht.

Rüdiger sagte nichts, aber sein Gesichtsausdruck sprach Bände.

Sie schüttelte fassungslos den Kopf. „Ausgerechnet du. Ich muss schon sagen, das sagt mir gerade der Richtige."

Rüdigers Augen wurden schmal. „Noch sind wir verheiratet, und ich frage dich noch mal: Wann wolltest du mir sagen, dass das Erbe bei Weitem größer ist als das Mäuseloch in diesem holländischen Nest?"

Sein Tonfall sagte ihr alles, was sie wissen musste, und die vage Hoffnung, dass ihre Ehe womöglich doch noch zu retten war, zersplitterte wie Glas auf Granit.

„Vielleicht gar nicht." Anna wollte auf einmal nur noch Abstand zwischen sich und Rüdiger bringen. Dass er den wahren Grund herausgefunden hatte, warum sie hier war, brachte sie ganz durcheinander. Darauf war sie nicht vorbereitet gewesen ... „Ich gehe jetzt ins Bett. Ich wäre dir dankbar, wenn du Jasmin aus der ganzen Sache raushältst. Sie weiß nämlich von nichts und ist, glaube ich, momentan recht glücklich hier." Sie drehte sich um und ließ ihn einfach stehen.

28. Kapitel

Für Anna war es definitiv der Urlaub der schlaflosen Nächte. Noch bevor der Nebel über dem Fluss sich gelichtet hatte, war sie schon wieder auf den Beinen. Sie zog sich leise an und schlich aus der Lodge. In ihr rumorte eine nervöse Unruhe. Zum einen hätte sie die Probleme mit Rüdiger weiß Gott lieber an einem anderen Ort geklärt als hier, aber wo wäre dieser Ort? Ihr fiel keiner ein. Zu Hause wäre es wohl kaum besser gewesen, im Gegenteil, womöglich hätte sie dort eher klein beigegeben. Und hier? War sie hier überhaupt noch sie selbst? Oder war sie inzwischen eine andere Anna? Sie ging nachdenklich zum Fluss hinunter. Etwas abseits der Lodges sah sie Pingi, der zwischen den Wasserpflanzen umhertapste, vermutlich auf der Suche nach einem Frühstück. Keine Frage, in den letzten eineinhalb Wochen hatte sich etwas in ihr verändert. War es nur die Erkenntnis, dass es in Köln nicht so für sie weitergehen konnte wie bisher? Oder mehr – nämlich das unvermittelte, zwingende Gefühl, dass ein Stück von ihr hierher gehörte?

Anna spazierte Richtung Plantagenhaus. Was auch immer die Zukunft bringen mochte, eins war klar: Alles würde anders werden. Doch bevor sie die Angelegenheit mit Rüdiger endgültig klärte, wollte sie wissen, wie es mit Rijkes Leben weitergegangen war. Denn sie spürte, dass das Ende von Rijkes Geschichte womöglich ihre eigene Entscheidung in Bezug auf das Resort Zandwijk beeinflussen könnte. Sie musste einfach wissen, unter welchen Umständen Rijke hier ihre Heimat verloren hatte. Man gab nun mal nicht so einfach alles auf, was man einst geliebt hatte – wie schwer das war, merkte sie ja gerade selbst. Für derlei tief greifende Veränderungen musste erst etwas Großes geschehen. Anna fröstelte plötzlich, trotz der lauen Morgenluft.

Auf jeden Fall blieb ihr nicht mehr viel Zeit. Sie beschleunigte ihre Schritte. Ob sie zu dieser frühen Stunde schon Grandma Makebo antreffen würde?

Um das Plantagenhaus herum war es noch still, nur hier und da huschte schon einer der Angestellten herum, um den Tag vorzubereiten. Am Pool wurden Liegen geradegerückt, Blätter aus dem Wasser gefischt, und zwei junge Frauen trugen stapelweise weiße Tischwäsche in Richtung des Speisesaals. Anna sog diese Stimmung förmlich in sich auf. Sie fühlte sich schon nicht mehr als Gast. Doch die Heimlichkeit lag immer noch wie ein dunkler Schatten auf ihrer Seele. Sie musste bald reinen Tisch machen hier. Mit allem.

Im Dorf war es ruhig. Anna zögerte kurz vor Grandma Makebos Hütte. Aber nun hatte sie schon so viel von der Geschichte gehört … Sie ging zur Tür und klopfte.

„Oh, Mevrouw Reuter – so früh schon unterwegs?“ Die alte Dame empfing sie mit einem amüsierten Lächeln.

„Ja, wissen Sie … gestern mussten wir ja abbrechen, aber …“ Anna war ihr morgendlicher Überfall peinlich. Was machte sie hier nur?

„Kommen Sie rein, möchten Sie einen Kaffee? Meiner kommt allerdings nicht aus dem Automaten.“ Grandma Makebo deutete auf einen Kaffeekocher, der auf dem kleinen Herd im Wohnraum stand und eine kleine Qualmwolke ausstieß.

„Gerne – aber nur, wenn ich wirklich nicht störe.“ Anna trat zögerlich über die Schwelle. Die Hütte war gemütlicher, als Anna geahnt hatte. Auf ihrer Plantagentour mit Sara hatten sie eine andere Hütte besichtigt, die – wie Sara betont hatte – im Originalzustand belassen worden war. Anna fand sich jetzt aber im Wohnraum eines kleinen, einladenden Bungalows wieder, der recht modern eingerichtet war. Zwei Türen führten offenbar in weitere Räume.

„Setzen Sie sich." Die alte Frau hantierte mit dem Kaffeekocher und goss das dampfende Getränk in zwei Tassen. „Braam sagt immer, dass wohl mein Kaffee dazu beiträgt, dass ich noch lebe; er wäre so stark, dass mein Herz gar nicht anders könnte, als weiterzuschlagen."

Anna musste lachen. Dann kam sie ohne weiteres Vorgeplänkel auf den Grund ihres frühen Besuchs.

„Wissen Sie, Grandma Makebo – die Geschichte lässt mir keine Ruhe. Ich würde zu gerne wissen, wie es weiterging."

„Ja, das kann ich verstehen, man liest ein Buch ja auch nicht nur halb." Sie setzte sich Anna gegenüber an den Tisch. „Aber ich warne Sie – zunächst ging es für keinen der Beteiligten schön weiter, leider."

„Was wurde aus Rijke und Walter?"

Die alte Dame starrte nachdenklich in ihre Kaffeetasse. „Die Zeit, als er im Lager war, wurde für alle schwer … und für die junge Mevrouw kam noch hinzu, dass ihr Vater dann ganz andere Pläne mit ihr hatte."

Paramaribo, 1941

Für Rijke schien Zeit ganz neue Dimensionen anzunehmen. Aus Tagen wurden Wochen, aus Wochen Monate, und bald ging das erste Jahr ohne Walter zu Ende. Man hatte für die Deutschen bei Lelydorp ein eigenes Internierungslager errichtet. Kleine Hütten für die Familien, größere Unterkünfte für die alleinstehenden Männer. Alle hofften, es würde nicht zu lange dauern, bis man sie wieder in ihr altes Leben zurücklassen würde. Doch der Gouverneur blieb unerbittlich und befolgte die Anweisungen aus den Niederlanden strikt. Niemand durfte in das Lager hinein. Soldaten versorgten die Bewohner mit allem, was sie brauchten. Manchmal kamen alte Bekannte und Freunde an den Zaun, der das Gelände umgab. Kurze Gespräche waren erlaubt, doch der Weg bis nach Lelydorp war weit. Nach und nach vergaß Paramaribo seine ehemaligen deutschen Bewohner. Ein niederländischer Händler übernahm das Geschäft des Herrn Schmitz, und die Schneiderei führten nun zwei indische Frauen. Rijke hatte Walter natürlich nicht vergessen, doch auch für sie war der Weg zu weit, und sie konnte nur selten eine Ausrede finden, um so lange aus dem Haus zu kommen.

Sie musste weiter jeden Tag die Schule besuchen, und wenn sie nachmittags nicht rechtzeitig zurückkam, wurde Jualina sofort misstrauisch. Nur mit langwieriger Planung und einer wasserdichten Ausrede konnte Rijke hoffen, es bis zu Walter zu schaffen.

Lina sprang ab und zu ein, indem sie Rijke eine offizielle Einladung für einen Tagesausflug zu abgelegenen Siedlungen oder Plantagen schickte, mit dem Vorwand, dass sie auf der langen Fahrt gern Gesellschaft hätte und Rijke ein willkommener Gast wäre.

Aber das gelang nur ein paar Mal, und es war sehr mühselig gewesen, denn die Straße nach Lelydorp wurde nur selten benutzt und war entsprechend schlecht ausgebaut, streckenweise war sie nur zu Fuß zu bewältigen. Als Rijke beim Lager ankam, war sie staubig und verschwitzt gewesen.

Beim ersten Mal war ihr vor Entsetzen schwindelig geworden. Wie eine Herde Ziegen hatte man die Menschen dort einfach auf einem Stück Land eingepfercht. Es hatte eine Weile gedauert, bis Walter zu ihr an den Zaun gekommen war. Sie hatten hastig miteinander geredet. Wie es ihm ginge, wollte sie wissen, und ob er etwas bräuchte. Er hatte verneint. Man würde sich kümmern. So recht mochte Rijke das aber nicht glauben. Walter sah mager aus. Nur seine Augen strahlten, als er durch den Zaun Rijkes Hand nahm. „Wir werden uns bald ohne Zaun wiedersehen; das Wissen, dass Sie auf mich warten, Fräulein Rijke, lässt mich dies alles ertragen. Gewiss wird das hier nicht allzu lange dauern.“ Noch war er zuversichtlich, dass man die Gefangenen bald wieder freilassen würde.

Doch je mehr Zeit verstrich und je länger man die Deutschen dort festhielt, desto mehr schwand die Hoffnung aus Walters Augen. Mehr als die kurzen Gespräche am Zaun und dann wieder wochenlange Sehnsucht, bis es Rijke das nächste Mal gelang, nach Lelydorp zu kommen, blieb den beiden nicht. Zwischendurch schickte sie immer wieder Makebo auf den langen Weg nach Lelydorp, um wenigstens Briefe mit Walter auszutauschen, das machte die lange, schreckliche Trennung zumindest ein kleines bisschen erträglicher.

Rijke hütete Walters Briefe wie einen Schatz. Waren die ersten noch recht förmlich gewesen, öffnete er sich ihr nach und nach immer mehr. Sätze wie „Selbst der schlimmste Sturm auf See hat mich nicht so gequält wie meine Zeit nun hier – verspürte ich doch auf See immer den Wind der Freiheit“ oder „Könnte ich nur mit Dir sein, mit Dir einfach auf einer Wiese sitzen, den Wolken zusehen, und der Blick wäre nicht von einem Zaun versperrt“ sagten ihr, wie sehr er sich dort quälte.

Einmal schrieb er: „Zwei Männer haben versucht auszubrechen. Sie haben sich des Nachts durch den Zaun gegraben und sind sogar bis an einen Fluss gekommen. Ich habe erst überlegt, mich ihnen anzuschließen, doch vielleicht würde dann ein Schuss in meinem Rücken landen, und mir bliebe jede Chance verwehrt, Dich eines Tages wieder in Freiheit zu sehen."

Seine Haltung zu ihrer Heimat wandelte sich. Hatte er Surinam als freier Mann noch sehr genossen und zu schätzen gewusst, wurden seine Briefe mit der Zeit immer verbitterter. Doch an seinen Gefühlen für Rijke änderte sich nichts, die wurden eher noch tiefer, noch inniger, waren sie doch das Einzige, woran er sich festhalten, an das er seine Träume und Hoffnungen knüpfen konnte. Als ihnen eines Tages wieder einmal eine Stunde am Zaun vergönnt war, überraschte er sie mit einem unverblümten Wunsch. „Ich möchte, dass du mit mir gehst, wenn dies hier vorbei ist. Ich hoffe, ich kann dir dann ein Land zeigen, in dem man mit Menschen nicht so umgeht. Dort werden wir beide frei sein."

Der Krieg am anderen Ende der Welt wollte und wollte kein Ende nehmen, und für Rijke braute sich in Surinam derweil noch ein ganz anderes Unheil zusammen. Sie war nun einundzwanzig Jahre alt und somit im heiratsfähigen Alter. Und plötzlich schienen sich ihre bislang so nachlässigen Eltern wieder daran zu erinnern, dass sie eine Tochter hatten.

Sie waren wie Fremde für Rijke. Seit das Unglück mit Rupert die Familie erschüttert hatte, geisterten sie mehr oder weniger substanzlos durch ihr Leben. Ihr Vater, der alles mit harter Hand kontrollierte, sie allenfalls mit einem abwertenden Blick bedachte und ihr nie das Gefühl gab, so etwas wie väterliche Liebe für sie zu empfinden. Und ihre Mutter, die blass und mit abwesender Miene in Rijke nur einen Teil des verlorenen Sohnes zu sehen schien. Die einzige liebevolle Zuwendung, an die Rijke sich erinnern konnte, kam von Makebo und ihrer Mutter. Selbst die strenge Jualina stand ihr näher als ihre leiblichen Eltern.

Als Rijke in diesem Jahr auf die Plantage zurückkehrte, war alles anders als sonst. Eigentlich hatte sie Paramaribo gar nicht verlassen wollen. Von Zandwijk aus würde es ihr wochenlang nicht möglich sein, Walter zu kontaktieren. Die Angst, den Deutschen könnte im Lager irgendetwas Unvorhergesehenes zustoßen, verfolgte Rijke wie eine dunkle Wolke. Die Gefangenen waren unruhig. Es kam immer wieder zu kleinen Aufständen, die die Soldaten des Gouverneurs sofort niederschlugen. Anschließend wurden die Insassen mit Rationierung der Lebensmittel bestraft. Gerade dann war es für Walter dringend notwendig, dass wenigstens Makebo einmal in der Woche den Weg nach Lelydorp auf sich nahm und neben Rijkes Briefen auch ein kleines Paket mit Essen brachte.

Doch ihr Vater teilte Rijke schriftlich und unmissverständlich mit, dass sie nach Ende des Schuljahrs unverzüglich auf die Plantage zurückzukehren habe. Rijke war mehr als nur ein bisschen beunruhigt, denn diese Mühe hatte er sich bislang noch nie gemacht. Jualina war ihrem Herrn treu ergeben und packte Rijkes Sachen sorgsam zusammen. Sie begleitete Rijke und Makebo zum Boot, und es wäre wohl nur über ihre Leiche möglich gewesen, sich um diese Reise zu drücken. Rijke musste sich wohl oder übel noch einmal ihrem Schicksal beugen.

„Das wird das letzte Mal sein, dass ich nach Zandwijk fahre“, schwor sie sich und Makebo, die längst aufgegeben hatte, ihre Freundin davon zu überzeugen, dass die Beziehung zu Walter nicht gut für sie war. Während hinter ihr die Häuser von Paramaribo immer kleiner wurden, ballte sich in Rijkes Bauch eine unendliche Wut zusammen – auf alle und alles, was sich zwischen sie und den jungen deutschen Seemann stellte.

Rijke hatte in Walter etwas gefunden, was ihr noch nie zuvor jemand gegeben hatte. Zum ersten Mal im Leben fühlte sie sich gebraucht und geliebt – und als gleichwertig anerkannt. Walter wollte nicht über sie entscheiden, er wollte *mit* ihr entscheiden und ihr gemeinsames Leben auch gemeinsam planen – eine Vorstellung, die in Surinam so ungeheuerlich war, dass Rijke jedes Mal schauderte, wenn sie an seine Briefe und Worte dachte, die ihr erst so richtig bewusst gemacht hatten, wie sehr in Surinam die Zeit stehen geblieben zu sein schien. Überall sonst auf der Welt schienen die Menschen ihren Gefühlen freier folgen zu dürfen als hier, wo man in sinnlosen Regeln und Vorschriften erstickte.

Ihr Herz hatte keine Sekunde gezögert, als Walter sie bat, mit ihm zu gehen. Ja, sie würde alles aufgeben müssen, was sie einst geliebt hatte. Doch wenn sie es nüchtern betrachtete, dann gab es längst nichts mehr, was sie hier hielt – sie hatte die Liebe zu ihrem Land bereits verloren, weil dieses Land sie daran hinderte, mit Walter zusammen zu sein – dem Mann, den sie liebte.

Sie würde ihren Eltern mitteilen, dass sie fortan nur noch in der Stadt zu leben gedachte. Auf der Plantage wartete weder eine Aufgabe noch eine Zukunft auf sie.

29. Kapitel

Grandma Makebo stand auf und nahm die inzwischen leeren Tassen noch einmal mit zum Herd. Dabei sprach sie leise weiter. „Und dann passierte, was ich insgeheim schon befürchtet hatte. Als wir auf die Plantage zurückkehrten, hatte ihr Vater wohl Wind davon bekommen, dass sie noch Kontakt zu diesem deutschen Matrosen hatte. Na ja, man hat mich ja auch dauernd gesehen, wie ich zu dem Lager ging, und dann immer diese Ausreden der jungen Mevrouw – das alles musste ja eines Tages ans Licht kommen."

„Oh, das hat bestimmt Ärger gegeben."

Die alte Dame wiegte den Kopf leicht hin und her. „Kann man so sagen. Und er hatte das beste Mittel gegen das ungebührliche Verhalten seiner Tochter: Er hat sie verheiratet."

„Er hat was?" Anna fiel aus allen Wolken.

„Ja, er hat sie kurzerhand verheiratet. Sein Auserwählter war Ashton Phiras." Grandma Makebo stellte die frisch gefüllten Kaffeetassen auf den Tisch und setzte sich wieder hin. „Die junge Mevrouw Rijke war so überrascht, dass sie zunächst gar nicht glauben konnte, wie ihr geschah. Ihre Eltern überrumpelten sie regelrecht, indem sie ihr ihren Zukünftigen auf der Plantage einfach vor die Nase setzten. Er war Engländer und besaß eine kleine Bauxit-Miene. Damit konnte man damals ganz gutes Geld verdienen, da die Nachfrage in Europa so gut war. Ashton Phiras war – entschuldigen Sie meine Wortwahl – eine schmierige Kröte. Und er hatte in meinen Augen gar kein Interesse an Rijke, sondern war einfach nur scharf auf die Plantage, des Ansehens wegen. Mienen machten damals gar nichts her, gesellschaftlich betrachtet, aber eine Plantage war ein Statussymbol, so ähnlich wie heute teurer Schmuck oder große Automobile."

„Und Rijke hat diesen Mann wirklich geheiratet?"

„Sie musste."

Anna wurde ganz flau im Magen. „Was passierte damals genau?"

„Mevrouw Rijke war natürlich absolut dagegen, diesen Mann zu heiraten, sie hat sich deswegen fürchterlich mit ihren Eltern gestritten. Ich habe es mitbekommen. Aber damals entschieden hier in Surinam noch die Eltern, was mit ihren Töchtern geschah, im Grunde konnte sie gar nichts machen. Und in diesem Streit warf ihr Vater ihr an den Kopf, dass es ihm lieber gewesen wäre, wenn damals *sie* ertrunken wäre, dann hätte er wenigstens einen starken Sohn behalten und nicht eine widerborstige Tochter." Betrübt schüttelte sie den Kopf und fuhr leise fort: „Rijke blutete an der Lippe, als sie damals nach dieser Auseinandersetzung an mir vorbeistürmte. Danach schloss sie sich tagelang in ihrem Zimmer ein, heulte, tobte – ich hatte richtig Angst um sie." Grandma Makebo senkte betrübt den Blick. „Und ich konnte ihr nicht helfen."

Anna war ganz verstört. Ihre Großmutter war schon einmal verheiratet gewesen? Hier in Surinam? Das brachte die ganze bisherige Geschichte durcheinander.

Surinam 1941

Je näher die Hochzeit rückte, desto fieberhafter überlegte Rijke, wie sie diesem furchtbaren Schicksal entkommen könnte. Doch ihr fiel nichts sein. Flucht wäre sinnlos. Wohin sollte sie flüchten? In Paramaribo würde ihr Vater sie finden.

Walter war noch nicht frei. Und ansonsten gab es in diesem Land keinen Ort, an dem man sich hätte verstecken können, außer in den Tiefen des Regenwaldes. Doch davor schreckte Rijke zurück. Der kühne Plan, ihren Eltern die Stirn zu bieten, zerfiel zu Staub.

Ashton Phiras war ihr vom ersten Augenblick an zutiefst zuwider. Bei ihrer ersten Begegnung hatte er sie angesehen, als wäre sie ein Pferd auf dem Viehmarkt. Er war schon im Haus gewesen, als sie und Makebo auf der Plantage eintrafen, saß bereits mit am Tisch wie der neue Hausherr, und Rijke hatte sich gefühlt wie ein Paket, das einfach weitergereicht wurde.

Ihr Vater hatte nicht lange um den heißen Brei herumgeredet. „Rijke, du bist jetzt einundzwanzig, und da du als Frau die Plantage nicht führen kannst, haben wir beschlossen, dich mit einem passenden Mann zu verheiraten."

Rijke war so überrumpelt von dieser Begrüßung, dass es ihr buchstäblich die Sprache verschlug. Sie konnte ihren Vater nur fassungslos anstarren.

Ihre Mutter, lebhaft wie nie zuvor, hatte ihr den Arm um die Schultern gelegt und sie an den Tisch geführt. „Mijnheer Phiras ist sehr erfreut, dich nun kennenzulernen."

Ashton Phiras bedachte sie mit einem raubtierhaften Lächeln. Er war sicherlich fünfzehn Jahre älter als sie, klein, untersetzt und bekam schon lichtes Haar.

Die Hochzeit sollte schnell vonstattengehen. Ashton Phiras hatte nicht viel Zeit. Rijke nahm das, was um sie herum geschah, wie auf einer Leinwand im Lichtspielhaus wahr. Ein Geistlicher wurde auf die Plantage beordert, die Papiere wurden unterschrieben, und Rijke Leeward wurde in einer kurzen und knappen Zeremonie zu Rijke Phiras. Was dann folgte, war nach der Nacht, in der ihr Bruder starb, die schlimmste ihres Lebens. Sie hatte nur vage Vorstellungen davon gehabt, was es bedeutete, wenn sich ein Mann eine Frau nahm. Ashton Phiras erledigte die Angelegenheit ebenso formell und kurz wie die ganze Eheanbahnung.

Diese Tage auf der Plantage Zandwijk veränderten für Rijke alles. Ihre Eltern und ihr neuer Ehemann zerstörten all ihre Träume. Sie fühlte sich benutzt und schmutzig. So konnte sie auf keinen Fall zurück nach Paramaribo. Wie sollte sie Walter je wieder unter die Augen treten können, in dem Bewusstsein, was ein anderer Mann mit ihr getan hatte und welche Fesseln sie nun trug. Aber einen letzten Brief war sie ihm noch schuldig ...

Anna war fassungslos. Sie konnte sich nicht erklären, wie es ihre Großeltern nach dieser Wendung doch noch zusammen nach Europa geschafft haben konnten. Rijkes Situation erschien ihr aussichtslos. „Und was war mit Walter?"

„Der konnte nichts machen, der saß ja in dem Lager fest. Es war wohl auch besser so, dass er gar nicht mitbekam, was auf Zandwijk vor sich ging. Die Hochzeit wurde schnell arrangiert, bevor Mevrouw Rijke überhaupt wusste, wie ihr geschah. Die jungen Eheleute wohnten auf Zandwijk, das Haus war ja groß genug, und das Arrangement war für Ashton Phiras, der oft unterwegs war, am bequemsten. Denn auf diese Weise hatten entweder er oder der alte Mijnheer Rijke unter ihrer Fuchtel. Ashton Phiras reiste nämlich den größten Teil des Jahres zwischen seinen Mienen und England hin und her. Er kam nur alle paar Monate nach Zandwijk. Während seiner Abwesenheit hielt Rijkes Vater ein Auge auf seine Tochter und verbot ihr strengstens, die Plantage zu verlassen. Nach dem ersten Jahr ihrer Ehe wurde Ashton Phiras dann bei jedem Aufenthalt ungehaltener, dass Rijke nicht endlich in anderen Umständen war."

Makebo seufzte betrübt. „Nun, zwei Mal kam es sogar dazu, doch der Herrgott hat die kleinen Seelen zu sich gerufen, bevor sie das Licht der Welt erblickten. Für Ashton Phiras war das praktisch ein persönlicher Affront. An das Leid der jungen Mevrouw hat keiner gedacht."

„Ach Himmel, die arme Rijke." Anna versuchte, ihren Schock zu verbergen. War es vielleicht diese Erfahrung gewesen, die aus ihrer Großmutter die eher verschlossene, eigenbrötlerische Frau gemacht hatte, als die sie sie kannte?

„Wie ... wie lange war sie denn mit diesem Mann verheiratet?"

„1948 starb er am Sumpffieber. Aber da war Rijke schon fast drei Jahre fort. Ihr Vater starb dann 1949 und ihre Mutter Ende '50, seitdem sind nur noch wir hier."

„Aber Rijke ist nach Europa gegangen, oder hatte ich das falsch verstanden?" Anna versuchte, so unverfänglich wie möglich zu klingen.

„Ja, das hat sie geschafft, aber das war ein steiniger Weg. Es gab nur zwei Menschen außer Walter und Rijke selbst, die wussten, dass die beiden ihre heimliche Liebe nie aufgegeben hatten: Mevrouw Lina und ich. Walter hat sich damals nicht entmutigen lassen und trotz aller Widrigkeiten an eine gemeinsame Zukunft geglaubt. Ich habe über all die Jahre hinweg weiterhin Rijkes Briefe in das Lager getragen und seine Briefe für sie mit zurückgebracht. Für die junge Mevrouw war diese leise Hoffnung, dass seine Liebe nicht erloschen war, wohl auch das Einzige, was sie diese grausame Zeit überstehen ließ. Sie war zwar schlau genug, Ashton Phiras die artige Ehefrau vorzuspielen, aber am Ende war sie nur noch ein Schatten ihrer selbst." Grandma Makebo tupfte sich mit ihrem Jackenärmel über die Augen. „Es war eine dunkle Zeit, eine sehr dunkle. 1945 wurden die deutschen Männer aus dem Lager in ihre

Heimat gebracht. Darunter auch Walter, nach vier Jahren Internierung. Die Frauen und einige ältere Männer hat man sogar noch bis 1947 dort festgehalten und dann erst zurückgeschickt. Keiner von ihnen durfte in Surinam bleiben.

Für Mevrouw Rijke war die Überführung von Walter einerseits eine Katastrophe, andererseits ein Hoffnungsschimmer, denn nun war er immerhin nicht mehr in Surinam eingesperrt, was er wohl ohnehin nur durchgehalten konnte, weil er sie so sehr geliebt hat. Ich habe weiterhin Briefe bis in die Stadt geschmuggelt. Zwar nicht viele, aber zumindest ein paar haben Walter wohl erreicht, und auch mit Lina stand Mevrouw Rijke in Kontakt. Ihr Vater hätte mir wohl die Finger abgehackt, hätte er darum gewusst, aber sie hat so gelitten."

Die Miene der alten Dame hellte sich auf. „Als die Nachricht kam, dass der Krieg vorbei war, da erwachte in Rijke etwas. Mit Lina hatte sie heimlich den Plan geschmiedet, und Lina hat letztendlich auch dafür gesorgt, dass Rijke fliehen konnte. Dass ihr das nach all den qualvollen Jahren noch möglich war, spricht auch dafür, wie groß ihre Liebe zu Walter war und wie viel Kraft sie ihr gegeben hat." Makebo seufzte versonnen.

„Ich kann mich noch gut an den Tag erinnern, an dem ich sie über den Fluss nach Paramaribo gebracht habe. Heimlich in der Nacht. Ashton Phiras war für eine Woche ins Hinterland gereist. Ich hatte etwas Angst vor ihm, denn man hätte mir durchaus nachsagen können, dass ich von ihrem Plan wusste."

Surinam, Paramaribo, Mai 1945

Rijke umklammerte das verwitterte Holz des Bootsanlegers und beobachtete die Sonne, die sich langsam über die Baumwipfel schob. Wäre sie doch schon auf See!

Mitten in der Nacht hatte sie sich heimlich aus dem Plantagenhaus geschlichen. Makebo hatte am Ufer mit dem Einbaum auf sie gewartet.

„Willst du das wirklich tun, Rijke?“

„Ich muss … ich kann nicht anders, ich werde sonst hier sterben“, hatte sie geflüstert, als sie mit ihrer kleinen Reisetasche das schwankende Boot bestieg.

Makebo griff nach dem Paddel und stieß das Boot vom Ufer ab. „Dein Mann wird außer sich sein.“

Das war Rijke bewusst. Doch die Sehnsucht nach Walter war stärker als die Angst vor ihrem Ehemann.

„Ich habe einen Brief für Mutter.“ Sie reichte Makebo einen kleinen Umschlag. „Gib ihr den erst, wenn ich auf dem Schiff bin.“

Makebo nickte und begann zu rudern.

Kurz vor der Morgendämmerung setzte Makebo sie an einem kleinen hölzernen Steg am Stadtrand von Paramaribo ab. Der Mond spendete gerade so viel Licht, das Rijke noch einmal in die dunklen Augen ihrer Freundin schauen konnte.

„Pass auf dich auf! Hier – ich habe etwas für dich. Möge es dich beschützen. Vergiss mich nicht.“ Makebo reichte Rijke eine kleine Schachtel.

Rijke öffnete sie. Darin lag eine grobe Kette, deren Anhänger aus der Hälfte einer Muschelschale bestand. Rijke erinnerte sich noch gut an den Tag, als Makebo diese kleine Muschel am Flussufer gefunden hatte. Damals waren sie beide noch Kinder gewesen … Sie spürte, wie es in ihrer Kehle brannte. Sie wusste, dass Makebo aus jeder Muschelhälfte einen identischen Anhänger gebastelt hatte, als Glückbringer für ihre Töchter, wenn sie mal welche haben sollte, wie es Tradition in ihrer Familie war. Und jetzt schenkte sie einen dieser Anhänger ihr. Rijke schluckte ihre Tränen herunter und holte tief

Luft. Sie würde sich nie im Leben von der kleinen Muschel trennen.

„Ach Makebo. Danke! Ich werde dich niemals vergessen. Pass du auch gut auf dich auf."

Dann verschwand Makebo mit dem Boot in der Dunkelheit.

Rijke ging am Ufer des Surinam entlang, bis sie den Anleger erreichte, wo die kleinen Tenderboote lagen. Mit ihnen setzte man zu den Frachtschiffen über, die wegen ihres Tiefgangs in der Flussmitte ankerten. Allmählich brach die Dämmerung an. Gleich würden die Schiffer kommen, und ihre Reise könnte beginnen.

Atemlos vor Aufregung ließ sie ihren Blick über den Fluss schweifen. Wie eine Insel ragte in der Ferne, eingehüllt von Nebelschwaden, der zerstörte Rumpf der *Goslar* aus dem Wasser. Lebhaft erinnerte sich Rijke an den Tag, als die Besatzung versucht hatte, das deutsche Kriegsschiff zu versenken. Der dumpfe Knall der Explosion war über den Fluss gehallt und hatte sämtliche Vögel aufgescheucht. Sieben Jahre war das her, doch noch jetzt zitterte Rijke bei dem Gedanken daran, was sich damals zugetragen hatte.

Dieses Schiff hatte ihr Walter gebracht und auch wieder entrissen. Warum hatte er nicht in Surinam bleiben können?

Ein kurzer Schwindel zwang sie, innezuhalten und sich mit einer Hand am Geländer des Anlegers abzustützen. In den letzten Tagen hatte sie vor Aufregung kaum gegessen und geschlafen. Sie war am Ende ihrer Kräfte. Doch sie musste durchhalten. In drei bis vier Wochen würde sie in Amsterdam von Bord gehen, um von dort weiter nach Bremen zu reisen. Dort würde sie Walter sicher finden. Sie fühlte es einfach. Ihr Herz klopfte vor Freude bei dem Gedanken, ihn bald wiederzusehen.

Am nächsten Morgen war auf der Plantage die Hölle los. Makebo hörte die Rufe aus dem Haupthaus, die bittere Erinnerungen an jene Nacht weckten, in der Rijkes Bruder in den Fluss gefallen war.

Makebos Hände zitterten, als sie Mevrouw Leeward den Brief ihrer Tochter überreichte. Die Mevrouw öffnete den kleinen Umschlag, las und schlug sich dann entsetzt die Hand vor den Mund.

„Wo hast du den her?“, flüsterte sie.

„Den hat Rijke mir gestern übergeben.“

Mevrouw Leeward ließ das Stück Papier sinken. „Sie hat sich einfach davongemacht … wie kann sie uns so etwas antun?“ Rijkes Mutter sah Makebo scharf an. „Ich will nie wieder ihren Namen hören. Diese Schmach … wie sollen wir das ihrem Mann erklären? Sie …sie ist in den Fluss gegangen, das werden wir allen sagen, hörst du!“

30. Kapitel

„Rijkes Mutter hat Rijkes Ehemann also glauben lassen, dass sich ihre Tochter im Fluss das Leben genommen hat?" Anna schüttelte den Kopf. „Und das hat er ihr abgenommen?"

„Es war wohl einfacher, als die Schmach zu ertragen, dass die eigene Ehefrau mit einem deutschen Matrosen durchgebrannt ist." Grandma Makebo wischte sich noch einmal kurz über die Augen. „Ich habe es ihr jedenfalls von ganzem Herzen gegönnt, auch wenn es für mich sehr traurig war, sie gehen zu lassen. Und was ihren Mann betrifft, nun, der hatte die Plantage, was anderes hat er ohnehin nie gewollt."

„Haben Sie sie je wiedergesehen?"

„Gesehen? Nein. Aber ich habe Briefe bekommen, und die wollte ich Ihnen noch zeigen. Darin finden Sie den Rest der Geschichte." Sie stand auf und ging in einen Nebenraum. Als sie zurückkam, hielt sie ein kleines Bündel vergilbtes Papier in der Hand. „Rijke hat an Mevrouw Lina geschrieben, die hat mir dann immer die Briefe zum Lesen gegeben."

„Und ich darf sie jetzt auch lesen?" Anna nahm den Stapel entgegen.

„Bitte." Die alte Dame nickte Anna aufmunternd zu.

„Ich bringe sie Ihnen so schnell wie möglich wieder." Anna wollte diese letzten Puzzleteile der Geschichte lieber alleine zusammensetzen. Sie stand auf, bedankte sich noch einmal bei Makebo und suchte sich einen schattigen Platz unter einer Palme, abseits der Poolanlage. Andächtig zog sie den ersten Brief aus seinem Umschlag und begann zu lesen.

Bremen, im Januar 1946

Liebe Lina,

ich schaffe es heute das erste Mal, Dir zu schreiben. Ich bin nach fast fünf Monaten Odyssee in Bremen angekommen. Oder besser gesagt, dort, wo es einst diese Stadt gestanden hat. Weißt Du noch, wie wir immer neugierig die Bilder in den Büchern und Zeitschriften angesehen haben, um einen Eindruck zu bekommen, wie es auf dem anderen Kontinent wohl aussieht? Vergiss das alles. Da, wo einst Deutschland war, ist nur noch ein großes graues Loch.

Ich bin mit dem Schiff in Amsterdam angekommen. Die Überfahrt war nicht sehr bequem und ziemlich unruhig. Walter hatte recht, die Nordsee ist ein wildes Gewässer im Vergleich zu unserem Fluss oder unserer Küste. Aber Kapitän Bruxten hat sich gut um mich gekümmert. Ich möchte Dir noch einmal danken, liebe Lina, dass Du diese Überfahrt für mich arrangieren konntest. Ich stehe tief in Deiner Schuld.

In Amsterdam war vom gerade zu Ende gegangenen Krieg zunächst nicht viel zu spüren. Zumindest konnte ich keine offensichtlichen Schäden erkennen. Doch sobald ich in die Stadt kam, merkte ich, wie schlecht es den Menschen hier ergangen sein muss. Überall sah man ausgezehrte Gestalten, die sich vom Hungerwinter noch nicht erholt hatten. Und ich weiß inzwischen, wovon ich rede, denn auch ich musste auf meiner Weiterreise das erste Mal im Leben Hunger leiden.

Kapitän Bruxten hatte mich gewarnt. Als junge Frau alleine auf den Straßen unterwegs zu sein, das sei keine gute Idee. Aber ich war so frohen Mutes, bald Walter wiederzusehen, dass ich mich nicht abschrecken ließ.

Es gestaltete sich äußerst schwierig, überhaupt aus Amsterdam wegzukommen. Davon, dass es in Europa viel mehr Straßen und Schienen geben soll als bei uns, war nicht viel zu merken. Alles war zerstört worden. Die Wagen, die noch fuhren, waren entweder von Soldaten besetzt oder heillos überfüllt – deshalb musste ich viele Kilometer zu Fuß Richtung Deutschland wandern.

Erst weit hinter Amsterdam gelang es mir, ein paar Vorräte zu ergattern. Es gab kaum etwas zu kaufen. Ich konnte bei einigen Lebensmittelausgaben ein paar Stücke Brot bekommen, weil man mich für eine Niederländerin hielt. Angesichts der Not um mich herum, der mageren Kinder und der dünnen Frauen schämte ich mich fast, mich dort anzustellen. Aber ich musste bei Kräften bleiben.

Auf dem Land wurde es etwas besser. Der Frühsommer war nicht sehr heiß. Dafür verwandelten sich die Wege bei Regen schnell in Matsch. Die Niederlande sind flach wie ein Spiegel, und meist weht von irgendwoher ein Wind. Es gibt in der Tat so viele Windmühlen, wie man uns einst in der Schule erzählt hat, aber sie boten ein trauriges Bild: Ausgebrannt und mit zerschossenen Flügeln standen sie wie geschlagene Ritter in der Landschaft.

Je näher ich Deutschland kam, desto schlimmer wurde die Zerstörung. Als hätte eine gewaltige Hand über das Land gewischt und alles zertrümmert. Hier und da gab es noch intakte Bauernhöfe. Kleine wohlhabende Inseln, deren Bewohner sich aber vehement abschotteten. Sie jagten mich fort – vor allem, wenn sie bemerkten, dass ich Niederländerin war.

Ich folgte den ausgebauten Straßen, an deren Seiten oft noch zerstörte Fahrzeuge standen. Hier hatte man auch Menschen bestattet, in großen, hastig zugeschütteten Gräbern; die letzten Pferde hatte man einfach so liegen lassen. Ihre bleichen Knochen hoben sich gespenstisch vom grauen Untergrund ab, aus leeren Augenhöhlen schienen sie mich klagend anzustarren.

In welch heiler Welt lebten wir doch, während der Tod über Europa fegte! Wir haben Dinnerveranstaltungen besucht, sind zur Schule gegangen, hatten Kleidung und Essen. All die Kriegsjahre lang. Und wenn es mich schon so gegraust hat bei dem Anblick des verwüsteten Landes, wie mag es wohl den Heimkehrern ergangen sein? Walter spricht übrigens nie darüber. Dass seine Heimatstadt nahezu dem Erdboden gleichgemacht wurde, hat ihm fast körperlichen Schmerz bereitet. Nach seiner Familie suchen wir immer noch.

Es war nicht einfach, ihn in Bremen aufzuspüren. Hier ist alles viel größer als bei uns, wo ja fast jeder jeden kennt. Nur mit viel Glück gelang es mir. Er hat mich ungläubig angestarrt und dann ganz fest in seine Arme geschlossen. Dieser Moment war alle Strapazen wert. Doch ich hatte ein bisschen Angst, dass er nicht mehr derselbe war. Über seinen Blick, der all die Jahre im Lager bei Lelydorp hell und klar geblieben war, hatte sich ein trüber Schleier gelegt. Der unerschütterliche Optimismus, dass wir es schaffen könnten, uns in Europa ein gemeinsames Leben aufzubauen, mit dem er mich immer durch den Zaun des Lagers hindurch und später in zahllosen Briefen ermutigt hatte, schien verschwunden. Traurig führte er mich durch seine zerstörte Heimat und sagte nur, wir würden wohl noch Jahrzehnte durch Trümmer stolpern. Außerdem plagt ihn das schlechte Gewissen, weil ich seinetwegen meine Heimat und alles, was ich einst liebte, aufgegeben habe. Diesen Verlust kann unsere Liebe in seinen Augen nicht wettmachen. Aber ich werde an seiner Seite bleiben.

Inzwischen haben wir eine kleine Unterkunft gefunden. Nur ein Zimmer, und es hat nicht einmal mehr eine Glasscheibe im Fenster. Walter verdient etwas Geld im Hafen, und ich versuche, unser spärliches Einkommen aufzubessern, indem ich mich um kleine Hilfsarbeiten bemühe.

Dies soll es fürs Erste sein, meine liebe Freundin. Bitte versuche, den Brief an Makebo weiterzugeben, sie soll doch auch erfahren, wie es mir ergeht. Ich denke oft an Euch und trage Euch in meinem Herzen.

Herzliche Grüße
Eure Rijke

Bremen, im September 1948

Liebe Lina,

die Zeit vergeht so schnell. Entschuldige, dass ich mich so lange nicht gemeldet habe. Jetzt bin ich fast drei Jahre in Deutschland.

Ich spreche inzwischen sehr gut deutsch, nur an das Essen mag ich mich nicht gewöhnen. Die Kartoffeln sind hier weiß und mehlig und schmecken nach Wasser. Obst gibt es nur im Sommer, und dann auch nur, was die hiesigen Bäume hergeben. Orangen- oder Mandelbäume gibt es hier natürlich nicht, dafür Äpfel und Birnen. Im Winter isst man Rüben. Die werden ähnlich verarbeitet wie unser Maniok, schmecken aber, wie die Kartoffeln, ziemlich fade. Sie machen Mus daraus oder Suppen. Verzeih, wenn ich nur vom Essen schreibe, aber ich habe immer noch andauernd Hunger. Die Versorgung ist immerhin deutlich besser geworden; es gibt auch schon wieder Geschäfte, in denen man etwas kaufen kann. Meine ersten Ersparnisse musste ich allerdings für warme Kleidung ausgeben. Es wird hier so schrecklich kalt. Als wir in der Schule davon hörten oder als Walter es mir damals erzählte, konnte ich mir eine solche Kälte nicht vorstellen. In Surinam musste man ja nie frieren. Hier werden einem die Finger blau und die Füße taub.

Wir haben inzwischen eine kleine Wohnung mit zwei Zimmern und einer Küche. So große Häuser und Wohnungen, wie wir es aus Surinam gewohnt sind, gibt es hier kaum. Nur die ganz Wohlhabenden leben so. Auch Dienstpersonal hat hier niemand. Makebo würde sich für mich schämen, wenn sie wüsste, wie ich morgens manchmal das Haus verlasse.

Aber auch wenn das Leben noch so schwer ist, es bekommt auch wieder schöne Seiten. Wir haben im vergangenen Sommer einige Ausflüge gemacht. Wir waren am Strand, einem Strand am Meer, nicht am Fluss. Und wir waren einen Tag lang in Hamburg. Die Stadt hat es auch schlimm getroffen im Krieg, aber man baut sie auch sehr schön wieder auf. Wir waren dort in einem Tierpark. Manche Tiere kannte ich sogar von zu Hause, bunte Papageien zum Beispiel. Die sind hier etwas ganz Exotisches. Aber es gab auch Tiere, die ich noch nie gesehen hatte. Besonders beeindruckt haben mich die Elefanten. Die Hamburger mögen sie auch sehr, weil die riesigen Tiere nach dem Krieg sogar beim Wegräumen der Trümmer geholfen haben. Sie sehen wirklich so aus wie die Götter, die die Hindus in Surinam verehren.

Es gibt aber auch traurige Nachrichten. Wir haben leider niemanden von Walters Familie finden können.

Ich hoffe, Du gibst auch diesen Brief an Makebo weiter. Ich vermisse sie sehr. Und ich hoffe, dass es Makebo und ihrer Mutter auf der Plantage gut ergeht.

Mit herzlichsten Grüßen
Eure Rijke

Bremen, im Mai 1950

Liebe Lina,

danke für Deine Nachricht. Ich bin bestürzt über den Tod meiner Mutter, hoffe aber, dass sie nun ihren Frieden gefunden hat und mir vielleicht noch verzeihen konnte. Die Nachricht, dass sie mich nie offiziell hat für tot erklären lassen und somit Zandwijk jetzt in meiner Hand liegt, birgt zumindest die Gewissheit, dem Menschen, der mir in Surinam am meisten bedeutet hat, weiterhin ein Zuhause geben zu können.

Ich hatte nicht damit gerechnet, dass mich dieses Erbe eines Tages noch einholen wird. Die schönen Zeiten dort liegen so weit in der Vergangenheit, dass mein Herz nicht zurückkehren will. Doch Makebos Familie hat dort ein Zuhause, das will ich ihr nicht nehmen.

Liebe Lina, bitte trage Sorge dafür, dass Makebos Familie offiziell die Verwaltung übertragen wird und sie alle dort ein Wohnrecht auf Lebenszeit bekommen. Dies ist auch der letzte Gefallen, um den ich Dich bitten werde.

Viele Grüße
Eure Rijke

Appingedam, im Mai 1950

Liebe Makebo,

nun sind die Jahre der Heimlichkeiten vorbei. Ich weiß gar nicht, wie ich Dir je danken soll. Ich habe Dir wohl mehr Schwierigkeiten und Sorgen im Leben bereitet als jeder andere. Bitte verzeih mir.

Aus der Ferne kann ich nicht viel mehr tun, als Dich immer wieder in meine Gebete einzuschließen und Dir alles erdenklich Gute für Dein Leben zu wünschen. Möge es nicht so steinig und unabwägbar verlaufen wie meines.

Doch trotz aller Fährnisse bin ich auch unendlich froh, dass mein wagemutiger Plan damals aufging und ich meinen Liebsten tatsächlich auf der anderen Seite des Ozeans wiedergefunden habe. Dafür bin ich so dankbar, dass ich ihn keine Minute verlassen würde.

Wir sind vor einigen Monaten umgezogen und leben nun in den Niederlanden. Walter hat hier Arbeit auf einem Schiff gefunden, und wir konnten uns ein kleines Häuschen leisten.

Jetzt, wo Mutter tot und die Plantage in meinen Besitz gelangt ist, kann ich nur versuchen, Dir einen kleinen Dank zu senden.

Mich verbindet nichts mehr mit diesem Ort als die Er-

innerung, und diese hält mich zu sehr gefangen, als dass mir eine Rückkehr denkbar erscheint.

Ich habe Lina gebeten, alles in die Wege zu leiten, damit Du mit Deiner Familie auf Lebzeiten auf der Plantage bleiben kannst. Auch die Bewirtschaftung lege ich ganz in Eure Hände. Ich weiß, dass Du dieses Erbe besser tragen wirst als ich. Und mir ist der Gedanke eine Freude, dass Du dort ein sicheres Leben haben wirst.

Es grüßt Dich von ganzem Herzen
Deine Rijke

Anna rührten all diese Zeilen sehr. Großmutter Rijke hatte also doch noch ihr Glück gefunden. Walter war 1969 gestorben. Viel zu früh sicherlich, aber immerhin war den beiden eine längere gemeinsame Zeit vergönnt gewesen. Anna ließ die Chronologie der Briefe in Gedanken noch einmal Revue passieren. Seltsam, dass Rijke mit keinem Satz die Geburt ihrer Tochter erwähnt hatte. Cornelia Nelis war doch 1946 zur Welt gekommen. Anna wurde stocksteif vor Schreck. Das konnte nicht passen, oder? Sie versuchte, die ihr bekannten Daten noch einmal im Kopf zu sortieren. Doch sosehr sie auch hin und her rechnete, das Ergebnis blieb ungewiss – als Vater ihrer Mutter kam sowohl Ashton Phiras infrage als auch Walter. Anna schauderte.

Ein Umschlag war noch übrig. Er war nicht so vergilbt wie die anderen. Als Adresse stand diesmal auch direkt die der Plantage Zandwijk darauf und darüber Grandma Makebos Name. War dieser Brief auch von Rijke? Anna sah auf den Absender. Ja!

Sie öffnete das Kuvert, und ihr stockte der Atem. Es steckte nur ein Foto darin. *Oh verdammt.* Anna wusste noch genau, wann und wo es aufgenommen worden war: beim letzten gemeinsamen Familienbesuch bei Oma Rijke in Appingedam. Auf dem Bild waren sie alle zu sehen. Rüdiger, Jasmin, Dennis, Oma Rijke, klein und zart in der Mitte, und rechts neben ihr Anna. Sie drehte das Bild um. Dort stand in akkurater Handschrift zu lesen: meine Enkeltochter Anna mit ihrem Mann Rüdiger und meinen Urenkeln Jasmin und Dennis.

Grandma Makebo hatte also die ganze Zeit gewusst, wer sie war.

31. Kapitel

Anna packte die Briefe wieder sorgfältig zusammen. Hatte ihr Grandma Makebo deswegen so bereitwillig diese ganze Geschichte erzählt? Warum hatte sie nichts gesagt? Wartete sie darauf, dass Anna sich zu erkennen gab? Anna war jetzt noch verunsicherter als zuvor.

Dafür, dass das hier Urlaub sein sollte, wälzte sie sich eindeutig zu oft ruhelos im Bett. Jasmin hatte gestern Abend erst reichlich spät in die Lodge gefunden, war dafür am Morgen aber erstaunlich fit. Sie freute sich offensichtlich sehr auf den Ausflug mit ihrem Vater.

Anna ging erst zum Haupthaus hinüber, als sie sicher sein konnte, dass Tims Gruppe samt Jasmin und Rüdiger aufgebrochen war. Sie wollte ihrem Mann nicht schon am Morgen in die Arme laufen.

Stattdessen machte sie sich mit Rijkes Briefen auf den Weg zu Grandma Makebo.

Die alte Dame öffnete auf Annas Klopfen hin die Tür.

„Ich wollte Ihnen die Briefe zurückbringen. Und mich bedanken, dass ich sie lesen durfte." Sie war sich immer noch nicht hundertprozentig sicher, ob Grandma Makebo sie erkannt hatte. Vielleicht hatte sie das Foto ja schon lange vergessen? Sie suchte in dem Gesicht der Frau nach irgendeiner verräterischen Regung, konnte aber nichts entdecken.

„Jetzt kennen Sie die ganze Geschichte der Plantage Zandwijk. Es war nett, jemanden zu haben, dem ich das alles noch einmal erzählen konnte. Wenn ich mal nicht mehr bin, dann gerät das ja in Vergessenheit."

Anna vertrieb sich den Morgen mit rastlosen Grübeleien. Immer wieder horchte sie in sich hinein, um herauszufinden, was sie eigentlich wollte. Endlich kam sie zu dem Schluss, dass sie bereit war, nach Köln zurückzukehren. Sie war auch bereit, ihr Leben als Mutter von Jasmin und Dennis weiterzuführen, solange die beiden sie brauchten. Aber ihr war auch ohne den leisesten Hauch von Zweifel klar geworden, dass sie für Rüdiger nichts mehr empfand. Es kam ihr vor, als wäre alles verloren, was sie einst an ihm geliebt hatte. Es war einfach weg. Und sie glaubte auch nicht, dass sich da noch einmal etwas wiederfinden ließ. Jeder Versuch, dieses sinkende Schiff einer Ehe zu retten, wäre sinnlos und von vornherein zum Scheitern verurteilt, da war sie nun ganz sicher. Am besten wäre es wohl, wenn sie es den Kindern zuliebe schafften, ohne großen Krach getrennter Wege zu gehen. Damit hatte ihre weite Reise immerhin doch zu einer bahnbrechenden Erkenntnis geführt. Es war höchste Zeit, dass sie sich um sich selbst kümmerte. Sie wollte wieder arbeiten, sie wollte erleben, wie es war, sich etwas Eigenes zu schaffen. Und der Weg dahin lag nun plötzlich klar und deutlich vor ihr.

Am frühen Nachmittag kehrte Tims Gruppe aus dem Regenwald zurück. Die jungen Leute waren erschöpft und glücklich. Rüdiger wirkte eher erschöpft und mürrisch.

„Oh, das hat Spaß gemacht, Mama. Papa ist allerdings zwei Mal fast ins Wasser gefallen. Tim musste ihn festhalten."

Rüdiger trat zu Anna. „Können wir reden?"

„Später, Rüdiger."

„Alles in Ordnung?" Tim kam an Annas Seite und griff kurz nach ihrem Arm.

Diese vertraute Geste brachte bei Rüdiger offenbar das Fass zum Überlaufen. Wütend funkelte er Anna an. „Später, später", wiederholte er verärgert. „Ich glaube, wir haben ohnehin nicht mehr viel zu besprechen. Du bist doch wohl nur hergekommen, um zu gucken, ob sich aus dem Land hier noch was machen lässt, oder?"

Anna sah, wie Tim verblüfft die Augenbrauen hochzog.

Das fiel auch Rüdiger auf, und er drehte sich zu dem anderen Mann um. Sein Ton wurde gehässig. „Was – hat sie euch das etwa nicht erzählt? Na ja, schon klar, mir ja auch nicht ... Aber ich wusste gleich, dass hinter diesem Ausflug in die Wildnis noch etwas anderes stecken muss als das plötzliche Bedürfnis nach einer ehelichen Auszeit. Sie ist nicht nur hier, weil sie Abstand braucht, sondern weil sie sehen wollte, was es mit dem dicken Erbe ihrer Großmutter auf sich hat."

„Rüdiger!" Anna sah, wie sich Tims Blick förmlich durch sie hindurchbohrte.

„Ist das wahr?", fragte er. „Bist du der geheimnisvolle Erbe, dessentwegen wir uns seit Monaten Sorgen machen?"

„Ja, bin ich. Das kam alles so überraschend. Ich wollte ..."

Tim fiel ihr ins Wort. „Na toll. Wann genau wolltest du uns die Wahrheit sagen? Kommst hierher, guckst dir alles in Ruhe an, und dann – Überraschung! – kommt die große Ansage: Ich übernehme jetzt den Laden? Wie praktisch, dass wir dich schon so gut eingearbeitet haben." Tim redete sich regelrecht in Rage.

„Nein, so ist es ganz sicher nicht." Jetzt ruhten aller Augen auf Anna. Rüdiger schaute sie triumphierend an, Tim eher wütend, Danja saß völlig verdattert hinter ihrer Rezeption, und Jasmin stand etwas abseits, eine Hand auf den Mund gelegt. Nur Grandma Makebo, die der Trubel aus dem Wirtschaftstrakt nach vorn gelockt hatte, lehnte mit ungerührter Miene an der Wand.

„Ich wollte mir erst einen Überblick verschaffen und dann entscheiden, was mit dem Erbe geschehen soll." Anna merkte selbst, wie kläglich ihre Erklärung klang. Sie fasste sich mit beiden Händen an den Kopf. Zum zweiten Mal in kürzester Zeit schien ihr alles zu entgleiten. „Ich hatte nicht vor, euch Sorgen zu bereiten, deshalb habe ich nichts gesagt."

„Und nun, Anna? Hast du jetzt deine Entscheidung getroffen?" Schmerzhaft zog sich etwas in Annas Brust zusammen, als sie die Bitterkeit in Tims Stimme vernahm. Er schaute sie wütend und traurig, vielleicht auch enttäuscht an, aber gleichzeitig schien er mit anderen Gefühlen zu kämpfen, die sie nicht sofort einordnen konnte. Er öffnete den Mund, als wolle er noch etwas sagen, schüttelte dann den Kopf, drehte sich um und stürmte aus dem Foyer.

„Mama?"

Anna war in die Lodge geflohen. Sie saß auf dem Bett und starrte auf den Fußboden. Das hatte sie ja gehörig verbockt.

„Mama?" Jasmin war ihr gefolgt und setzte sich neben sie. „Ist das wahr? Hast du Zandwijk von deiner Oma geerbt?"

Anna zuckte die Achseln. „Ja", gab sie kleinlaut zu.

Jasmin schwieg einen Moment. Dann sagt sie leise: „Cool!"

„Ach Jasmin – aber ich habe es doch total vermasselt. Jetzt sind alle böse mit mir. Braam, Danja ... Tim."

„Aber du willst das alles hier noch nicht wirklich verkaufen, oder?"

„Nein – natürlich nicht."

„Dann kriegen die sich schon wieder ein."

Der jugendliche Optimismus ihrer Tochter brachte Anna trotz allem zum Lachen.

„Und Papa – ich glaube, der ist ganz schön eifersüchtig auf Tim."

Das war Anna vorhin auch bewusst geworden. Allerdings änderte diese Tatsache nichts an ihrer Gewissheit, dass ihre Ehe am Ende war. Doch der Rest ihrer so mühsam errungenen Zuversicht drohte sich in einem Nebel aus Unsicherheit und Ängsten aufzulösen. Gab es denn jetzt für sie hier überhaupt noch eine Zukunft, oder hatte sie das Vertrauen der Familie Breek unwiederbringlich zerstört?

Schritte draußen auf der Veranda der Lodge ließen Mutter und Tochter hochschrecken.

„Papa vielleicht?", flüsterte Jasmin.

Anna fühlte sich noch nicht in der Lage, mit Rüdiger zu sprechen oder gar weiter zu streiten. Sie versuchte, sich innerlich zu wappnen, gegen jeden, der da kommen mochte. Doch die Silhouette, die sie durch die Glasscheibe der Tür sehen konnte, war eindeutig weiblich. Grandma Makebo? Anna stand ruckartig auf und öffnete.

„Hallo Anna", sagte die alte Frau und lächelte ihr zu. Ihre Stimme klang plötzlich viel vertrauter als bei den langen Erzählungen der letzten Tage. „Da hast du ja eben ganz schön für Unruhe gesorgt. Vielleicht ... vielleicht hätte ich ja auch eher etwas sagen sollen."

„Sie wussten, wer ich bin?"

Grandma Makebo zuckte mit den Schultern. „Du siehst Rijke nicht unähnlich, und ..." Sie zog aus ihrer Schürzentasche einen kleinen Anhänger. Es war eine kleine Muschelhälfte, die derjenigen glich, die Anna seit ihrem Besuch in dem Häuschen in Appingedam um den Hals trug. „Ich wusste gleich, dass du hierher gehörst." Makebo legte sich den Anhänger auf die flache Hand und deutete auf Annas Hals. „Das war mein Abschiedsgeschenk an Rijke. Die andere Hälfte der Muschel habe ich damals für mich behalten und nicht an meine Tochter weitergegeben, wie ich das ursprünglich vorhatte. Für mich war der Anhänger nach Rijkes Flucht nämlich so etwas wie eine letzte Erinnerung an sie. Und natürlich habe ich die Kette an dir sofort erkannt. Außerdem hatte ich noch einen Brief bekommen." Sie reichte Anna einen weiteren Umschlag. „Den hätte ich dir gerne erspart, denn er ist ... nun ja. Aber lies ihn, dann wirst du wissen, warum Rijke dir Zandwijk vermacht hat."

Anna nahm den Brief entgegen.

„Und mach dir keine Sorgen wegen Braam und Danja, ich habe die beiden bereits beruhigt. Nur Tim ... das wirst du schon selbst regeln müssen." Die alte Dame wandte sich zum Gehen. „Du wirst dich schon richtig entscheiden, Anna."

Anna nahm den Brief mit hinunter zum kleinen Strand am Fluss. Pingi watete durch das flache Wasser und beäugte sie von Weitem aus seinen schwarzen Knopfaugen. Das leise Gurgeln der Strömung beruhigte Anna etwas. Zaghaft öffnete sie den Umschlag. Sie wusste nicht, was sie jetzt noch erwarten würde.

Appingedam, April 2015

Liebe Makebo,
verzeih mir, dass ich mich so lange nicht gemeldet habe. In Gedanken war ich immer bei Dir. Doch ich wusste schon damals, als wir voneinander Abschied nahmen, dass ich wohl nie wieder zurückkehren würde.

Nie mehr habe ich zu jemandem von Surinam oder meiner ersten Ehe gesprochen. Zu schmerzlich sind die Erinnerungen, die ich mit meinen letzten Jahren in diesem Land verbinde. Und leider, leider war mir auch fern der Heimat nicht das unbeschwerte Glück vergönnt, an das ich als junge Frau noch so unverbrüchlich glaubte.

Jetzt, wo sich mein Leben dem Ende zuneigt, bedrücken mich die vielen Geheimnisse, die ich hüten musste, doch sehr. Mit diesem Brief will ich mir alles von der Seele schreiben, liebe Makebo, denn Du warst immer wie eine Schwester für mich, und ich weiß, dass mein Geständnis bei Dir gut aufgehoben ist.

Als ich damals in Amsterdam ankam, war ich noch voller Zuversicht. Was hatte ich nicht alles geschafft: Ich hatte eine freudlose Ehe hinter mir gelassen, ich war übers Meer gereist, um Walter zu folgen, doch alle Hürden, die ich hinter mich gebracht hatte, waren nichts gegen das Grauen, welches mich in dem kriegserschütterten Europa erwartete.

Als ich Walter nach langer Suche endlich fand, lag schon ein drohender Schatten über unserem gemeinsamen Glück. Ich war schwanger, als ich in Bremen ankam. Aber nicht von Ashton. Doch wie hätte ich Walter je gestehen können, wozu ich mich eines Tages auf dem Fußweg nach Bremen bereit erklärt hatte – im Tausch gegen zwei Rüben, drei Äpfel und ein dünnes Stück Speck? Es war der Preis für mein Überleben.

Ich habe versucht, für die kleine Cornelia mütterliche Liebe zu empfinden. Doch selbst als mir klar wurde, dass sie mein einziges Kind bleiben würde, gelang es mir nicht, ihr mein Herz zu öffnen. Zu beschämend waren die Erinnerungen an den Fremden, dessen Augen ich immer wieder in denen meiner Tochter sah.

Walter ließ ich in dem Glauben, Cornelia wäre Ashtons Tochter, und er kümmerte sich so herzlich um sie, als wäre er selbst ihr Vater. Er hat es verstanden, ihr die Liebe und Geborgenheit zu geben, die ich ihr immer vorenthalten habe. Aber mein Walter starb ja so früh, und danach war das Band zwischen meiner Tochter und mir für immer zerrissen. Es mag hartherzig klingen, aber ich war erleichtert, als Cornelia recht bald ihre eigenen Wege ging.

Erst als meine Enkelin Anna zur Welt kam, begriff ich, dass ich eine schreckliche Schuld auf mich geladen hatte. Cornelia hat von mir nie Mutterliebe erfahren – wie hätte sie sie da an ihre eigene Tochter weitergeben sollen?

Ich habe versucht, meinen Fehler an Anna wiedergutzumachen, ihr eine liebevolle Großmutter zu sein und ihr zu zeigen, was Familie bedeutet. Ob es mir gelungen ist?

Inzwischen hat Anna längst ihre eigene Familie, meine beiden Urenkel werden bald mit der Schule fertig sein, und ich möchte gern glauben, dass ihre Generation nicht mehr unter den Folgen meiner Kaltherzigkeit leiden muss.

Nun wird mein Leben bald vorbei sein. Was gäbe ich darum, Dich doch noch einmal zu sehen, liebe Makebo. Auch wenn Zandwijk für mich keine Heimat mehr ist, so weiß ich doch, wie sehr Deine Familie dort verwurzelt ist. Ich habe mein Erbe an der Plantage damals bereitwillig aufs Spiel gesetzt, als ich das Land verließ. Doch das Schicksal wollte mich nicht von diesem Ort trennen. Der frühe Tod meines Ehemannes und der meines Vaters spielten mir Zandwijk doch wieder zu. Meine Mutter wusste, wohin ich gegangen war – auch wenn sie alle etwas anderes hat glauben lassen. Daher habe ich meine Enkelin Anna als Erbin der Plantage eingesetzt. Sie wird mit Bedacht handeln. Hab also keine Angst, meine Liebe. Deine Familie ist auch meine Familie, und Zandwijk wird gewiss der sichere Hafen für alle bleiben.

Vergiss nie die schönen Stunden, die wir hatten, das Wissen, dass Du noch daran denkst, wärmt auch mein Herz.
In tiefer Freundschaft
Deine Rijke

Anna liefen Tränen über die Wangen, während sie die letzten Zeilen las. Ihr war ein bisschen übel. Welches Leid musste Rijke auf ihrem Weg von Amsterdam nach Bremen ertragen haben! Ob Cornelia wusste, dass Walter nicht ihr leiblicher Vater war? Anna schauderte. War es jetzt etwa an ihr, ihrer Mutter die Wahrheit zu sagen – die Cornelia ganz bestimmt nicht froh stimmen würde? Oder sollte sie die Angelegenheit einfach ruhen lassen? Anna seufzte. Ihre Tränen versiegten, und sie starrte einfach nur noch auf das braune Wasser. Vielleicht war dieser Ort einfach nicht dazu geschaffen, ihrer Familie Glück zu bringen. Immerhin hatten sich hier am Ufer des Surinam schon so einige Tragödien abgespielt, und ihr eigenes Drama schien auch hier seinen Höhepunkt zu finden.

Plötzlich hörte sie Tims Stimme hinter sich. „Hey."

Sie drehte sich nicht um, sondern ließ ihren Blick weiter auf dem Fluss ruhen, stopfte aber den Brief schnell in ihre Hosentasche. „Tim, ich weiß, dass ich einen großen Fehler gemacht habe. Aber ich … ich wollte euch wirklich nicht bewusst täuschen …"

„Ich weiß. Ich wollte mich entschuldigen, vielleicht war ich vorhin einfach etwas zu schockiert. Grandma Makebo hat mir den Kopf gewaschen." Er trat an Annas Seite. „Sie sagt, dass du davon, dass deine Großmutter hier in Surinam lebte, gar nichts gewusst hast."

„Nein, das habe ich nicht. Und ich war von der Nachricht, plötzlich einen großen Besitz in einem fernen Land zu haben, vollkommen überwältigt. Tim – ich will hier doch niemanden verjagen oder den Boss spielen. Deine Familie hat viel mehr Anrecht auf das alles hier als ich. Es war nur … Die Gelegenheit war so günstig. Ich musste dringend mal raus und Abstand zu allem gewinnen. Und da bot es sich einfach an, hierherzukommen und diesen Teil meiner Familiengeschichte zu erforschen, verstehst du?“ Sie schluckte. „Und dank dieser Reise habe ich endlich auch Klarheit gewonnen. Rüdiger und ich … unsere Ehe … Ich glaube, da gibt es nichts mehr zu retten.“

„Manchmal muss man der Wahrheit ins Auge sehen.“

Er drehte sich zu ihr um und legte ihr einen Arm um die Schultern. „Es tut mir leid, ich war vorhin ein bisschen überrumpelt. Natürlich bis du auf *deiner* Plantage jederzeit herzlich willkommen.“

„Danke.“ Sie legte kurz ihren Kopf an seine Schulter.

„Was willst du jetzt tun?“, fragte er leise.

„Ich werde in zwei Tagen erst mal wieder nach Hause fliegen. Aber … ich habe mir gedacht, ich könnte von Deutschland aus etwas für Zandwijk tun. Und zwei oder drei Mal im Jahr schaffe ich es bestimmt hierher, wenn ich nicht jedes Mal die teure Lodge buchen muss.“ Sie lächelte etwas schief.

Er lachte. „Na ja, dann wärst du dein bester Kunde.“

„Tim, ich möchte, dass hier alles so bleibt, wie es ist. Ihr habt hier ein kleines Paradies geschaffen, und das will ich weder zerstören noch euch wegnehmen. Ich würde aber gerne dabei mitmachen … Zunächst von Deutschland aus, aber wer weiß, vielleicht kann ich ja später … Die Kinder sind schließlich bald groß, da könnte ich ja möglicherweise …“

„… doch noch mehr Zeit hier verbringen? Ich würde mich freuen.“ Er lächelte ein bisschen verlegen und zog sie etwas dichter an sich. „Ich würde mich sogar sehr darüber freuen.“

Epilog

Köln, April 2016

Anna stand im Flur, die Hände auf die kleine Kommode gestützt, und starrte in den Spiegel. Am Rand des goldenen Rahmens hing ein kleiner Staubfussel und bewegte sich leicht hin und her. Anna schaute von ihrem Spiegelbild zu dem Fussel und wieder auf ihr Spiegelbild. Dann wischte sie mit einem Finger den Fussel vom Rahmen des Spiegels und lachte.

Ihr gefiel, was sie sah. Anna Reuter, braun gebrannt, die Haare sportlich kurz geschnitten. Sie sah lebendig aus, sie fühlte sich lebendig. Schwungvoll stieß sie sich von der Kommode ab und stützte die Hände in die – ebenfalls sportlich erschlankten – Hüften. Zufrieden betrachtete sie den Stapel Prospekte, der vor ihr auf der Kommode lag. Am Mittag würde sie zu einer großen Reisemesse fahren, um dort Kunden zu gewinnen. Kunden für ihr Nature Resort in Surinam. Liebevoll strich sie über das Deckblatt der Flyer. Tim strahlte sie von einem Boot aus an, hinter ihm stand Jasmin, das Ruder in der Hand. Die Aufnahmen waren bei ihrem zweiten Aufenthalt auf Zandwijk entstanden.

Was in einem Jahr doch alles geschehen konnte. Rüdiger war Vergangenheit. Anna hatte sich inzwischen mit ihrer Ehe ausgesöhnt; sie hatten keine wirklich schlechten Zeiten gehabt, aber es gab auch keine Aussicht mehr auf eine gemeinsame Zukunft.

Nach ihrer ersten Rückkehr aus Surinam hatte Rüdiger sich

eine kleine Wohnung in der Nähe seiner Kanzlei gesucht. Er kümmerte sich mittlerweile fast liebevoller um die Kinder als früher, und Anna rechnete ihm hoch an, dass er wegen der Scheidung, die sie sich wünschte, keine Szenen mehr gemacht hatte.

Für Dennis war es am schwersten gewesen. Anna hatte ihn nach der Surinamreise vor vollendete Tatsachen stellen müssen, doch Jasmin war ihr eine große Stütze gewesen. Sie hatte Annas Zwiespalt miterlebt, hatte die Gefühle ihrer Mutter kennengelernt. Ihre Tochter war so erwachsen geworden in dieser Zeit, dass Anna manchmal selbst darüber erschrak. Und auch Jasmin hatte ihr Herz an Surinam verloren. Nach dem Abitur im Sommer wollte sie für ein Jahr nach Zandwijk gehen, um dort im Team zu arbeiten.

Mit Cornelia hatte Anna sich ausgesprochen, fest entschlossen, den Fluch zu brechen, der durch Rijkes Schicksal auf der Familie lastete. Nicht jede Bürde musste über Generationen weitergegeben werden.

Sie hatte ihrer Mutter Rijkes Geschichte erzählt, nur das letzte Detail, das wohl am schwersten für Cornelia zu verarbeiten sein würde, ließ sie weg. Cornelia hatte widerwillig zugehört, für sie war das mehr oder weniger die Geschichte einer Fremden, sie konnte sie kaum mit den Erinnerungen zusammenbringen, die sie an ihre eigene Mutter hatte. Dann hatte Anna ihr den letzten Brief ihrer Großmutter an Makebo gegeben und ihr so freigestellt, ob sie den lesen und damit einen entscheidenden Hinweis über ihre Herkunft erfahren wollte oder lieber nicht.

Aus dem Wohnzimmer erklang ein Signalton. Anna hastete zu ihrem Laptop. Das Anrufsymbol blinkte auf dem Bildschirm. Skype … Auch etwas, was sie ihrer Tochter zu verdanken hatte. Lächelnd klickte sie das Icon an, ein Fenster öffnete sich, und Tims Gesicht erschien.

„Hi!" Seine Augen strahlten.

„Hey!"

Er sah noch etwas verschlafen aus, immerhin war es in Surinam erst früher Morgen.

„Wie geht's es dir?" Anna setzte sich auf das Sofa und stellte sich den Computer auf die Knie.

„Gut, letzte Nacht hat es viel geregnet, und heute Morgen ist Pingi schon wieder im Pool geschwommen."

Anna musste lachen.

„Bist du aufgeregt wegen heute?" Er wusste, dass ihr dieser Messebesuch sehr wichtig war.

„Ach, das wird schon. Ich hoffe einfach, dass wir viele neue Kunden gewinnen."

Er grinste. „Läuft doch schon ganz gut. Wenn das so weitergeht, muss Jasmin mich ab dem Sommer unterstützen."

„Untersteht euch!" Anna hob warnend den Finger. Jasmin hatte an Tims Arbeit als Nature Guide so viel Gefallen gefunden, dass sie bei der letzten Reise fast jeden Tag mit ihm unterwegs gewesen war. Anna war sich noch nicht sicher, was für sie als besorgte Mutter schlimmer war: ihre Tochter im Kölner Großstadtdschungel zu wissen oder im echten Dschungel in Surinam. Doch sie vertraute Tim.

Sie legte die Hand auf den Bildschirm. „Ich vermisse dich!"

Seine Gesichtszüge wurden weich. „Ich vermisse dich auch, Anna."

„In zwei Monaten bin ich wieder da."

„Ich freu mich schon drauf."

„Ich melde mich heute Abend … vielmehr heute Nacht … wenn ich wieder da bin, okay?"

„Mach das, ich warte auf dich."

Sie schickte ihm einen Luftkuss und beendete das Gespräch. Es war seltsam, ihm so nah und doch so fern zu sein. Anna seufzte und ließ sich auf dem Sofa zurücksinken. Zaghaft legte sie ihre Fingerspitzen an ihre Lippen. Tim und sie waren noch einmal auf der Plattform in Regenwald gewesen. Sie hatten noch einmal in die Sterne geschaut, und Anna hatte gespürt, dass sie sich richtig entschieden hatte. Tim hatte sie geküsst, und die Sterne hatten zugeschaut. Und wer weiß, vielleicht hatte ja sogar Rijke ihnen von oben zugesehen. Rijke, die so viel geliebt und so viel verloren hatte in diesem Land.

Anna hatte nichts verloren, sie hatte eine neue Liebe gefunden. Die Liebe zu einem Ort, der wohl ihr Schicksal war – und die Liebe zu einem Mann, der dort auf sie gewartet hatte.

– ENDE –

Deutsche Erstveröffentlichung

Ava Miles

Zwischen Himmel und Glück

Verdammtes Herz! Jill sollte Brian auf keinen Fall eine zweite Chance geben. Dass er sie damals verließ, um in New York eine Karriere als Sternekoch anzustreben, hat sie sehr verletzt. Doch nun ist er zurück im beschaulichen Dare Valley, flirtet mit ihr und erweckt ihre Sehnsucht. Ein Kuss – und plötzlich ist alles möglich! Bis Brians Exfreundin auftaucht. Jills schlimmste Befürchtungen scheinen wahr zu werden: Sie kann Brian nicht vertrauen. Oder ist ihre Liebe diesmal stark genug?

ISBN: 978-3-95649-677-6
9,99 € (D)

Originalausgabe

Anne Barns

Apfelkuchen am Meer

Durch Zufall findet Hobby-Tortendekorateurin Merle im Blog einer Unbekannten ein Rezept für Töwerland-Torte. Genau dieses Rezept für die leckere Apfelbuttertorte wird seit jeher vertrauensvoll in ihrer Familie weitergegeben, von Generation zu Generation. Merle macht sich im Auftrag ihrer Mutter auf den Weg nach Juist, um die Bäckerin der Torte zu suchen. Auf der zauberhaften Insel findet sie heraus, dass es noch mehr Gehemnisse gibt, die in der Familie gehütet werden.

ISBN: 978-3-95649-710-0

9,99 € (D)